狼與辛香料 X

WORLD MAP
溫菲爾王國
多蘭平原
凱爾貝
樂耶夫山
樂耶夫河
紐希拉
約伊茲
普羅亞尼國
雷諾斯
羅姆河
特列歐
恩貝爾
卡梅爾森
拉姆特拉
N
W
E
S
波羅恩
崔尼國
留賓海根
帕茲歐
約連
斯拉烏德河
帕斯羅村

地圖繪製／出光秀匡

序幕

蠟燭是奢侈品。

蠟燭只能夠照亮用兩隻手臂圍起的範圍，而且一下子就會燒盡。

所以從前大多是在進行白天無法進行的作業時，才會使用蠟燭。

好比說用小刀細心地削去金幣邊緣、把麻袋縫成雙底層，或是把高關稅的鹽巴放進雙底層麻袋之類的作業。

生意做得順利時，偶爾還會在跟蠟燭一樣昂貴的紙張上，描繪自己將來想擁有的商店外觀，或是畫下城鎮的模樣。

不管是偷偷做手工，還是在紙上畫圖，這些都是會讓人暗自竊喜的作業。

教會裡的人會不時告誡世人不要在半夜裡偷笑，否則惡魔就會找上門來。

他們一定是看過商人半夜裡獨自坐在書桌前，暗自竊喜地不知在忙些什麼，才會如此告誡著世人。

以前在半夜裡不小心看見師父弓著身子的背影時，也曾經嚇得躲在棉被裡發抖。

這樣的自己不知從何時開始，就算沒有特別要處理的事，也會一直點著蠟燭。

燭光下，只是盯著緩緩燃燒的燭芯發愣，或是望著根本沒打算喝，卻倒了滿杯的葡萄酒。

不對——會一直點著蠟燭的理由，自己再清楚不過了。

以前總覺得夜晚會妨礙做生意，但現在哪怕時間不多，也想要多享受一些夜晚的時光。

享受這段寧靜從容、在忙碌的明天到來之前的平靜時光。

兩道輕輕的呼吸聲彷彿配合好般交互傳來。

如果能夠一直聆聽這安逸的呼吸聲，就是再點上新蠟燭也不覺得可惜。

然而，夜晚稍縱即逝，忙碌的明天很快就會到來。

如果不早點入睡，身體會吃不消。

無聲地笑笑後，準備吹熄蠟燭。

在吹熄蠟燭前的瞬間，不禁稍有遲疑，看向呼吸聲傳來的方向。

只要看到了那幅光景，就是面對黑暗也不害怕。

因為在陷入夢鄉之前，那光景會一直浮現在腦海裡。

第一幕

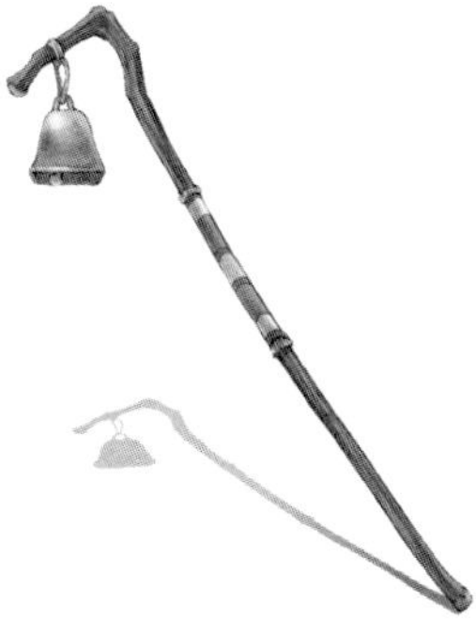

一旦出了港，船隻就成了不可靠的交通工具。

對船夫們來說，這點程度的晃動或許根本不算晃動，但對於不習慣搭船的人來說，似乎是一場天旋地轉的苦難。

為什麼用了「似乎」兩字呢？那是因為除了自己以外，也有人這麼認為。

這趟旅行除了自己之外，還有兩名旅伴。船隻駛出港口前，兩名旅伴還一起在甲板上開心地打鬧。

沒想到船隻開始晃動後，跟著行李與其他乘客走下船艙的一名旅伴，馬上緊抓著自己，直到現在都還不肯放手。

旅伴的身形纖細瘦小，縮起身子不停發抖的模樣簡直跟小貓沒什麼兩樣。

而自己當然沒有嘲笑旅伴，而是讓旅伴偎在自己的膝蓋上發抖。

從十八歲自立門戶成為旅行商人以來，已經東奔西走了七年，大事小事也都經歷過一遭。自己第一次搭船時，也曾因輕微的晃動而拚命慘叫，這樣的自己可沒資格嘲笑同伴。

羅倫斯思考著這些事情，同時有節奏地、輕柔地拍打旅伴顫抖的背部。

將既昏暗又帶著霉味的船艙環視一遍後，羅倫斯念頭一轉，忍不住露出苦笑。

雖然對這名不停發抖的旅伴有些過意不去，但羅倫斯心中不禁湧起「真希望是另一名旅伴表現得如此柔順」的想法。

他心想：「活蹦亂跳的人如果是寇爾，該有多好。」

羅倫斯會這麼想，是因為動不動就會被當成女生的流浪學生——寇爾是個平常就很懂事聽話的乖巧少年。

看見步履輕快地從甲板走下船艙的身影，羅倫斯輕輕嘆了口氣。

「汝啊，咱看見海洋了！」

兩眼炯炯有神的另一名旅伴——赫蘿「咚」的一聲在羅倫斯身邊坐了下來。

赫蘿頭戴兜帽、身穿長達腳踝的長袍，乍看下就像個修女。

不過，看了赫蘿在甲板上盡情玩鬧，還在地板上盤腿而坐的模樣後，誰都明白她只是為了旅行方便，才會作一身修女打扮。

扮成修女確實是為了旅行方便，而且在許多場合，看起來像個修女也會比較好辦事。

所以，羅倫斯事到如今也無意指責赫蘿不像修女的粗魯舉止。不過，他一邊撫摸寇爾的背部，一邊用另一隻手按住赫蘿的長袍。

「唔？」

赫蘿轉頭看向自己的背部，一副「怎麼了？」的表情。

「妳引以為傲的尾巴。」

一聽到羅倫斯的話，赫蘿便咧嘴一笑，在長袍底下藏好尾巴。

附著兜帽的長袍除了能夠讓赫蘿看起來像個旅行修女，還有另一個重要功用。

那就是為了讓看起來年僅十來歲的赫蘿，藏起腰上長出來的動物尾巴，以及在頭上靈敏擺動的耳朵。

展露笑容的赫蘿露出尖銳的虎牙。

少女面貌並非赫蘿的真實模樣。

她是高齡數百歲、寄宿在麥子裡的狼神化身。

「汝啊，真的是海洋吶。」

「好啦、好啦。妳鎮定一點好不好？妳這樣子簡直就像看到下雪的小狗一樣。」

「唔……看見如此廣闊的海洋，怎可能鎮定得了。咱看過的草原都太狹窄了。人家說『大海』真是形容得貼切極了。」

看見赫蘿兜帽底下的瀏海都濕了，羅倫斯心想她方才八成是緊貼著甲板眺望海洋。赫蘿的長袍也被海水濺得沉甸甸的，使得坐在旁邊的羅倫斯不禁有點想逃開。

「妳以前不是看過海洋了嗎？」

「嗯。那次咱也是在沙灘上跑了個痛快後，因為太想在海上奔跑，好幾次都忍不住跳進了海裡。一看到那片一望無際的藍色海洋，就覺得要是能在那上頭拋開一切盡情飛奔，不知道會有多開心……聽說人類看見小鳥，會想要像小鳥一樣在天空飛翔，難道人類看見海洋，不會想要在海上奔跑嗎？」

赫蘿總是驕傲地說自己是約伊茲的賢狼，而羅倫斯也多次見識過她機靈的反應。儘管如此，羅倫斯卻只覺得現在的赫蘿像隻小狗。

感到有些頭痛的羅倫斯回答：

「……我們會猜測海洋盡頭會出現什麼樣的國家或土地，但不會誇張到想要在海上奔跑。」

「汝真是個無趣的雄性。」

儘管被赫蘿狠狠反擊了一頓，羅倫斯臉上卻連苦笑都浮現不出來。

他十分明白赫蘿是因為看見海洋而興奮不已。

雖然赫蘿時而會做出像動物一樣的舉止，但不曾像現在這樣表現得這麼像一隻小狗。想到這裡，羅倫斯不禁擔心起往後的日子。

因為羅倫斯三人搭乘的船隻，正準備前往雪花飛舞的溫菲爾王國。

下雪時，小貓會在暖爐前方縮成一團取暖，小狗則會在雪地上到處奔跑。

或許真的應該先準備好項圈和繩子。

就在羅倫斯這麼想時，赫蘿打了一個大噴嚏。

「喏，還不快蓋上棉被。這麼冷的天氣還跑到外頭弄得全身溼答答，小心感冒啊。」

「嗯……海上吹的風帶有濕氣，很讓人頭痛。而且，嗅覺也會因為潮腥味而變得遲鈍。」

赫蘿在長袍外頭蓋上棉被後，開始嗅起棉被。她應該是想靠著熟悉的棉被味道恢復嗅覺。

「對了，汝啊……」

「嗯？」

「咱在船隻前方隱約看見陸地，那兒就是咱們的目的地嗎？」

「不是，那是另外一座島。船隻接下來會朝向北方前進，應該會在傍晚時刻抵達目的地吧。」

溫菲爾王國是由一座大島以及四周數座小島所構成的王國。據說小島與陸地之間只隔著溫菲爾海峽，彼此可勉強看見對岸。

甚至有傳說指出，很久以前海峽兩岸發生戰爭時，出現一位戰神轉世的戰士丟擲長槍越過海峽，攻擊對岸。

這般傳說的可信度當然很低，不過，由此可知兩岸之間的距離真的非常近。

「嗯。不管目的地是哪，只要風向不要改變就好。」

「……嗯？風向？」

「要是逆風，船隻就前進不了唄？現在風帆完全順著風，所以沒什麼好擔心的。」

一時之間，羅倫斯不知道應該露出什麼樣的表情。

不過，他知道如果擺出一副賣弄知識的態度，赫蘿事後肯定會大大報復一番。

於是羅倫斯露出不卑不亢的笑容，先回應一句：「是啊。」然後說道：

「不過，就算是逆風，船隻也能夠確實前進。不過速度多少會變慢就是了。」

「……」

躲在兜帽和蓬鬆棉被底下的赫蘿，露出了宛如潛入巢穴裡的狐狸般的眼神，一臉懷疑地盯著羅倫斯。

赫蘿頻頻擺動耳朵，這代表著她在懷疑羅倫斯的話語是真是假。

「沒有親眼看見，確實很難相信吧。不過，船隻逆風時會朝著風向斜斜前進。然後一直反覆向左、向右的動作不停前進。聽說最先想到這個方法的船夫，還被教會舉發說『此人借用了惡魔的力量』呢。」

「……」

雖然赫蘿一臉懷疑地瞪著羅倫斯好一會兒，但似乎姑且接受了羅倫斯的說法。

赫蘿輕輕打了一個噴嚏，嘀咕著：「風向怎麼還不改變。」

「不過，真沒料到我們會橫越海洋。」

羅倫斯看了赫蘿的反應，輕輕笑了笑，便仰望著船艙的天花板這麼嘀咕。

雖然每次隨著波浪搖晃，船隻都會發出令人感到不安的嘎吱聲響，但聽習慣後，嘎吱聲響也就變成了不錯的催眠曲。

不過羅倫斯第一次搭船時，也總覺得船隻會隨時解體。

「汝的愛馬現在應該悠哉地在吃草唄。」

「我可不是為了讓馬兒休息才把牠留在那的。不過，這期間確實沒什麼工作好做。牠還真是好命啊。」

「喲？汝在挖苦誰吶？」

簡單來說，羅倫斯等人踏上這趟旅行的表面理由，是為了實現赫蘿的願望。

不過，羅倫斯與赫蘿兩人都十分明白，雙方都是為了顧及面子才會拿這種理由當藉口。所以，羅倫斯知道赫蘿會有這種反應，也只是想要與自己鬥鬥嘴而已。

「不只馬兒暫停工作，我自己也是啊……不過，我偶爾也會想悠哉度日啦。」

沒幾天前，羅倫斯在這艘船隻的出發地點，也就是名為凱爾貝的港口城鎮，陷入城鎮就快一分為二的騷動之中。

騷動的起因是漁夫抓到了傳說中的生物——一角鯨，老奸巨猾的商人們為了爭奪這個高價的傳說生物，而展開了一場競爭。

羅倫斯之所以來到凱爾貝，原本是為了追查某個情報——也就是與赫蘿同類的狼神右前腳骨的消息。沒料到千迴百轉後，卻讓自己跳上了那起事件的舞台中央。

雖然羅倫斯老是認為自己是個熱愛金錢的骯髒商人，但經歷這次的事件後，他深深體會到何謂人外有人、天外有天。

像是年紀輕輕就在凱爾貝掌管商會分行的基曼；或是憑一己之力扭轉整個凱爾貝的局勢後，還企圖獨佔利益的伊弗。

不過，羅倫斯等人最後好不容易掌握到能夠讓一切圓滿結束的關鍵，也得到了狼骨的情報作為報酬，並因而搭上了這艘船。

在羅倫斯懷裡，有著為了讓羅倫斯方便行事，由伊弗與基曼聯名寫下的介紹信。

在初訪溫菲爾王國之際，沒有一樣武器比這封介紹信更讓人心安。

不過，如同動物厭惡鐵的味道一樣，赫蘿似乎也很討厭這封信的味道。

「不過，先前的那場騷動後，汝多少收到了一些禮金唄？這樣也算是賺了錢唄？」

「……難怪我荷包會少了幾枚銀幣。果然是妳做的好事啊？」

「要不是咱在背後推了汝一把，憑汝那缺乏自信的樣子，經得起那場騷動的折磨嗎？所以，汝只要這麼想，就會覺得少了幾枚銀幣很划算。」

赫蘿若無其事地說完後，便慢吞吞地躲進棉被底下。

這隻狼在行動之前，就已經完全掌握了人類動怒的界線。

對商人而言，荷包裡的東西就像性命一樣重要，但羅倫斯無法對赫蘿發怒，只能夠無奈地嘆口氣。

「妳也有分給這傢伙吧？」

看到羅倫斯指向寇爾，赫蘿發出了「哼」的一聲，旋即閉上眼睛。

羅倫斯三人在凱爾貝之所以能夠解決事件，關鍵在於寇爾的智慧。

然而，依寇爾的個性根本不會向人索酬，就算羅倫斯給他報酬，想必他也不會收下。

所以赫蘿藉便利用從荷包偷錢的行為，硬是讓寇爾收下了報酬。羅倫斯猜測赫蘿八成是趁自己外出時在寇爾的面前偷錢，讓寇爾也變成共犯。

羅倫斯輕輕拍了拍赫蘿弓起的背部，隨即傳來甩動尾巴的聲音。

「不過，布琅德大修道院還真是個麻煩的地方。」

「難道那裡有頑固的老頭子不成？」

赫蘿忽然從棉被底下探出頭問道。

「布琅德大修道院之壯觀，果然百聞不如一見。其莊嚴震懾多數異教之神，其雄偉支撐無數人民。令人敬愛的布琅德大修道院，偉大上帝的所在地。」

聽到羅倫斯充滿感情地朗誦出有名的詩句後，赫蘿皺起了鼻頭。

對於身為異教之神的赫蘿來說，布琅德大修道院想必是個無聊透頂的地方。

「不過，姑且不論以往聖人輩出的布琅德大修道院，現在的布琅德大修道院還比較適合我們這種商人拜訪。」

「嗯？」

「因為其神聖性，布琅德大修道院會收到廣大的捐贈地，或是龐大的捐贈金。這麼一來，就算不願意，也必須管理財產。而且，既然是神明所在的地方，其財產當然也要顯得金碧輝煌，所以布琅德大修道院幾乎已經變成了一家商行。如果還是個傲慢的修道士在管理修道院，自然會變成一個討人厭的地方。」

傳說坐鎮教會總部的教皇與俗世的國王對立時，曾經把國王丟在雪花紛飛的荒野整整三天；但如果對象換成商人，恐怕就沒那麼容易被放過了。

商人之間流傳著許多教會為了讓商談順利進行，而刻意出難題給商人的軼聞。

雖然最近謠傳布琅德大修道院也不太景氣，但景氣不好時，只有平民會以卑微的態度行事。高貴的傢伙們大多只會變得更得寸進尺而已。

「這麼討人厭的地方真的有骨頭嗎？」

畢竟狼骨話題十分敏感，就是赫蘿也不忘壓低音量說道。

羅倫斯之所以含糊地點了點頭，是因為就連提供這個情報的伊弗也沒有確切的把握。

「雖然可信度應該不低，但真相畢竟是藏在被高聳石牆圍起來的修道院裡。人們也說：『就算是神明，也不知道修道院裡發生了什麼事情。』」

「咱也曾經聽傳道的人說過：『萬事萬物皆無所藏匿。』」

「就連妳也會因為耳朵和尾巴而洩露真心。」

「汝的表情倒是不停地洩露真心。」

說罷，赫蘿悠哉地打了個哈欠，羅倫斯也跟著打了哈欠。姑且不論初識的時候，對現在的兩人來說，這般對話已經變成像在打招呼一樣。比起與赫蘿的對話，羅倫斯現在反而比較在意與寇爾的對話。

羅倫斯輕輕掀開棉被確認寇爾的狀況，結果發現寇爾不知何時已經沉沉睡去。寇爾只要這樣一直睡下去，就不用害怕船隻搖晃，也不會暈船了。

羅倫斯輕輕蓋回棉被後，發現與他同樣在擔心寇爾的赫蘿縮回探出的脖子，也慢吞吞地躲進棉被底下。

「到了目的地後，記得叫醒咱。」

聽見棉被底下傳來的模糊聲音後，羅倫斯輕拍赫蘿弓起的背部作為回應。這時，棉被緩緩鼓起，又慢慢消下。

在發現那是赫蘿滿足的嘆息後，羅倫斯笑了笑，撫著赫蘿的背。

船隻順利地持續航行，最後照著預定時間抵達了溫菲爾王國的港口城鎮——伊克。

出發時天空一片藍灰色，等到從甲板走下港口時，天空已經染成美麗的暗紅色，而一直睡到最後的寇爾似乎感到刺眼似的瞇著眼睛。

看見冬季的港口，有時會讓人聯想到夏天的黃昏。

或許是因為白天熱氣沸騰、充滿活力的港口突然變得安靜，才會讓人有這般聯想。冬季的港口瀰漫著像是慵懶，又像是寂寥的氣氛。

然而，或許是因為太寒冷，這裡的港口顯得比平常更安靜。

到了冬季，溫菲爾王國絕大地區都會鋪上一層雪，是個名符其實的北國。

夕陽逐漸西沉的港口空氣冷得嚇人，仔細一看，還會發現道路及建築物角落都堆起了雪。

只穿著一雙破草鞋的寇爾不停踏著腳步，一副片刻也無法安靜不動的模樣。

「汝啊，不趕快找到歇腳處的話，咱們會凍僵在這裡。」

赫蘿也沒有比寇爾好上多少，因為她在船上裹著棉被悠哉地睡覺，所以一鑽出被窩，就覺得寒冷難耐。

「妳的故鄉不是雪下個不停的地方嗎？拜託妳多少忍耐一下吧。」

「大笨驢。汝的意思是咱可以用皮草包住身體嗎？」

赫蘿從寇爾身後抱著他說道。

羅倫斯以傾頭作為答覆，然後打開基曼給的介紹信，讓視線落在信上。

「『請前往拜訪泰勒商行的德志曼先生』啊。」

介紹信上還貼心地畫了泰勒商行的標誌，拿著介紹信的羅倫斯隨即邁出了步伐。港口上，出名的商行櫛比鱗次，其中還包括了幾家名聞遐邇的大商行。

雖然到了冬季，溫菲爾王國絕大多數的國土都會鋪上一層雪，但溫菲爾王國其他季節的氣候溫和，雨水也非常充沛，還有一望無際的肥沃牧草地。不管是馬兒還是牛隻，這裡飼養的家畜一下子就能養得體格壯碩，尤其是羊隻的牧畜最為興盛。

據說溫菲爾王國的羊毛生長速度比野草來得快速，其羊毛出貨量可說世界第一。

沿著港口設立的商行卸貨場上，可看見堆積如山的羊毛袋，每家商行的屋簷下也都掛有經過國王認證、以羊角為象徵的羊毛交易商招牌。

泰勒商行位於這排商行的一角，擁有堪稱一流的店面。太陽下山後，如果仍可看見商行門後流瀉出燭光，就代表這家商行的生意興隆。

羅倫斯敲了敲木門後，木門立刻打了開來。

不過，想必是因為已經過了港口的營業時間，所以木門只開了一道小縫。

不管哪裡的城鎮或港口，都會一板一眼地遵守商行或工匠工坊的營業時間。

「哪位？」

「這麼晚前來打擾，真是抱歉。我想拜訪貴商行的德志曼先生。」

「德志曼?您到底是……」

「我是隸屬於羅恩商業公會的克拉福・羅倫斯。是凱爾貝的魯德・基曼先生介紹我來的。」

說著，羅倫斯遞出了介紹信。

蓄著鬍鬚的中年商人毫不客氣地盯著羅倫斯的臉孔，過了一會兒才接過介紹信，看了看介紹信的正面及背面。然後，中年商人說了句：「請稍等。」隨即走進屋內。

此時，屋內的溫暖空氣透過了門縫流瀉出來。

不僅如此，可能是恰巧碰上工作結束的時間，屋內還飄來加了蜂蜜一起熬煮、不知是羊奶還是牛奶的香味。連羅倫斯也覺得香味撲鼻，嗅覺靈敏的赫蘿想必更是難以忍受。她的肚子誠實地發出了「咕——」的一聲。

方才的商人正好在這時走了回來，並打開了木門。

羅倫斯心想赫蘿剛才的聲響還挺大聲的，搞不好被對方聽到了。

「讓您久等了。羅倫斯先生，請進。」

「打擾了。」

羅倫斯輕輕點頭致意後，走進了屋內，赫蘿與寇爾也跟著走進屋內。

商人關上木門說了句：「請往這邊走。」然後率先走了出去。

一走進商行，隨即看見用來商談的場地，場地上擺設了好幾張商談桌和書桌。擺設於此的家具全都有著華麗的裝飾，牆上掛著繡有溫菲爾王國統治者肖像的旗幟。與其說是商行，這裡更像某處貴族的宅邸。

而在排成一列的商談桌上，還可看見商行的人們玩牌的身影。

雖然溫菲爾王國的人們很喜歡賭博，其舉止卻不會顯得粗魯，可說相當文靜。

比起一手拿著酒杯大聲喧嘩，這裡的人們比較喜歡一邊喝著熱呼呼的飲料，一邊享受優雅的時光。而這樣的作風，更加深了這裡的貴族氣息。

「海面會不會很不平靜？」

在羅倫斯眺望著商行光景，爬上通往二樓的階梯時，帶路商人這麼搭話。

「不會。可能是多虧了神明庇佑，海面還算平靜。」

「那就好。聽說不久前，這一帶到北邊地區掀起了狂濤巨浪。平常海流都是從南方流向北方，這次嚴重到連海流都逆轉了。」

近海地區如果遇上洶湧浪潮，就能夠在沿岸抓到各式各樣的魚。

港口城鎮凱爾貝之所以能夠抓到一角鯨，想必也是因為大海浪潮洶湧。

「我們這裡的海域很少這麼洶湧不定，但是一旦掀起狂濤巨浪，就會沒完沒了。平常這裡的海面總是承載著飄落的雪花，像湖面一樣平靜。」

「原來如此。可能是因為這樣，這裡人們的個性才會文靜而溫和。」

「哈哈哈！我們只是個性陰沉又愛見風轉舵而已。」

只要從事商人的工作，就會常在旅館遇見各國的同行。

雖然每個人都有自己的個性，但依國家不同，還是能看出當地環境對他們的影響。溫菲爾的人們就多半有著文靜又溫和的個性。當然了，就像帶路商人巧妙地改變了說法一樣，也可形容是陰沉又愛見風轉舵。

如果把赫蘿丟在這塊土地上生活，幾年後會變得像小羊一樣柔順一些嗎？雖然羅倫斯腦中閃過了這個念頭，但又覺得萬一個性沒有改變，只是變得陰沉的話，赫蘿的性格會更加惡劣。

羅倫斯朝向赫蘿看去，赫蘿則是一臉困惑地歪著頭。

「到了。」

說著，商人敲了敲房門，然後沒等待回應就打開了房門。

「請進。」

就這麼走進房內後，羅倫斯壓抑不住內心的訝異，臉上不禁稍微露出了驚訝之色。

赫蘿也瞪大了眼睛，寇爾則是直率地發出了小小的驚呼聲。

三人走進的房間內，高及天花板的架子排滿了整面牆壁，架子上擺放了各式各樣的物品——包括了線、羊毛、布料、捆線機以及織布台。

不過，其中最引人注意的，是羊隻的頭蓋骨。

燭光籠罩下，羊隻頭骨凹陷的眼窩縈繞著不祥的黑影，沉默地俯瞰闖入房間的不速之客。頭骨蓋的數量大約有二十顆，其下巴形狀從尖細到扁平、羊角從大到小都有。

聽到「喀」的一聲傳來，羅倫斯總算回過神來。原來是坐在房間最裡面的書桌前寫字的男子站起了身子。

沒有先好好打招呼，反而被房間的擺設吸引了目光；要是商談時表現出這樣的態度，肯定會被扣分。不過，這間房間的主人似乎就是為了讓客人嚇到，才刻意將房間裝飾成這個樣子。

男子臉上浮現了得意洋洋的笑容。

「這些是帶給我們財富的羊隻。不過，不能讓教會的人看見就是了。」

這位唇上蓄著鬍鬚的壯年紳士有著一對小小的眼睛。堆起笑容時，他的眼睛就會瞇得幾乎看不見，而和他握手時，則是能感受到他手掌的厚度。男子笑咪咪的表情確實顯得很溫和，但很少有人能夠如此深藏不露。

想到男子不是商談對象，就讓羅倫斯打從心底鬆了口氣——

每個人總有不管再怎麼努力，還是會感到棘手的對象。

「我是本商行負責採買羊毛的阿姆．德志曼。」

「突然前來拜訪，真的很抱歉。我是設籍於羅恩商業公會的克拉福．羅倫斯。」

「請坐吧。」

「謝謝。」

經過慣例的打招呼後，羅倫斯、赫蘿、寇爾三人依序坐在矮桌前面的長椅上，德志曼則坐在三人對面。

為三人帶路的商人行了一個禮後，離開了房間。

「言歸正傳，方才我看見人稱凱爾貝之眼的基曼卿名字時，著實嚇了一跳……沒想到接著又看見了波倫的名字。我到底會面臨多麼可怕的商談呢？」

動不動就會說出讓人苦笑的話語——這就是溫菲爾人的特徵。

羅倫斯配合對方的演技揉了揉鼻子，像在找藉口似的說：

「國王總是在戰爭開打後，才會向農民表達謝意。此時就是一小杯水，也能夠變成國王贈送的皮草。」

「喔……您的意思是說，凱爾貝發生了什麼大騷動嗎？」

「我想您多少也有耳聞吧？我非常樂意在這裡說給您聽，只是不知道您會不會相信。」

羅倫斯的話語似乎意外地勾起了德志曼的興趣。

德志曼看似開心地抖著肩膀笑笑後，說了一句：「做生意總會遇上奇蹟。」

「言歸正傳，根據這封信的要求……您想前往布琅德修道院？」

「是的。想請教您除了採買羊毛之外，以什麼理由前去拜訪會比較好？」

「喔——？」

旅行商人習慣蓄留下巴的鬍鬚，溫菲爾的城鎮商人則習慣蓄留唇上的鬍髭。

德志曼用手捏起濃密的鬍髭，把玩的同時看著羅倫斯。

「說到布琅德修道院，我印象中如果要前往巡禮，只能前往距離本院相當遙遠的分院，根本無法接近修道院，是這樣子嗎？」

「是啊，確實是這樣沒錯。就是隸屬於那家大修道院的人，也只有部分人士能夠出入本院。您應該也很清楚，就是在採買羊毛的時候，也是在專用的分院進行。所以……」

「想敲到修道院本院的大門並不容易。」

「正是如此，羅倫斯先生。當然了，對修道院來說，商人專用的分院相當於他們的生命線，所以多少還是會跟本院有所關聯……但是……真是太讓人意外了……」

羅倫斯當然明白，身經百戰的商人——德志曼，他透過那對細小的眼睛，究竟看到了什麼值得注意的東西。

波倫的簽名。

想要前往舉世聞名的布琅德大修道院，但不是為了巡禮，更不是為了商談。如此一來，對方的意圖就只剩下幾種可能性。

而且，看到只要生意版圖有一定程度的商人，一定知道其存在，也就是溫菲爾王國的沒落貴族──伊弗的名字，只會聯想到一個目的。

「請您放心，我並不是政治密使。」

商人說的話平常就沒有人會相信，在這樣的狀況下更是如此。

也難怪德志曼會從眼簾底下投來宛如尖針的銳利目光。

自稱在泰勒商行負責採買羊毛的男子，先看了看手邊的介紹信，再看了看羅倫斯，最後看向赫蘿與寇爾。

如果羅倫斯是獨自前來，德志曼或許會委婉地回絕。

不過，羅倫斯身邊還帶了兩個人，所以不太可能是密使。

德志曼最後似乎做出了這樣的判斷。

「很抱歉讓您感到不快。」

「不會，請別這麼說。這是理應懷疑之事。」

「謝謝。不過，布琅德大修道院現在正碰上這方面的問題。」

「咦？」

羅倫斯這麼反問時，正好傳來敲門聲，端著托盤的女侍隨即走了進來。

他心想，托盤上的飲料，應該和在樓下玩牌的那些人喝的飲料相同。

對方似乎是貼心地想讓來自寒冷戶外的旅人取暖。飲料冒出團團熱氣，彷彿伸手就能抓住。

「請喝。那是羊奶加了蜂蜜和薑的飲料。這個季節不管是國王、窮人家、大人還是小孩都喝這東西。喝了會很暖和喔。」

「那我就不客氣了。」

看著仍不停冒泡的羊奶，羅倫斯甚至有種喝了牙齒會溶化的感覺。

雖然羅倫斯並不討厭甜的東西，但也不喜歡太甜的。

他心想，只要禮貌性地喝一小口就好，剩下的應該會被喜歡這種飲料的赫蘿伺機喝光吧。

「回到剛剛的話題。」

「是。」

「羅倫斯先生，您方才看到港口的模樣，有什麼感想嗎？」

想要試探對方真心時，常用的手段就是突然把話鋒指向對方。

所以，羅倫斯沒多加思索，直接把心中的感想說了出來：

「或許是因為太冷，再加上時間已晚，感覺有些蕭條。」

「沒錯，正是如此。近來的景氣真的很差。我這麼說可不是商人之間的客套話，而是事實的確如此。」

「……很抱歉，因為我是在大陸各地行走的旅行商人，老實說不是很了解貴國情勢……」

「原來如此。那麼，您也不知道蘇馮國王發出的禁令囉？」

「真是慚愧。」

對於有生意往來的土地，就是像羅倫斯這樣的旅行商人，也必須確實掌握當地的法令。不過，要是出了什麼事，旅行商人只要躲到無人的荒野，就能夠避開法令；而少了名為港口的設備就無法卸貨的貿易商，可就不同了。對這些貿易商而言，法令就如同神諭。

「說穿了，這個禁令就是禁止進口的命令。如果想要出口，完全沒有問題，但如果想要進口，就只限於進口小麥和葡萄酒。這個禁令的目的是——」

「為了防止金錢流出，是嗎？」

「沒錯。蘇馮國王已經在位五年了。他最大的目的是讓我們國家變得富裕。但是，這幾年的羊毛業績一直往下滑。這兩、三年更是慘不忍睹。除了羊毛之外，溫菲爾根本沒有什麼東西能夠出口給其他國家，賣出金額如果少於買入金額，當然會變得貧窮。於是，沒有做過生意的國王，就想到了這樣的方法。」

德志曼讓兩隻手掌朝上，做出了「受不了」的手勢。

從德志曼如此不悅的反應來看，不難猜出這個禁令在鎮上的評價有多麼糟糕。

「一旦得知沒辦法把商品賣給溫菲爾，當然不會有商人還特地跑來這裡。最後就演變成抵達港口的船隻數量突然劇減，旅館變得冷冷清清，酒吧的葡萄酒賣不出去、肉賣不出去，旅人用的斗篷和棉被也都賣不出去，馬商光是負擔飼料費就已經快要破產，兌換商只能秤天平上頭的塵埃重量。」

「真是惡性循環。」

「沒錯。一直以來只知道揮劍比武的國王似乎不懂得如何運用智慧。這樣的狀況下，景氣當然會越變越差，鎮上的貨幣轉眼間消失不見，到了現在……您看！」

德志曼說著，手法熟稔地取出一枚貨幣。

在歷經好幾代的群島割據和北海海盜之間的慘烈鬥爭之後，終於由溫菲爾一族建立了溫菲爾王國。

刻著溫菲爾王國第三代接班人——蘇馮國王側臉的貨幣嚴重泛黑，在這間房間的微弱光線照射下，甚至看不出其表面有何綴飾。

「因為銀幣裡頭混了太多不知道是銅，還是其他什麼東西，結果就變成了這樣。聽說就連技術一流的兌換商，也已經測不出銀的含量了。貨幣一旦失去了信用，就沒辦法做生意。聽說有些領主為了儲備能夠用來買麵包的零錢，而從大陸進口銅幣。不過，這麼做只是杯水車薪而已。然後，因為面臨這樣的狀況，國王更是動作頻頻……」

赫蘿與寇爾也探出身子看向桌上的貨幣，但因為看出德志曼打算繼續說話，於是紛紛挺起了身子。

「這麼一來，當然會出現趁火打劫的商人。」

做生意就像拔河一樣單純。

只要摸著每一條繩索往前走，就能夠輕易找出前方的終點。當經濟變得疲弊，劣幣橫行，導致連買麵包的零錢也短缺時，會變成怎樣呢？一個國家的經濟並非在石牆內進行的祕密儀式，一國的貨幣勢必會與另一個國家的貨幣進行比較，藉以衡量價值。

那麼，如果只有溫菲爾的貨幣變成泛黑又劣質的貨幣，會是什麼狀況呢？

如同弱勢的鹿隻會被狼吃掉一樣，以弱勢的貨幣所計算的財產也會遭到強勢的貨幣啃食。

「您是說不是來買商品，而是來買財產的傢伙們嗎？」

「沒錯。就跟鯊魚會聚集在受傷魚兒附近的道理一樣。所以，我還以為羅倫斯先生您也是那些人的同伴。」

「原來如此。布琅德修道院確實很容易被當作目標。那裡不僅擁有地位、權威，還有財產。」

「是啊。」

「請問一下，究竟是誰扮演鯊魚呢？」

聽到羅倫斯的詢問，德志曼露出了很適合在沒落酒吧看見的俗氣笑容，並現出虎牙說道：

「月亮與盾牌的旗幟。」

「！」

「沒錯，就是以大陸北部一帶為據點的魯維克同盟。扮演鯊魚的正是他們。」

魯維克同盟擁有好幾艘大型軍艦，而畫著月亮與盾牌的美麗綠色旗幟，就高高掛在這些軍艦上頭；該同盟由十八個地區以及二十三個職業公會聯手合作，並且擁有三十位貴族作為後盾，是一個由十家大商行統治的最強經濟同盟。

就連聽到他們能夠決定讓誰當上國王的玩笑話，也不能一笑置之。他們就是規模如此龐大的組織。

一旦被這般強勢的組織盯上，恐怕無法以正當手段來應對。

「當然了，我們根本沒膽子出手，所以只會在旁邊看熱鬧。而且他們非常重視規矩，不會干擾我們的羊毛交易。」

「他們的目的是修道院的土地嗎？」

「是啊。聽說他們想要趁這個機會收購修道院的土地，並且收買地方貴族。那些地方貴族因為國王下令增稅，加上領地收入減少，都快要喘不過氣來了。而他們的下一步，就是企圖干涉王國的國政。他們的規模這麼大，想要隱瞞行動都很難。不過，這樣也正好成了他們行動的推力。」

要是被魯維克同盟盯上，就沒機會翻身了。羅倫斯眼前不禁浮現那些期待蘇馮國王變成傀儡的貴族們，被魯維克同盟拉攏的畫面。

這麼一來，一切就會像雪崩一樣瞬間瓦解。

羅倫斯看向身旁的赫蘿。

他心想：「每次前往一個地方，總會遇到有趣的事情。」

「不過，修道院似乎比我們想像中的還要努力，所以交涉進行得不是很順利。聽說現在同盟內部不管是哪一家商行，都想拔得頭籌讓交涉成立。所以，嗯……」

德志曼再次把視線落在介紹信上，捏住了鬍鬚。接著，他微微傾著頭說道：

「羅倫斯先生，如果您認為這樣危險的巢穴有冒險的價值，那我是可以介紹龍頭之一給您認識……」

個性陰沉又愛見風轉舵的溫菲爾商人，露出了淡淡的笑容。

「不過，唯一的條件是：本商行從未與您打過照面。」

羅倫斯沒有立刻回答。

然而，他不覺得經過思考後，自己的想法會改變。

而且，事態變得如此有趣，羅倫斯不認為四周的商人們只會在旁邊看熱鬧，其中一定有人按捺不住了。

每個人都會想在近一點的地方，觀看有趣的餘興節目。

為了布琅德修道院裡飼養的羊隻羊毛交易，修道院設了一塊特區給前來採買的商人。

這塊特區想必已掀起了一場小騷動。

先試探一下暖爐的熱度，如果太熱，再思考其他方法就好了。

這麼盤算著的羅倫斯甚至沒看赫蘿一眼，就這麼回答：

「那就麻煩您了。」

德志曼莞爾一笑。

隨著「砰」的一聲，一只裝滿了羊毛的麻布袋被放倒在地。

就是說這只麻布袋是等著被搬上船，運往遙遠異國的商品，羅倫斯也不覺得奇怪。

由麻布縫合製成的扁平麻袋裡，塞了填滿羊毛的棉被。比起蓋上十床又重又硬，而且怎麼也暖和不起來的毛毯，只要蓋上一床這樣的羊毛被，就能夠暖和得冒汗。

三人份的羊毛棉被就這麼送進了房間。

「這是……唔。汝啊，沒問題嗎？」

因為沾滿潮腥味而洗了頭的赫蘿，正在旅館最高級的房間裡堆滿柴火的暖爐前烘乾頭髮。

在看到眼前的羊毛被後，就連她都忍不住這麼說。

雖然赫蘿老是要求羅倫斯闊氣地租下高級旅館，但多少還懂得判斷價格。

這間房間是羅倫斯等人至今還未投宿過的類型，而從赫蘿的反應來看，便可得知這間旅館高級到什麼程度。

「這家旅館已經有十天沒有客人上門，這間房間也已經有四星期沒有人投宿過。聽說到了這個季節，旅人會變得更少。租下這間房間，再加上木柴費用，只要付一枚路德銀幣，還找了一堆零錢呢。不過……」

說著，羅倫斯指著排在桌上的泛黑硬幣，繼續說：

「這些貨幣恐怕什麼也買不到吧。」

「嗯。原來汝是趁火打劫啊。」

「這麼說也太難聽了吧。少了需求，物品價格當然會降低啊。」

「總之，只要汝不是因為愛面子才租下這房間就好。喏，寇爾小鬼，幫咱抓住另一邊。」

赫蘿急急忙忙地準備鋪床，而戰戰兢兢地抓住軟綿綿羊毛棉被的寇爾，則是被赫蘿開心地鬧著玩。

羅倫斯邊苦笑邊望著兩人，腦中卻思考著其他事情。

他思考著德志曼所說的溫菲爾王國窘境，以及打算趁人之危的魯維克同盟。

不管在哪一個時代，弱者的下場都是被強者吞食。

然而，在好幾首詩歌中受到讚揚的布琅德大修道院，居然也難逃這樣的命運，這件事實讓羅倫斯驚訝不已。

的確，現今教會的權威已經大不如前，但羅倫斯總覺得仍有一股力量默默支持著教會。尤其在羅倫斯與赫蘿相遇不久時，正是因為教會的存在，赫蘿才會被當成人質抓走，讓兩人都陷入了困境。

想到自己能夠近距離目睹巨大王國瓦解的那一刻，羅倫斯不禁有種興奮和寂寞的奇妙心情。

當然了，羅倫斯沒打算支持哪一方，也沒打算攻擊哪一方。

因為人類同樣會吃羊肉，也會遭狼襲擊。

羅倫斯思考到這裡時，赫蘿突然探出頭，看著他的臉說：

「瞧汝這表情，一副不安好心的樣子。」

多虧有暖爐和堅固的木窗，現在房間裡充斥著溫暖的空氣。

不過，已經脫去長袍的赫蘿會流汗，應該是與寇爾玩耍的關係。寇爾坐在床邊喝水，看似精疲力盡地弓著背。

而赫蘿則是睜大了雙眼，一副炯炯有神的模樣。

或許是羊毛的味道讓赫蘿變得興奮也說不定。

「嗯，我的確是不安好心。因為我剛才偷偷祈禱教會能永續長存。」

「汝在說什麼啊？」

赫蘿一副感到無趣的模樣坐在椅子上，拿起放在桌上的水壺喝了一口。

雖說是水壺，但裡頭裝了葡萄酒，而且那水壺既非陶製、也並非鐵製，更不是銅製。

這裡的水壺是將椰子挖空做成的。據說椰子是產自遙遠南方國家的水果，由此可知此地的貿易之興盛。

「對了，回到汝剛剛說的話題……」

「如果這樣不合妳意的話，我可以換個身分，改當開心看著曾經是強敵的對手兩三下就瓦解的商人。」

「……大笨驢。」

赫蘿猶豫了一會兒後，踢了一下羅倫斯的腳。

她之所以會猶豫，想必是想起在港口城鎮凱爾貝發生的一角鯨騷動。

別看赫蘿老是以自己的利益為優先，其實她也有重情義的一面。

不過，說是重情義，但赫蘿的想法應該是：面對曾經是強敵、而今陷入困境的對手，如果無條件地伸出援手，她會感到很頭痛。

三人在凱爾貝向伊弗伸出了援手，而伊弗是被稱為羅姆河之狼的美麗商人。

只不過，羅倫斯得先抱著賭上性命的決心，才能拿這件事情來調侃赫蘿。

發生被伊弗「突襲」的那次事件後，羅倫斯度過了如坐針氈的日子。

他可不想再有第二次那樣的經驗。

「我只是有些感傷而已。雖說對教會愛恨交加，但教會也救了我不少次。」

「唔……咱能夠明白汝的心情。不過，那家商行的傢伙倒是相當開心地描述這件事情。」

「德志曼應該是真的覺得很開心吧。他不是說他負責採買羊毛嗎？想要取得與修道院商談的機會，必須費很大的工夫。所以看見修道院處於劣勢，他應該高興得不得了吧。」

「個性陰沉又愛見風轉舵，是唄？」

「沒錯。不過，打從棉被送來後，妳好像太開朗了一些。」

一聽到這句話，赫蘿便板起臉孔、豎起耳朵，然後鼓起臉頰。

不過，或許是發現想掩飾也來不及了，赫蘿隨即放鬆臉頰，嘆了口氣。

「這種棉被反而會害咱睡不著。羊的味道會讓咱更清醒。」

「那些傢伙也會因為金錢的味道而睡不著吧。然後，這場修道院的騷動，恐怕沒有我們表現的機會。就算有妳的機靈反應、寇爾的智慧，加上我的膽量，這次的對手還是太難纏了。」

「汝在說什麼啊？」

雖然赫蘿在桌上托著腮，一副受不了羅倫斯的模樣，但她看起來似乎挺開心的。

「那麼，我們要怎麼做呢？」

這時，觀察著暖爐狀況，伺機添加木柴的寇爾插嘴問道。

不愧是北方人，寇爾很懂得如何擺放木柴。

「我不認為魯維克同盟在追查狼骨的下落。如果真是如此，這消息應該也會傳進伊弗或基曼的耳裡。」

「也就是追尋不同獵物卻狹路相逢嗎？」

「用『狹路相逢』這個詞不知道適不適當……總之，魯維克同盟是一個可視為王國的巨大對手。我們根本沒辦法跟他們比。不過，換個角度來想，這或許正好是個機會。」

「嗯？」

寇爾一邊聽著對話，一邊在暖爐前方抖著外套。

他應該是打算利用暖爐的熱度趕走小蟲。

「修道院現在被跟毒蛇一樣的魯維克同盟咬住了。他們的財產完全被攤在太陽底下，這樣我們就省了製作財產清單的麻煩。而且，照德志曼所說，魯維克同盟的目的在於得到修道院的廣大土地。就算修道院的財產清單裡有狼骨，同盟也不太可能重視這項財產。」

如果是價值一、兩千枚金幣的財產，魯維克同盟當然不可能不重視。

然而狼骨雖然高價，卻仍屬於只要有錢就買得到的物品。

真正高價的，是不管堆上多少金錢都買不到的物品。

「如果只是靠近修道院瞧瞧，應該不會有任何危險。如果硬要說有危險，那就是……」

「什麼？」

羅倫斯對歪著頭的赫蘿說：

「布琅德修道院有十萬多頭羊，妳到了那裡沒問題嗎？」

羅倫斯原本只是抱著開玩笑的念頭，但看見赫蘿為塞滿羊毛的棉被興奮不已的反應，便認真擔心起她到了布琅德修道院的反應。

以這時期來說，很多商人會前來採買春季的羊毛，而且光是為了品評會，也會聚集相當數量的羊隻。就算不是這時期，修道院平常就到處都有和羊隻有關的物品，而赫蘿最討厭的牧羊人也不比羊隻數量少。

這時如果再加上灑滿雪花的大平原，真不知在船隻甲板上那麼興奮的赫蘿，到底會失控到什麼程度。想到這裡，羅倫斯的心情不禁由擔心轉為不安。

「哎，沒問題唄。」

儘管羅倫斯如此不安，赫蘿的語氣卻一副沒什麼大不了的樣子。

羅倫斯看向這匹開朗的狼，以眼神詢問：「妳那自信到底從哪裡冒出來的？」

狡猾的賢狼露出了得意洋洋的笑容說：

「只要吃很多很多羊肉，多到就是聞到羊味，也不會在意就好了唄。再怎麼喜歡的東西，也會有膩的時候。咱說錯了嗎？」

「……」

「喏，既然這麼決定了，還不趕快做準備？要吃到肚子撐得坐不起來，可是一件大工程吶。而且汝瞧！寇爾小鬼臉上也寫著想吃羊肉。」

羅倫斯當然知道赫蘿只是拿寇爾當藉口，但看見寇爾那有所期待的表情後，想要不理會赫蘿的發言都難。

不過，羅倫斯還是想稍微反擊。

「每次都要花錢請妳吃大餐，我也差不多快膩了。關於這點，妳有什麼想法？」

儘管長袍因為坐船而被海風吹得硬邦邦的，赫蘿卻一點也不在意地穿上長袍。她邊戴上兜帽邊回答：

「偶爾被人家討厭一下還好。要是讓汝覺得膩，咱會受不了。」

赫蘿用雙手按住自己的胸口，裝出嬌媚的模樣。

要是太認真回應赫蘿，只會讓自己顯得愚蠢，於是羅倫斯只淡淡回了一句：「您所言甚是。」

嘻嘻笑個不停的赫蘿牽起寇爾的手，朝向門邊走去。

然後，她轉過身子，像個小孩一樣天真地說：

「喏！快點啊！」

真是拿她沒轍。

羅倫斯暗自嘆了口氣後，抓住外套站起了身子。

強勢的貨幣是最強大的武器。

這是一位橫越眾多海洋，以金幣征服世界各國的偉大商人說過的話。當切身感受到這句話的真實性時，羅倫斯十分慶幸自己是個商人。

雖然德志曼向羅倫斯提議過投宿在商行的房間，但羅倫斯拒絕了。從德志曼說過的話來判斷，他之所以這麼提議，似乎是因為外國來的旅人總容易被人當成凱子。

而這樣的猜測在抵達旅館時獲得了證實。

最好別兌換成我們國家的貨幣喔——對於德志曼的忠告，羅倫斯當然照做了。

當羅倫斯抱著試水溫的心態，拿出一枚比崔尼銀幣差一些的路德銀幣時，換來的便是酒吧老闆的燦爛笑容。

餐盤上盛了大量佈滿黃色脂肪、精心燒烤過的羊肉，份量多到就快滿了出來。

到了這個季節，牧草地的牧草量會減少，飼養羊隻也就變成了一件相當花錢的事情。聽說今年有許多牧羊人為了先保住給自己吃的羊肉，而殺了比往年還要多的羊隻。

用來保存羊肉的鹽巴和醋，價格也因此水漲船高。

不過，利用了當地的寒冷氣候，將生肉保存在冰塊裡面的溫菲爾王國，其羊肉的價格當然會比較低廉。若是大口咬下羊肉，再喝一口葡萄酒，葡萄酒表面甚至會形成一層油膜；能以這麼便宜的價格吃到如此優質的羊肉，可說是千載難逢的好運氣。

不過，美中不足是麵包的品質並不佳。

人們說麵包的品質代表一個國家的品質。不同於生肉或蔬菜，麵包的原料如小麥或燕麥粉很容易保存，所以當國家情勢不穩時，為了以備將來不時之需，會禁止使用高級的小麥或燕麥粉。

「真是太感動了！過了那麼久沒有客人上門的日子，現在居然來了個這麼能吃的客人，這一定是上天的旨意！」

雖然老闆說話誇張了一些，但酒吧裡實際上也只坐滿一半的客人，而大部分的客人都是默默地喝著酒。

酒吧裡的客人似乎都是當地人，看起來有一半是工匠，有一半是小販商。

酒吧裡看不見總部設在對岸的商行職員身影。這恐怕是因為——如果炫耀自家商行的好景氣，會引起當地居民的反感。

不過，如果來客是旅人，情況就會剛好相反。

只要慷慨地出錢請其他客人吃肉喝酒，肉的油脂和酒精，就會變成讓他們滔滔不絕的最佳潤滑劑。

「快看看這個少了活力的酒吧！喂！你們幾個！來酒吧就要像這樣大口吃肉、大口喝酒！」

「吵死人了，老闆！你自己還不是不喝葡萄酒，老是喝直接在泥地上釀造的無味啤酒！」

「就是說啊！我還聽說你在麵包裡放了太多豆子，把老婆給氣哭了！」

酒吧老闆與常客們高分貝地起鬨，帶來一連串的笑聲。

有個城鎮商人曾經告訴過羅倫斯，當景氣不好時，住在城鎮的人們就會覺得這個世界已經沒救了。

這時如果出現一個出手闊氣的旅人，他們就會覺得這世界還有美好之處，因而燃起希望。

「對了，先生是從哪裡來的啊？」

因為光是吃燒烤的料理也會膩，所以羅倫斯三人點了一鍋酸高麗菜燉羊肉。老闆端來這道料理時，這麼詢問羅倫斯。

老闆之所以沒有詢問赫蘿，並不是因為她看似年幼，而是因為她正忙著吃肉。看赫蘿那貪吃的模樣，感覺四周的客人都想站起來替她加油。

「我從對岸的凱爾貝前來。在那之前，是在更南方的國家徘徊。」

「凱爾貝？喔！說到凱爾貝，那裡發生了一場大騷動吧？什麼騷動來著……喂！漢斯！凱爾貝是發生什麼騷動了？」

「是一角鯨吧？酒吧老闆的消息這麼不靈通，要怎麼做生意啊？聽說他們撈到冰海的惡魔，引起一場大騷動呢。里昂商行的船剛剛進港，那裡的船夫是這麼說的。」

情報就連海洋都能夠輕易橫越，教人不害怕都難。

而且，一角鯨騷動才剛結束沒幾天而已。

「對對對！就是一角鯨。這件事是真的嗎？」

老闆一副饒富興味的模樣問道。只是他一定沒料到，將那場騷動的局勢徹底扭轉的人物，此時就在自己眼前。

羅倫斯看向赫蘿，想要與她一同竊笑，沒想到赫蘿根本沒理他。

這時如果把視線移向寇爾，寇爾一定會察覺自己的意圖，而露出擁有共同祕密的笑容。

面對這兩個性格迴異的旅伴，羅倫斯會想對誰溫柔一些呢？答案不言自明。

「是真的。因為那場大騷動，整個城鎮差點分裂成南、北兩塊。最後是有一家商行準備了好幾箱裝滿金幣的箱子，把這些箱子搬到教會，並大聲要求教會把一角鯨賣給他們。也因為發生這樣的大騷動，所以我們沒能在凱爾貝悠哉度日。」

「喔……裝滿金幣的箱子啊。」

在四周聽著羅倫斯描述的客人們，也是對裝滿金幣的箱子有所反應。

這樣的反應讓人很容易看出他們現在對什麼最感興趣。

「那三位特地從比凱爾貝還要南方的國家來到這裡，是為了什麼呢？是來做生意的吧？」

「不是，我們要去布琅德修道院巡禮。」

由於眾人對金幣的反應最為敏感，所以羅倫斯刻意避開了金錢的話題。

放眼望去，酒吧裡的客人一大半是商人和工匠。

這時如果說是來做生意，別說是想收集情報了，搞不好還會被推銷商品。

「喔，去布琅德修道院啊……」

「或許您會覺得很難相信，但我這兩位旅伴確實都是神的孩子。雖然很不符本性，但我也受到了感化，所以希望洗淨過去的罪行。」

「原來如此。可是，商人會想要去布琅德修道院巡禮啊……這還真是諷刺。對吧？」

老闆手上不知何時也拿著裝有葡萄酒的酒杯，並徵詢著客人的同意。

老闆臉上露出充滿挖苦意味的笑臉，而客人也是。

羅倫斯努力佯裝成無知旅人的模樣說：

「為什麼說是諷刺呢？」

「喔，那是因為布琅德修道院的生意手腕比傳說中還要厲害，已經好幾年沒有好好對待過巡禮客了。打算去布琅德修道院的外國旅人，大多會路過我們鎮上，而我看過太多人一臉失望地踏上歸途。」

「修道院應該為了巡禮者整頓旅館和道路，但他們拿出來的整頓金卻微薄至極，完全不能和羊毛交易的金額相比！就是小孩子也看得出來修道院的天平偏向了哪一邊。寬大的神啊，請庇祐我們！」

聽到看似商人的客人這麼說，老闆用力地點了點頭。

不管是修道院還是商行，只要起了想賺錢的念頭，似乎都會採取相同的手段。

他們都會從事最賺錢的生意，並且重視最賺錢的交易對象。

不過，他們似乎也因此失去了很多東西。

「或許是因為他們老做這種事情，現在終於受到了天譴。這幾年不知道怎麼搞的，溫菲爾的羊毛一直賣不出去，而首當其衝的就是布琅德修道院。過去比任何小羊都還要溫馴的商人們不再乖乖前往修道院，就算這時急急忙忙想要募款，那些被趕走的巡禮客也不會回來了。」

「這種狀況下，竟然有外地商人想要去巡禮，看來修道院受的天譴差不多要結束了吧。真是活該。」

正因為信仰據點是受人們崇敬的地方，所以當這個地方不再受人們崇敬時，反彈的力道會更為驚人。

酒吧裡的客人們都看似開心地說著修道院的壞話。

這麼一來，就可以很容易地打聽魯維克同盟的話題。

「原來是這樣的狀況啊……那麼，現在沒有人會去拜訪布琅德修道院嗎？」

聽到羅倫斯這麼說，老闆露出了相當複雜的表情。

——想到這個就讓人開心得不得了。

——不過，還是有那麼一點感傷。

對於老闆臉上的表情，羅倫斯是這麼解讀的。

即使到了現在，布琅德修道院仍是信仰重地，且深深植於溫菲爾王國人們的心中。

「有，現在那裡還是聚集了很多商人。不過，這些商人跟之前來的有些不同。先生聽過魯維克同盟嗎？」

赫蘿停下大口吃肉的動作，一副打算小歇片刻的模樣喝起了酒，但她這麼做絕非偶然。

而是她知道把氣氛炒熱的話題已經結束。

「您是說那個世界第一、聲名遠播的經濟同盟嗎？」

「沒錯。聽說魯維克同盟的傢伙們大舉湧入修道院。一開始是坐著黑色馬車的高官前來。不過，可能是那些人的耐力不夠，受不了修道院的冬季氣候，不久後就換成徒步的商人們前來。在那之後，聽說商人接二連三地進出修道院，為了率先完成商談而彼此競爭。所以，今年來這裡的都是不光顧我們家酒吧，只會板著臉往草原走去的商人們。」

「到底是什麼商談呢？」

接下來打聽到的消息，或許可以證明德志曼所言不虛。

羅倫斯抱著這樣的想法開了口，卻從老闆口中聽到完全出乎意料的話語：

「聽了別笑喔。他們是來採買黃金之羊。」

羅倫斯好像聽見了赫蘿在兜帽底下豎起耳朵的聲音。

他也露出了難以置信的表情緊盯著老闆不放。

「每逢局勢變壞時，這個傳說就會被大家提起——布琅德修道院擁有一望無際的大草原。在白雪皚皚的大地盡頭，有一隻宛如朝陽化身、發出閃閃金光的羊漫步其上。」

「聽說還有人實際拔過黃金之羊的毛，但是毛一拔下來，就立刻化為光縷消失了。」

羅倫斯確實也經常耳聞這類的謠言。

戰爭時，越是處於劣勢的國家，傳奇故事就越多。

像是教會裡的聖母流下了眼淚、嘴巴裂開到耳際的巫婆擄走了小孩，或是天上飄揚著畫有教會徽章的巨大旗幟。

事實上，在海洋對面的大陸上，也有很多人知道布琅德修道院的黃金之羊傳說。

當世界變得灰暗時，黃金之羊或許是個能夠讓人懷抱希望的奇蹟。

「他們八成是想要得到修道院的名號，或是來採買土地的吧。」

「謠言是說魯維克同盟想要成為溫菲爾的貴族。」

「可是，蘇馮國王是偉大溫菲爾一世的孫子，國王不可能允許自己的家臣是用錢買來地位的傢伙。從前有個商人用金錢買下了沒落貴族，結果惹火了國王，後來國王公布強人所難的法令，害那個商人做羊毛交易虧大錢，最後被這樣。」

一名客人做出砍頭的手勢。

羅倫斯心想，那個商人一定是他認識的某人的前夫。

「大家都沒錢了，國王還一直要求要增稅。不對，應該說就是因為沒錢，國王的反應才會這麼過度吧。」

「三位是好客人，所以我在這裡提醒你們——你們如果要去修道院，要小心一點。那裡的神明之家被惡魔占據了。該來幫助我們的神明，已經迷失在廣大的草原，久久不曾現身囉。」

羅倫斯不確定大家是在說修道院的壞話，還是在批評魯維克同盟。

或許大家也不知道自己想說誰的壞話吧。

說不定只要能夠找個藉口來發牢騷，大家就覺得滿足了。

不過，不管發牢騷的對象是誰，大家都不是真的討厭這個對象。

魯維克同盟和國王都是活在和大家不同世界的人，而布琅德修道院就算墮落，仍是大家敬畏的對象。

大家這般矛盾複雜的心情清晰可見。

正因為看得如此清楚，所以來到這家酒吧的客人們日子過得有多苦，自己似乎也能深切體會到。

「謝謝。我們會小心的。」

「嗯。那麼接下來要大吃大喝一頓，才會有足夠的體力！離開鎮上後，馬上就是一片雪原。要是體力不夠，可是會倒在中途的喔！」

老闆的話語再次炒熱了酒吧氣氛，羅倫斯舉起酒杯與老闆乾杯。

寇爾似乎已經到了極限，赫蘿則是還喝得下去的樣子。

雪原上的布琅德修道院。

想要前往這樣的目的地，確實先充分地填飽肚子會比較好。

「啪啦、啪啦」的聲音傳來。

應該是木炭在燃燒的聲音吧。

不對，昨天沒有升火。對了，是暖爐。

昨天是有暖爐沒錯，但這聲音好像有些奇怪。

想到這裡，羅倫斯總算張開眼睛，抬起了頭。

從房間昏暗的程度，羅倫斯知道現在時刻還早。

而且，只要觀察從木窗流瀉進來的光線強度，也能夠知道屋外天氣是否晴朗。

很遺憾地，今天似乎是個陰天。羅倫斯才心想「今天可能會很冷」，冰冷的空氣隨即毫不留情地迎面而來，讓他完全清醒過來。

看來四周已經很冷了。

在這股寒流之中，還傳來如木炭燃燒般的聲音。

羅倫斯嘀咕著，旋即打了個大哈欠，並挺起身子。

「下雪了啊。」

塞滿羊毛的棉被果然保暖力一流，羅倫斯已經很久沒有睡得如此香甜了。

赫蘿似乎也陷入了熟睡，因為蓋著軟綿綿的棉被，比平常膨脹得更高的身體有規律地緩緩起伏著。

不過，天氣真是太冷了。

羅倫斯感覺自己的臉彷彿浸在冰水中，他朝向寇爾的床鋪一瞧，發現寇爾也像赫蘿一樣縮成一團，整個人躲進被窩裡。

房裡只有羅倫斯一人露出臉睡覺。

羅倫斯揉了幾次臉後，呼出一口白氣。

在下了床、打了一陣寒顫後，他走近桌子，拿起水壺搖了搖。

羅倫斯本來就不抱著期望，也果然不出所料地，鐵製水壺裡的水已經結冰了。

「還是去樓下取水好了……」

自從與赫蘿一起旅行後，羅倫斯就變得很少自言自語，但在這種時候，還是會忍不住說上一兩句。

羅倫斯將麥桿丟進還有些許火苗未熄的暖爐，等到火勢轉大後，再添加木柴。

磚砌暖爐儘管外形氣派，爐火還是會因為磚塊的冰冷而不時熄滅。

確認火勢移轉到木柴後，羅倫斯走出了房間。

走廊上一片寧靜。

那寧靜的感覺不是因為沒有客人，或是時間過早，而是聲音本身像是被什麼吞噬了。

每走一步便在腳邊響起的嘎吱聲，也不會讓人感到在意。

這片彷彿被棉花包住似的寧靜，是下雪時獨有的寧靜。

來到一樓後，羅倫斯發現旅館還沒開始營業，出入口還掛著木門。

不過，羅倫斯聽見通往中庭的走廊深處傳來開門聲，隨即看見脖子上圍了好幾圈圍巾、鼻子紅通通的旅館老闆扛著桶子走進來。

「喲？您這麼早就起床了啊。」

「早安。」

「真是冷死人了。連水井也結冰了，我費了好大工夫才敲破冰面。照這樣子看來，今天應該會蓋上蓋子。」

老闆把裝滿水的桶子扛到最裡面，然後把水倒進放在走廊上的水甕。

極度寒冷的地區到了冬季時，總必須為了確保水而傷透腦筋。明明會下雪，卻必須為了水而傷腦筋，想來實在諷刺。

「蓋上蓋子嗎？」

「喔，我們這裡把被白雪覆蓋的景象稱為蓋上蓋子。只要一天時間，就會變得一片雪白。」

「原來如此。」

「對了，您需要什麼服務嗎？我們也能夠為旅客準備早餐，但是要花一點時間就是了。」

「早餐就不用麻煩了。老實說，我們昨晚在酒吧包了很多食物回來。」

昨晚在酒吧氣氛高亢到連鎮上的巡邏兵都前來關注，最後只好帶走沒吃完的料理。帶回來的每一道都是高級料理，只要利用暖爐的火加熱一下，一定會是非常可口的早餐。

「哈哈哈！難得有這麼好的羊肉，要是沒人吃，就太可惜了。」

「是啊。對了，方便跟您要一點水嗎？」

「沒問題、沒問題。對喔，鐵製水壺一下子就結冰了吧。等會兒我會幫您送上裝滿木屑的箱子。只要把水壺放進箱子裡，就不會那麼容易結冰了。」

「麻煩您了。」

從老闆手中接過裝了水的素色陶製水壺後，羅倫斯回到了房間。

他心想，以蓋上蓋子來形容下雪非常地貼切。

不過，羅倫斯記得以前投宿在廉價旅店時，有個為了禦寒而拿著便宜酒聊天聊了一整夜的傭兵，也說過類似的話。

——如果要打仗，選在北國打仗比較好。

——因為不管遭遇多大的痛苦或悲傷，都會被雪花掩埋。

雪花會讓人變得感傷。

羅倫斯露出苦笑，然後打開房門。

「喔？妳起床了——」

羅倫斯之所以沒有把話說完，是因為感受到應該保持沉默的氣氛。

赫蘿坐在床上，愣愣地注視著木窗外的光景。

她直直地看著前方，如果不是嘴邊時而湧出白色氣息，那模樣說是像陶製裝飾品也不為過。

儘管羅倫斯已經走進房間，並且關上了房門，赫蘿還是一直眺望著窗外。

雖然暖爐裡還有木柴在燒，但羅倫斯放進了更多的木柴。

接著，他把水壺放在桌上，並走近赫蘿的床邊。

「在下雪吶。」

赫蘿頭也不回地說道。

羅倫斯也沒有立刻回答，而是隨著赫蘿的視線看去。他應了一句：「是啊。」便在赫蘿身旁坐了下來。

赫蘿仍舊望著窗外。

她沒有盤腿，也沒有抱住膝蓋，而是彷彿維持著某一個瞬間的姿勢，靜靜地注視著窗外。

冰冷的空氣不斷從木窗流進來，羅倫斯輕輕嘆了口氣，把手放在赫蘿頭上。

赫蘿的美麗髮絲變得像結冰的線一樣冰冷。

對於赫蘿看見雪聯想到了什麼，羅倫斯再清楚不過了。

所以，羅倫斯沒有抱緊赫蘿，而是靜靜地陪在身旁。

「……」

「怎麼了？」

聽到羅倫斯這麼詢問，赫蘿沉默地看向他。

赫蘿臉上不再是看著窗外時的面無表情，而是帶有情感的面無表情。

因為冰冷而顏色變淡的嘴唇，也恢復了些許血色。

「汝總算也懂得如何表現體貼吶。」

「小心著涼啊。」

羅倫斯用囑咐代替了回答，而赫蘿在點頭回應的瞬間打了個噴嚏。

在那之後，赫蘿很快地鑽進了被窩。於是羅倫斯站起身子關上木窗。

「如果是用原本的模樣，咱想看多久都行。」

「看著看著整個人就會被埋起來吧。」

聽到羅倫斯的話語，赫蘿笑了笑，用手指著水壺。

接過羅倫斯遞來的水壺後，赫蘿用另一隻手握住羅倫斯的手。

「咱說過就算下雪，也不會怎樣唄？」

然後，她露出淡淡笑容這麼說。

對赫蘿來說，下雪天不是適合打鬧玩耍的日子。

在赫蘿停留了好幾百年的帕斯羅村，就算到了冬天，也不會像故鄉約伊茲那樣下起雪來。

羅倫斯反握住赫蘿冰冷的手回答：

「這就難說了。畢竟妳不是那種會一直哭哭啼啼的柔弱女子。說不定妳還充滿活力地在雪地上四處奔跑。」

「……」

赫蘿無聲地笑了笑，挺起身子喝了口水壺裡的水。

這時，她突然皺起眉頭瞪向羅倫斯說：

「怎麼不是葡萄酒？」

「大笨驢。」

羅倫斯學赫蘿的口氣這麼罵人後，赫蘿立刻把水壺塞給羅倫斯，像在鬧彆扭似的躺回床上。

「什麼嘛？妳還要睡啊？今天的早餐很豐盛喔？」

雪花會讓人變得感傷。

不過，美食會讓人變得開朗也是不爭的事實。

不愧是牧羊業興盛的土地。

昨晚帶回來的料理當中，很罕見地出現一只皮袋，打開一看後，發現裡頭裝了大量的奶油。

赫蘿眉開眼笑地把奶油胡亂塗抹在燕麥麵包上，塞了個滿嘴。而寇爾原本食量就小，加上不習慣太早起床，光是看見赫蘿這般模樣，似乎就快反胃了。

「那麼，咱們嗯、接下來嗯、要怎麼行動？」

「拜託妳別邊吃東西邊說話。照德志曼所說，他會把我們介紹給隸屬於魯維克同盟的商行，所以先等對方聯絡吧。」

「嗯……咕。」

赫蘿總算吞下滿口的燕麥麵包稍作喘息，羅倫斯以為她打算說些什麼，結果看見她又張開大嘴咬了麵包。

「妳是打算冬眠嗎？」

「那也是嗯、不錯的點子……」

美食當前又吃得開心時，不管說什麼，赫蘿都聽不進去。

羅倫斯用麵包夾住以爐火加熱過的羊肉，然後張口咬下。

「不過，天氣這麼冷又在下雪的時候旅行，應該會很辛苦吧？」

寇爾開心地看著赫蘿與羅倫斯的互動。這時他一邊喝著加熱過的羊奶，一邊這麼詢問。

「是啊。你獨自旅行的時候，是怎麼熬過的？」

「我離開故鄉時，氣候還不算太差，所以不會太辛苦。只要一越過羅姆河，就會突然變得很冷。所以，我後來會避開可能會下雪的地方前進。」

「我想也是。你那服裝如果遇到下雪天，睡著後還能不能夠醒來，也只能看上天的安排了。」

羅倫斯伸手幫寇爾取下沾在臉頰上的肥肉說道，寇爾有些難為情地笑笑。

羅倫斯不確定寇爾是因為服裝，還是因為臉頰沾到食物而感到難為情。

「不過，到了完全被白雪覆蓋的地區，還是會採取一些避難方案。這些地區會以一定間隔在路上豎立木牌，也會在萬一發生暴風雪時，人類勉強走得到的距離設置小屋。我去過亞羅西史托，那裡的風雪真的很大，但正因為風雪很大，反而不會遇到山賊，熊和狼也因為太冷而躲在洞穴裡，所以旅行起來挺順利的。」

「您去過亞羅西史托啊?那裡是最北端的城鎮吧?」

「曾經有人拜託我送旅人的遺物去到那裡，就那麼一次而已。亞羅西史托在比多蘭高原更偏遠的西北方。我也看見了傳說中那鼎鼎有名、如平靜海面的大地。那景象真的很壯觀。」

據說有條龍朝向天之盡頭飛去時，掀起了一陣狂風，把所有草木連根捲起，因而形成了那塊大地。

因為降雪全集中在那塊大地前方的亞羅西史托，所以那塊大地雖然寒冷，卻不可思議地相當乾燥。

那是一個能夠讓人得知世上真的有「萬物皆無之處」的地方。

「據說聖人阿拉迦耶在那裡苦修了三十年……我當時還想到，如果這傳說屬實，那他真的是一位不折不扣的聖人。」

「好厲害喔……」

寇爾認真聆聽著羅倫斯說話，還發出了感嘆聲。

最近用完餐後，赫蘿有時會變得心情不太好，但這也是沒辦法的事情。

因為赫蘿不肯像寇爾一樣認真聆聽羅倫斯說話，羅倫斯對她的態度當然會變得不同。

羅倫斯心想，上天一定會原諒我這樣的不公平態度。

「我在學校聽過世界各城鎮的名字，但實際去過的少之又少……」

「世上幾乎所有人都跟你一樣。我是因為很少跟別人組成商隊，或是和特定一些同伴一起做生意，所以才有機會像這樣前往遠處，見識各式各樣的事情。」

「您沒去過南方的城鎮嗎？」

「說到南方，應該是你比較熟吧。此外，我也去過東方國家……」

羅倫斯說到一半停了下來，但並不是因為被排擠在外的赫蘿終於哭了出來。

而是因為傳來了敲門聲。

「來了！」

已經非常習慣處理雜務的寇爾精神奕奕地回應後，從椅子站起身子。

赫蘿依舊吃著她的早餐，但羅倫斯一眼就能夠看出她在鬧彆扭。

因為他看見明明有訪客前來，赫蘿卻沒有戴上兜帽。

羅倫斯態度恭敬地拿起赫蘿的兜帽，替她戴上。

「請問是哪位？」

寇爾打開房門後，一名裝備相當齊全、會讓人聯想到伊弗的人站在門外。

那人臉上纏著頭巾，套著兩件長到腳踝的外套，小腿上纏著沒有剃毛的生皮，背上背著一只大麻袋。

這副裝扮感覺隨時能夠參與暴風雪中的行軍，而事實上，那人頭上及肩上也確實披著白雪。這名看似前一刻才抵達此地的人物，從頭巾深處投來一陣好奇的目光後，取下纏在臉上的頭巾。

「請問這裡是克拉福・羅倫斯先生投宿的房間嗎？」

傳來了意外年輕的聲音。

隨即頭巾底下也露出年輕男子的面孔。

「是的。我就是羅倫斯。」

「原來是本人啊。很抱歉，我沒能打扮得正式一點。我接到了德志曼先生的傳話，所以前來打擾。」

羅倫斯從椅子上站起身子，朝向房門走去。

既然是德志曼介紹而來，就表示此人是魯維克同盟的成員。

「別這麼說，應該是我們去拜訪您才對。請先進來吧。」

「那麼，我就不客氣了。」

比羅倫斯矮了一些的男子以輕快的腳步走進房內，但從背上的行李以及身上的裝備來看，背負那樣的重量是沒辦法輕快走路的。

如果男子是個旅行商人，肯定是行走於相當嚴酷的地區。

「哇！這房間真是漂亮。」

「照理說我們根本住不起這樣的房間。」

「哈哈哈！這算是因職業得到的好處吧。我初秋來到這裡的時候，也是十分享受。」

或許是頭髮剪得很短，男子的金髮顯得十分亮眼。

男子說話口氣也十分開朗，讓人頗具好感。

甚至連赫蘿都有些驚訝的樣子。

「啊，我忘了自我介紹。我隸屬於魯維克同盟的菲爾斯商行，名叫拉格．彼士奇。」

「我也重新自我介紹一遍。我是隸屬於羅恩商業公會的克拉福．羅倫斯，平常是循著大陸的行商路線做生意。」

「喔！這真是神的指引！您看我這身裝扮也知道，我也是個旅行商人。」

兩人一邊交談，一邊握手後，羅倫斯發現男子手心的粗糙感與他相同，不禁稍微安心了。

看見赫蘿拿起早餐移動到床邊，羅倫斯請彼士奇入座，然後自己也坐在椅子上。

「我聽德志曼先生說三位想前往布琅德修道院，是嗎？」

羅倫斯不認為彼士奇是個性急躁的人。

雖然最近很少遇到這樣的商人，但彼士奇應該是屬於「如果有閒工夫與他人悠哉地打招呼，不如把時間用來削除銀幣邊緣」類型的商人。

「可能的話，我們想去距離本院比較近的商人專用分院，而不是巡禮專用的分院。」

羅倫斯沒有說出他們正在追查狼骨。

在此之前，羅倫斯三人並不知道狼骨在哪裡，但現在不同了。他們已經得到狼骨應該在布琅德修道院的重要情報。而粗心大意地洩露這個情報並非上策。

而且，彼士奇是魯維克同盟的成員。

「……既然是德志曼先生的介紹，我不會詢問您的目的，但您會這麼說，就表示不是來採買羊毛吧？」

彼士奇的眼睛直直注視著羅倫斯。

不肯說出目的，卻要求對方帶自己到修道院去，對方聽了當然會有這樣的反應。

不過，羅倫斯也沒有因此畏縮。

因為他相信自己以基曼與伊弗的信用買到了德志曼的信用，更進一步買到了彼士奇的信用。

信用是眼睛看不見的貨幣。

過了一會，彼士奇展露笑臉說道：

「反正我自己為了賺點零用錢，也會帶一些想要觀看我們家同盟和修道院較勁場面的人去分院，所以就不追問您的目的了。而且，光是有人群聚集，就能夠變成吸引人們前來的原因。」

如果沒有對象，生意就無法成立。以這點來說，沒有一個地方比眾多商人聚集的地方更具有做生意的魅力。

而且，想賺大錢的時候，最好不要隨便洩漏自己要做什麼生意。

彼士奇當然也明白這樣的道理。

「月亮與盾牌圖樣的旗幟總能夠在風中飄揚，所以我們不會在意小事情。」

羅倫斯當然知道這句話之後，還要接上一句「不過，如果有人干擾我們做生意，我們當然不會放過他。」

「謝謝。當然了，我會準備好大禮答謝您。」

聽到羅倫斯的答覆後，彼士奇露出了純真的笑臉，證明了他確實是個商人。

羅倫斯與彼士奇再次握手，以示契約成立。

「那麼，我這個人是個急性子，我想立刻討論一下出發事宜……在場所有人都要前往修道院嗎？」

「是的。這樣的組合很難以採買羊毛當藉口嗎？」

姑且不論寇爾，赫蘿的樣子怎麼看也不像與做生意有關的人。

「不會、不會。在行商之旅中，也有人會帶著追求心靈平靜的聖職者一起行動。而且，布琅德修道院的分院現在熱鬧得像在舉辦祭典一樣，事到如今不管什麼人前來，都不會太顯眼。只要能夠通過入口處的大門，就沒問題了。」

「那真是太好了。」

羅倫斯刻意裝出感到安心的模樣。

這樣的演技不是為了欺騙彼士奇，而是因為彼士奇的說話口氣實在太過爽朗，所以羅倫斯藉由這樣的舉動，來警告自己不能掉以輕心。

「那麼，關於出發時間……」

「我們隨時能夠出發。」

「這樣子啊……老實說，我接了修道院與對岸商行的聯絡人工作，所以必須儘早出發，這樣才能提升我的價值。」

彼士奇這般帶點挖苦意味的說法，想必是刻意在學溫菲爾人拐彎抹角的說話方式。

羅倫斯看向赫蘿與寇爾。

兩人都表示沒問題地點了點頭。

「這是由我們提出的請求，所以就算現在馬上要出發，也沒問題。」

「太好了。那麼，我打算在中午鐘聲響起時出發。」

「我們要走路去嗎？」

「不，我們騎馬去。雖然這附近的積雪還不深，但是修道院那邊已經積上厚厚一層雪了。我這邊會準備馬匹，但糧食方面請自行準備。啊，對了！」

彼士奇說著露出笑容，神秘兮兮地補上一句：

「沒有必要兌換這裡的貨幣喔。」

旅行商人去到新地區時，一定會先兌換貨幣。

聽到這個只有旅行商人才會懂的笑話，羅倫斯毫無顧慮地笑了出來。

第二幕

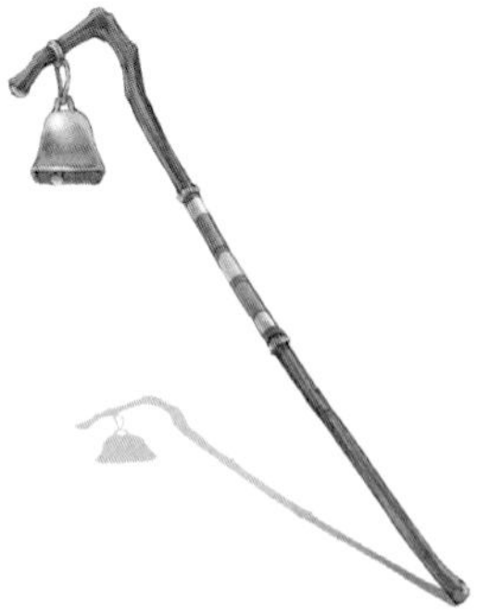

馬背上，寇爾坐在前方，羅倫斯坐在後方。即使兩人中間坐了個赫蘿，還是不覺得擁擠。

在溫菲爾雪地上拉雪橇的長毛馬，果然和傳聞一樣，有著龐大的身軀。

「可惡……不過是匹馬，竟還如此囂張。」

抵達與彼士奇會合的地點後，在看到準備好的馬兒時，赫蘿脫口而出的這句話，讓羅倫斯感到印象深刻。

當然了，赫蘿的真實模樣比這匹馬大上許多。

赫蘿之所以這麼不服氣，除了是對馬兒的龐大身軀感到驚訝之外，也是對自己所知的世界之狹窄，以及自己所不知的世界之廣大感到懊惱。

在大陸地區，如此龐大的馬兒可是少之又少。

「準備好了嗎？」

彼士奇跨上另一匹普通馬的背部，抓著韁繩問道。

羅倫斯表示沒問題。而他手上之所以沒有握住韁繩，是因為有負責拉馬的馬夫。

長毛馬擁有如此龐大的身軀，背上若光是載人，就太浪費了。連光是載了小孩子就氣喘吁吁的騾子，只要巧妙地堆放，也載得動四個大人份的行李。

羅倫斯往後一看，看見載了滿山貨物的貨車。貨車載了準備送到修道院分院的食料和酒等貨物，聽說等到白雪開始覆蓋路面後，就必須把貨車換成雪橇。

彼士奇的工作是往返修道院與大陸地區的商行，負責進行情報交換，並且像這樣搬運物資。

「那麼，讓我們祈求神明保佑旅途平安吧。」

這麼做非常符合前往修道院之旅的作風，一行人配合著告知中午的教會鐘聲做完祈禱後，踏上了旅途。

這天的氣候不佳，氣溫很低。

而且，因為白雪尚未替城鎮蓋上蓋子，所以路上的土壤和白雪混在一起變成泥濘，弄髒了路上行人的褲腳。

不過，走出城鎮後，可看見結束收割的田地不斷向前延伸，而田地差不多已完全被白雪覆蓋住了。

呈現在眼前的不愧是被稱為草原之國的光景，放眼望去盡是雪白的世界。

人們和馬兒踏過的痕跡，在一望無際的白色世界中形成了一條泥道。

路上每個人都穿了好幾件衣服，把自己裹得圓滾滾的。羅倫斯三人也向旅館借來厚重的鞣皮外套裹住身子，還戴上了手套。

然而，如果一直坐在馬背上不動，寒風終究還是會灌進外套滲進身子。不知不覺中，赫蘿懷裡已經抱著寇爾，羅倫斯懷裡則抱著赫蘿。

沉默支配著旅途，唯獨雪花拍打兜帽的「答、答」聲響，以及儘可能地不讓冰冷空氣吸進肺裡，而緩緩呼出的吐氣聲顯得特別響亮。

有了這次體驗，便能理解北方人為什麼個個沉默寡言，而且說話時只會小幅度地張開嘴巴。此外，也能明白修道士們修行時，為什麼會在各種戒律之中加上「沉默」這一項。

因為雪花覆蓋了天空，天色暗得很快。儘管旅途並不算長，羅倫斯三人抵達頭一天的客棧時，都已經筋疲力竭了。

從前有一位偉大的修道士說過「說話是一種快樂」，於是捨棄了說話的行為。他的指摘確實道出了事實。

不過，羅倫斯等人畢竟是世俗之人。

其中顯得特別世俗的赫蘿，在枯燥乏味的沉默時間折磨下，似乎死了好幾條神經。抵達房間後，赫蘿連兜帽上的雪花都懶得拍落，便立刻倒在床上。

羅倫斯沒有打算責備赫蘿的舉動。

因為他知道自己臉上的表情，一定與精疲力竭地坐在椅子上的寇爾一樣。

那是明明自己已經了無生氣，但如果被要求繼續前進，還是有辦法緩緩站起身子，腳步蹣跚地走下去的表情。

那是完全失去體力之前，先失去精力時會露出的表情。

在寒冷地區的農村，流傳著許多關於死人組成隊伍的迷信。

他們一定是看見了這種旅人的隊伍，才會以為是由死人組成的隊伍。

「寇爾。」

羅倫斯呼喚其名後，表情如死人般的寇爾投來空洞的眼神。

「只要笑一笑，馬上就會好多了。」

寇爾也是孑然一身地旅行至今。

他應該知道這樣的治療法。

寇爾勉強地笑笑，然後點了點頭。

「那我們去吃飯吧。彼士奇應該已經跟店家商量好，在幫我們張羅晚餐才對。」

「好的。」

寇爾站起身子答道。

趁這位直率少年脫去披著白雪的外套之際，羅倫斯走近倒在床上後就不曾動過的赫蘿身邊，取下她的兜帽說：

「我想妳應該知道，這樣躺下去也不可能睡得著。只要去暖和的地方喝酒，身子就會好多了。」

睡意與倦意雖然相似，但完全不同。

赫蘿彷彿在回答「咱知道」似的，微微動著無力垂下的耳朵。

然而，就像儘管心裡明白該起床，卻還是無法從溫暖被窩爬出來的人一樣，赫蘿依舊遲遲不肯起床。

羅倫斯不得已，只好將赫蘿抱起──結果看見赫蘿做出了彷彿被下了咒語、如果沒有得到某位英雄的吻，就不會醒來似的表情。

羅倫斯當然不是英雄。

想要解開施在赫蘿身上的咒語，必須使用另一種魔法。

「聽說這一帶的蒸餾酒啊，濃度高到只需要一點火花就會燒起來。」

羅倫斯在赫蘿耳邊低聲說道，垂下的耳朵立刻變成三角形。

赫蘿也同時投來「真的嗎？」的詢問目光。

「太淡的酒一下子就會結冰，根本喝不了。所以這裡的人都會喝儲藏在冰塊裡也不會結冰，明明比冰塊還要冰，喝了卻會感到灼熱的酒來取暖。」

赫蘿的眼睛重新亮起光芒。

嚥下口水的「咕」一聲，解開了咒語的枷鎖。

赫蘿搖搖晃晃地挺起身子，宛如整整三天沒有吃任何東西的野狗般垂下的尾巴，總算恢復了一些活力。

「不過，下酒菜可能只有酸高麗菜而已喔。」

因為擔心事後挨罵，羅倫斯決定先把話說清楚。

聽到羅倫斯的話語後，走下床的赫蘿腳步突然一陣不穩，但靠著酒的魅力，又勉強重新挺直了身子。

「有總比沒有好。」

「這樣的態度很好。」

在這般互動下走出房間後，羅倫斯突然想起一件事。

以前經過某個城鎮時，赫蘿在喝了一種濃烈的葡萄酒後，提到那烈酒讓她想起故鄉的酒。

烈酒會讓赫蘿想起故鄉，而這是一種品嚐烈酒之外的美好滋味。疲憊不堪時，這滋味一定能夠帶來最充沛的養分。

還要花上兩天的時間才能夠抵達布琅德修道院。

羅倫斯背著赫蘿，偷偷數起荷包裡的硬幣數量。

客棧的餐食昂貴、難吃又難聞。

就算是小孩子能夠輕易記住的聖經詞句，也沒有這句話來得好記。

擺在隔壁桌上食物的濃濃蒜味，恰好應證了這番話。

蒜味是貧窮食物的代名詞。儘管羅倫斯自認一直以來的餐食都算節儉，到了這樣的地方還是暴露了奢侈病。

只有寇爾在聞到隔壁桌的食物味道後，肚子咕嚕咕嚕叫不停。畢竟直到不久前，寇爾還咬著乾癟的蕪菁在旅行。

羅倫斯自己聞到這久違的味道，也沒被勾起食慾，嗅覺靈敏的赫蘿就更不用說了。

對有這般反應的羅倫斯兩人來說，他們非常地幸運。但原因不在於他們有足夠的錢，也不是因為客棧廚房的蒜頭用完了。

而是彼士奇早預料到兩人的反應，所以親自下了廚。

「因為我平常經常在北方地區走動，每次被大雪阻斷去路時，我就會幫忙煮飯，所以不知不覺就學會了。」

說著，彼士奇在桌上放了調味簡單又美味的羊肉湯。

所謂的調味簡單，是指在水裡放入大量鹽巴，然後放進薑、蔥、乾燥羊肉以及羊腿骨熬煮而成的湯。

不過，這道湯裡還加了一樣非常重要的調味料。

說明到最後時，彼士奇壓低音量，揭曉了重要材料的真面目。那就是隔壁桌狼吞虎嚥的旅人料理中含量豐富的——大蒜。

彼士奇說加入少量的蒜頭，是煮出表面浮著一層黃色油脂透明湯頭的秘方。

盛了羊肉湯的厚實木碗，泡著很難直接咬下口的燕麥麵包。這道料理的吃法，是一邊喝熱騰騰的湯，一邊讓燕麥麵包變軟再吃進肚子裡。這麼一來，難以下嚥到必須「忍耐」才能吞下肚的燕麥麵包，也能夠變成一道美食。

對於彼士奇，羅倫斯除了感謝，還是感謝。

羅倫斯的感謝不只因為料理好吃，還因為赫蘿太熱衷於吃飯，而幾乎把高酒精濃度的蒸餾酒忘得一乾二淨。

「在沒有河川或水池的地方，自己帶來的水總是很容易壞掉。不過，只要像這樣放進很多食材，再整個煮沸過，就算是很臭的水，也不會有問題。」

赫蘿拿著木匙不停咀嚼湯裡的肉，這是她的第三碗湯。

拘謹的寇爾也難得盛了第二碗，可見羊肉湯確實相當美味。

「臭掉的水能夠做出這麼好吃的料理，的確很了不起……不過，這種料理只適合人數多的時候吧。獨自旅行時如果每次都做這樣的料理，可就虧大錢了。」

「您說得一點也沒錯。因為我曾經參加商隊到處旅行，年紀又比較小，所以經常受到這方面的訓練。」

不管是做生意還是安全方面，多數商人一起行動的行商都比獨自行商好得多。

但是，彼士奇旅行時的表現散發出經過歷練、孤獨旅行者特有的敏銳感。

看見彼士奇的表現，羅倫斯最先想到的是走向陡峭斷崖的孤傲商人。

而彼士奇也一副習以為常的模樣，說自己經常被人家這麼形容。

「不過，那已經是過去的事了。商人就算聚集在一起，永遠只是一個團體，不會是家族。」

「遇到危機時，決定利益的關鍵是——能不能活下去。」

彼士奇稍微揚起嘴角，聳了聳肩說：「沒錯。」

在羅倫斯坐在馬車駕座獨自旅行之前，偶爾也會與其他商人一起旅行。

生意做得順利時，也會和同一組成員持續旅行一陣子。

不知何時開始，羅倫斯不再與他人一起旅行。若說因為是厭倦只為利益而聚集的團體意識，或許有些言之過重，但羅倫斯正是因為有了與彼士奇相同的想法，才會做此決定。

在山中遇到狼群攻擊時，大家會一齊逃跑。

大家在逃跑的同時，還會向神明祈禱狼群攻擊其他人。

在這之中，當自己抽到遇襲的下下籤時，喊出的那一聲「救我！」不知有多麼淒厲悲慘。

「而且，我深深明白聚集再多的旅行商人，也敵不過城鎮商人的事實。最後我選擇當個城鎮商人的手下。雖然會變得比較不自由，但相對地，只要前往據點的城鎮，一定會有同伴以笑臉迎接自己。這是非常難得的報酬。」

赫蘿開始喝起了酒，但想必不是因為她吃飽了。

彼士奇的話語肯定讓赫蘿想到了很多。

對於這番話，只要是過著旅行生活的人，就算是寇爾也能夠有相同理解。

「以這點來說，如果對象是魯維克同盟，報酬會更多吧。」

「沒錯。而且也能拓寬生意版圖。」

「原來如此。不過，您已經改了行，廚藝卻沒有變差的樣子……啊，不好意思。因為您那老練的旅行技巧，實在很難和優秀的廚藝聯想在一起。」

「哈哈哈！很多人都這麼說。事實上，我到現在還是會在旅途中為很多人準備料理。就像這次這樣。」

聽說有很多愛看熱鬧的人湧進布琅德修道院。

但是，從彼士奇的口吻判斷，這個為愛看熱鬧的人帶路到修道院的副業，也不是那麼興盛的樣子。

彼士奇自我介紹時，說過他從事幫魯維克同盟傳達情報以及搬運物資的工作。

這麼一來，他可能從事的工作就極為有限。

「呵呵呵。只要是有經驗的商人，都會提出跟羅倫斯先生一樣的問題。我每次都會這麼說。」

帶著愉快笑容的彼士奇環視了赫蘿與寇爾後，演技十足地說：

「旅途才剛剛開始而已，有的是時間思考。」

缺乏好奇心的商人，就像缺乏信仰心的聖職者。

如果聽到了這種話，就算是再無聊的事情，也會忍不住認真思考起來。

在寒冷及沉默包圍的馬背上，這是消磨時間的最佳利器。

「順道一提，我並不常前往布琅德修道院。」

在這趟無聊的旅程，彼士奇這個用餐時的小小謎題肯定獲得了好評。

彼士奇表現出像在說明自豪商品似的模樣，而事實上觀眾也上了鉤。

雖然赫蘿裝出一副「對這種無聊遊戲沒興趣」的模樣繼續吃飯，但很顯然地，她碗裡的肉根本沒有變少；個性直率的寇爾也是保持握住湯匙的姿勢，一直盯著桌上的木紋看。

對於彼士奇這個出題者來說，想必是令人開心的反應。

不過羅倫斯卻是感到有些傷腦筋。

看到彼士奇之後會和羅倫斯有相同反應的，大多是老練的商人；而能夠回答這個問題的，也只有老練的商人。

況且，就算謎底能夠勾起笑意，那會是哪種笑意也還不得而知。

對羅倫斯而言，這個謎底會讓他有些困擾。

「不過，我可不希望大家晚上因為思考過度而睡不著覺，所以只要來問我，我隨時願意說出答案。」

彼士奇補上的這一句，足以讓皺起眉頭的兩人意氣用事地鑽牛角尖。

如果羅倫斯不開口說話，兩人恐怕會動也不動地一直思考下去。

「而且，就算忙著想答案，肚子還是會餓，而想出答案後，也不能填飽肚子。」

旅途中的空腹感是清醒良方。

兩人驚訝地回過神來，然後繼續用餐。

羅倫斯與彼士奇互看一眼後，彼此輕輕笑笑。

羅倫斯心想，不管怎麼說，愉快的用餐時間是最好的享受。

「但願布琅德修道院在世界的盡頭。」

「我再怎麼厲害，也沒辦法準備那麼多謎題。」

歡笑、用餐、喝酒。

羅倫斯等人就這麼度過了這天晚上。

隔天，下起了大雪。

雖然沒有刮風還算幸運，但有拇指頭大小的雪花不停飄落，造成視線極度不佳。

更慘的是，因為兜帽壓得很低，所以連僅存的可見範圍，也會被吐出的白色氣息遮住。

儘管如此，對於往返這段路途有四十年之久的馬夫來說，這點程度的狀況根本算不了什麼。

這如同坐在鎮上的小小收銀台上，眼睛都快睜不開的高齡商人，能夠完全掌握如蜘蛛網般錯綜複雜的無數流通網一樣，一點也不稀奇。離開客棧後，沉默寡言的馬夫拉著換上雪橇的馬兒，以非常穩健的腳步在一片白茫茫的平原帶頭前進。

因為只要稍微停下腳步，雪花就會在轉眼間罩上身子，所以一行人一股作氣地不斷前進。

然而，沿途的風景除了白色，還是白色。在馬背上解決完午餐不久後，寇爾終於忍不住打起了盹。

雖說是坐在馬背上，但這高度相當驚人。

萬一落馬，寇爾搞不好會受重傷。擔心寇爾的羅倫斯拿出事先準備好的麻繩，準備連同赫蘿綁住寇爾時，發現了一件事。

他以為早已經沉沉睡去的赫蘿已經醒來，並且緊緊抱住了寇爾。

「什麼嘛，妳已經醒啦？」

雪花不僅會遮擋視線，也會遮擋聲音。四周明明如此安靜，羅倫斯卻聽不太到自己的聲音。

在後方追趕馬兒的彼士奇，當然更不可能聽得見了。

「咱沒有醒。」

聽到赫蘿以朦朧的聲音這麼回答，羅倫斯差點忍不住笑了出來。

不過，他知道赫蘿是因為心情不好，才會做出這樣的反應。

赫蘿心情不好的原因，就是彼士奇在昨晚用餐之際提出的謎題。

這不是用腦思考就一定想得出謎底的問題。就算是商人，有時候也猜不出謎底。

寇爾昨晚很快就放棄猜謎，並且早早入睡，但赫蘿似乎礙於賢狼之名，而思考了好一會兒。

儘管忍不住認真思考，赫蘿還是表現出一種「如果是重大謎題就算了，為了用餐時提出的小小謎題花上一整晚苦想答案，未免太過愚蠢」的態度。話雖如此，想不出答案還是教人生氣。

羅倫斯當然知道在這般孩子氣的情緒驅使下，赫蘿會不時向他投來暗示性的目光。

羅倫斯會先笑著說：「什麼啊？妳猜不出答案啊？」接著看見赫蘿有些不高興，於是急忙說出答案。

——只要像這樣做出平常的互動就解決了。

然而，羅倫斯沒有這麼做。

可以的話，羅倫斯希望赫蘿能夠忘記這個謎題。

因為這個謎題的答案讓羅倫斯感到有些不安。

雖然羅倫斯也覺得是自己想太多，但不小心避開赫蘿的視線一次後，第二次也會很自然地避開。這麼一來，第三次、第四次也發生一樣的事情，最後赫蘿明顯表現出不開心的樣子，意氣用事地鑽牛角尖。狀況一旦演變成這樣，就算是能夠讓人捧腹大笑、精心設計過的答案，恐怕也會惹得赫蘿生氣。

這下子羅倫斯當然更難說出答案了。

所以就這樣把答案瞞到現在。

羅倫斯心想「早知道一開始就應該告訴赫蘿答案」，但事到如今已經太遲了。

「差不多是這麼回事唄。」

這天，是赫蘿第二次開口與羅倫斯說話。這段對話由赫蘿單方面滔滔不絕地說個沒完，中間還不時夾雜著無奈的嘆息聲，最後以這句話作結。

忙著把所有人的旅行衣物掛在拉起的皮繩上晾乾的寇爾，一臉愕然地聆聽赫蘿說話。

用完晚餐後，才發現有好一會兒不見赫蘿的蹤影；她一回到房間，便立刻沒頭沒腦地切入話題，也難怪寇爾會有這樣的反應。

對於赫蘿能夠讓思緒一路追到這裡，羅倫斯除了佩服還是佩服。

「妳說得完全正確。」

「汝這個大笨驢！」

由於沒得推託，羅倫斯只好坦率回答，而赫蘿也坦率地開口罵人。

雖然生氣，但因為看見羅倫斯這種愚蠢過了頭的表現，赫蘿的怒火似乎沒有繼續延燒下去。

赫蘿一坐上椅子，便要求寇爾拿酒給她，並粗魯地用嘴巴拔出瓶栓，喝了口酒。

「咱看汝的態度有些奇怪，還以為會是什麼樣的答案，沒想到……」

「您去問了答案嗎？」

不久前，寇爾只要看見赫蘿表現得有些不悅，就會害怕得直發抖，但現在已經好很多了。

從赫蘿口中接過軟木栓後，寇爾這麼詢問。

「嗯。咱說猜答案猜得睡不著覺，結果被取笑了。咱可是賢狼赫蘿吶。」

「我在學校學過『不知道的事情永遠不可能知道』。請問答案是什麼呢？」

聽到重新掛起旅行衣物的寇爾這麼詢問，赫蘿沒有回答，而是把視線移向羅倫斯。

赫蘿的眼神彷彿在說：「太麻煩了，汝來說明。」

事實上，赫蘿確實是懶得說明吧。

赫蘿拿著濃烈的蒸餾酒，吃起了肉乾。

「習慣獨自旅行，又常常煮飯給很多人吃，這種人非常少見。彼士奇應該是在從事開辦新城鎮或新市場的工作。他說會為多數人帶路，指的就是在新天地展開新生活的人們。」

「原來是這樣啊……」

儘管一臉敬佩地聆聽羅倫斯的說明，寇爾還是同時動作俐落地掛完衣服，然後探頭觀察地爐的狀況。

這裡用的不是暖爐，房間的空氣流通也不好，所以很難控制火勢。

「基本上，要人帶路的這些人應該都不習慣於旅行。所以，如果沒辦法打理所有人的裝備周全，或是沒有能當機立斷的氣概，應該很難從事這份工作。」

「事實上，以咱這個曾經帶領群體的過來人來看，那雄性確實表現得很可靠。那雄性個性爽朗，口才也很好。」

赫蘿瞇起一半眼睛瞪看羅倫斯。

聽到羅倫斯咳了一聲後，寇爾露出苦笑說：

「原來彼士奇先生是從事這麼特殊的工作啊。不過，既然這樣……」

為什麼羅倫斯先生要隱瞞赫蘿小姐這個答案呢？

寇爾帶著這般疑問的直率目光投向了羅倫斯。

要當事人開口承認自己鑽牛角尖，可是非常難為情的事。

但是，羅倫斯如果不接受這個處罰，恐怕就得不到赫蘿的原諒。

當然了，如果每次一有狀況，就馬上求赫蘿原諒，羅倫斯就無法保住能夠獨當一面的旅行商人面子。只是，在這個因為煙霧瀰漫而無法多加柴火的房間裡，要睡覺的時候，當然希望能有赫蘿的溫暖尾巴作伴。

商人必須懂得計算損益。

「簡單來說，彼士奇的工作就是幫忙移民。如果是由國王或貴族推動的移民活動，就是為了掌控領土，如果是由教會推動，就是為了傳教。移民有好幾種目的，但有一個共通之處——那就是人們移居到新天地後，如果能夠幸運地定居下來，那塊土地就會變成他們的新故鄉。」

「啊……」

「雖然這工作很辛苦，但能夠賺很多錢，如果成功了，還會被許多人感激。聽說其中還有人在城鎮或村落的人們請求下，變成了小地方的貴族。而且，前往新天地的人當中，很多是因為戰亂、飢荒或疾病等原因，而失去了故鄉。所以——」

羅倫斯望向赫蘿，繼續說：

「所以，可以的話，我很希望妳能夠忘記這個謎題。」

「哼。」

赫蘿別過臉去，然後取下黏在肉乾上、沒去除乾淨的皮，丟進了地爐裡。

地爐裡的灰燼隨之飛起。寇爾像是看到了什麼奇觀異景似的，讓視線追著灰燼跑。

「咱們狼根本不會有建立新故鄉的想法。故鄉就是故鄉，有什麼成員不重要，重要的是那塊土地。而且，汝八成是擔心咱會這麼說唄？」

羅倫斯與赫蘿兩人一路來不知鬥嘴了多少遍。
赫蘿早已摸透了羅倫斯的思考模式。
「也幫咱找一個故鄉，好嗎？」
赫蘿擺出撫媚的姿勢，抬高視線說道。
寇爾難得地全程注視著這場互動。
羅倫斯明白赫蘿在生氣。
不過他也明白，赫蘿的生氣態度就像想找人陪自己玩而伸出爪子的貓咪。
「雄性真是大笨驢！」
「……我無話可說。」
「真是的。」
赫蘿不屑地丟出這句話，喝了一口酒。
羅倫斯一臉無奈地以手按住瀏海。到這裡的動作都跟平常的互動一樣。
接下來只要寇爾看似開心地笑一笑，這場儀式就完成了。
赫蘿的尾巴左右甩動著。
明天又得起個大早。
「咱氣到累了，要睡了。」

赫蘿領導群體的本領果然了得。

在第三天中午過後，一行人抵達了布琅德修道院。

三天旅程只遇上第二天下大雪，這或許是上天的保佑。

不過，盤查時沒有遭到刁難，並且順利走進建地內，或許不是值得高興的事情。

因為這裡高高圍起的石牆確實很符合修道院的風格，但穿過入口處走進去後，裡頭卻散發著彷彿只有商人居住似的商人城鎮氣氛。

「汝啊，如果故意讓零錢掉在地上會怎樣？」

連坐在馬背上的赫蘿都這麼說，可見這裡的商人氣氛之濃厚。

零錢如果掉在地上，肯定會像在教會祈禱時不小心打了噴嚏一樣，受到許多人的注目。

「搞不好在這裡沒有買不到的商品呢。」

騎馬並肩而行的彼士奇帶著淘氣的語氣說道。

雖然羅倫斯笑著做出回應，但不禁心想彼士奇說的話也不盡然是玩笑話。

儘管道路正中央稍稍除了雪，兩旁卻有堆高如山的積雪，而四周的空氣當然也像地下冰庫一樣冰冷。就連馬鬃也有些地方結冰了。

氣候明明如此寒冷，卻處處可見商人們環抱著身軀，對各自的生意話題高談闊論。不僅如此，商人們還一副樂在其中的模樣，就連因為太冷而跺腳的動作，看起來都像小孩子樂翻天時會做的舉動。

「那麼，請在這裡稍等一下。我去幫各位安排住宿。」

「麻煩您了。」

彼士奇先讓羅倫斯三人乘坐的馬兒停在共用的馬廄前方，接著他早一步跳下馬背，小跑步地跑遠了。

不管上馬還是下馬，都需要技巧。尤其是身體因為寒冷而變得僵硬時，技巧更是重要。羅倫斯先下馬後，以抱住赫蘿與寇爾的方式幫助兩人下馬。

卸下馬背上的東西後，羅倫斯向馬夫為旅行平安結束表達感謝之意。

雖然馬夫依舊沉默寡言且一派冷漠，但在分手之際，他輕輕在胸前交叉雙手行了一個禮。

馬夫的舉止正是信仰心深厚的北方人表現。

「話說回來，這裡真是意外地大。照汝等的說法，這裡不是像別館一樣的地方嗎？」

「我也只是知道一些知識而已，所以不是很清楚。不過，我知道這裡是有著『光是羊毛的量，就能夠填滿溫菲爾海峽』美名的羊毛交易中心。妳看！那裡還有透明的玻璃窗呢。」

在雪花時而飄然落下的藍灰色天空下，可看見三層樓高的氣派石造建築物最上層，設置了反射天空顏色的玻璃窗。

雖然不是所有建築物都設有玻璃窗，但每棟建築物都相當氣派，而且看似堅固得不會因半調子的襲擊而受影響。如此氣派的建築物共有五棟，蓋在從入口處向前延伸的寬敞道路兩旁。

而且，建地內不僅有這五棟建築物，還有共用的大型馬廄，以及設在馬廄後方的羊用畜寮。儘管這般規模已經夠大了，彼士奇卻說「像這樣的地方還有好幾處」。

「嗯。建蓋在雪地上，的確顯得震撼力十足。」

赫蘿露出自信滿滿的笑容，看著前方說道。

這裡是布琅德修道院提供給商人專用的分院。雖說是分院，但因為是設在騎馬跑上一小段路程就能夠抵達本院的地點，所以外觀絕不會讓修道院之名蒙羞。

從入口處直直延伸的道路盡頭，可看見一棟比其他建築物來得氣派的建築物，散發出令人敬畏的威嚴。

彷彿直達天際的建築物頂端掛著教會的象徵，其下方則吊著一口就算找來十匹馬也拉不動的巨鐘。

這應該是一棟為了讓這裡的商人們，能夠獲得心靈上的安穩而建蓋的聖堂。

事實上，這棟聖堂或許也確實給了商人們心靈上的安穩。

不過，這份安穩感是來自足以壓倒人的重壓。

「我在學校曾聽說過。」

「嗯?」

「我聽說審問異端時,北方的聖職者比較能夠勝任。」

羅倫斯非常清楚寇爾的話中含意。

手下絕不留情的異端審問官。

的確,正因為待在這樣的地方,所以蓄有鬍鬚、目光如老鷹般冷酷無情的神僕,顯得很適合擔任異端審問官。

「不過,那也是很久以前的事情了唄?」

羅倫斯隨著赫蘿的視線看去,看見身上的衣服厚度,比羊身上的毛更加厚實的修道士帶領著眾多商人,相談甚歡地走出建築物。

修道士的氣色紅潤,擁有豐腴的雙頰以及小腹。

從那身影上,找不到一絲順從、純潔、清貧的感覺。

羅倫斯對著赫蘿說:

「是啊,畢竟現在這個時代,像妳這樣的存在也會前來巡禮。」

赫蘿臉上浮現似笑非笑、洋溢著無限自信的表情。

「……不過,我實在有點擔心。」

羅倫斯看著從嘴邊湧上的白色氣息，環視四周一遍。

這時羅倫斯突然被赫蘿踢了一腳。回過神來時，他發現赫蘿臉上帶著怒容。他很快地察覺到赫蘿會錯意了。

「啊，我的話題跳太快了。我不是在說妳。」

儘管這麼解釋，赫蘿還是投來猜忌的眼神，於是羅倫斯隨即繼續解釋：

「我是說因為人太多了，所以有點擔心。」

「那個，您的意思是……」

這時寇爾也開口了。

寇爾從剛才就一副感到稀奇的模樣東張西望，不過他似乎也隱約猜到了羅倫斯的憂慮。

「就建地大小來說，這裡的人數太多了。儘管建築物再氣派，對不懂得縮起身子睡覺的商人或修道士來說，他們也不可能滿足地睡在狹小的房間。」

「汝是說可能沒有旅館讓咱們投宿嗎？」

建地內必須有進行商談的場地、保管合約書的場地，或是討論合約內容的場地。不僅如此，這裡還有負責管理各種執勤室，並負責維護該建築物的雜務員。也需要負責煮飯的廚師。還有，來此拜訪的商人地位如果很高，也會有一大群侍從。

羅倫斯知道自己會有不好的預感，不是因為天候惡劣而做出的悲觀推測。

而是因為這裡是向神明祈禱的修道院，所以預感應該會很靈驗。

羅倫斯三人不安地環視四周時，彼士奇走出建築物小跑步地跑了過來。不出所料地，彼士奇露出了感到傷腦筋的表情。

跑近三人後，彼士奇以非常符合「比起以交涉技巧，更擅長以速度定勝負的旅行商人」的作風，單刀直入地這麼說：

「很抱歉。因為實在太多人了，我沒能夠幫三位訂到房間。」

雖說羅倫斯早有心理準備，但一時之間也是束手無策。

羅倫斯一時語塞，而彼士奇則是繼續說：

「有可能要在大房間跟別人並排睡在一起……」

彼士奇說到一半停頓下來，然後看向赫蘿。

在大房間睡覺的一群人當中，如果出現一個像赫蘿這樣的女孩子，會是什麼狀況呢？

那就像把一塊肉丟進野狗群裡一樣。

「要不然，如果借得到沒有鋪設地板的房間，或許能夠在那裡過夜。只是……現在天氣這麼冷，應該會跟露宿外頭沒什麼兩樣……真是傷腦筋。聽說前天跟昨天突然來了很多人。」

「馬廄也沒有空間嗎？」

「馬廄就連放乾草的地方都客滿了。因為在這種季節，馬廄搞不好都比房間溫暖呢。放羊毛的地方就更不用說了。」

彼士奇臉上浮現彷彿旅途中遇到道路坍方，無法繼續前進似的憂心表情，在替羅倫斯三人思考對策。

看到彼士奇露出不為做生意，而是真心為己方著想的誠摯態度，羅倫斯心想「難怪赫蘿也會給他很高的評價」。

只是，彼士奇態度再誠摯，事態也不會好轉。

如果真要在沒有鋪設地板的石造房間過夜，至少也要有寢具才行。

羅倫斯打算這麼說時，四周引起了一陣小騷動。

不，正確來說應該是從某個方向傳來了喧鬧聲。

「喔！白色軍隊凱旋歸來啦！」

聚集在路邊聊天的商人其中之一這麼說道。羅倫斯把視線移向喧鬧聲傳來的方向，也就是分院的入口處一看，立刻明白了這句話的意思。

隨著微微震動大地的低沉聲音傳來，無數羊隻排列出宛如狂瀾的隊伍。其氣勢之浩大，就是全副武裝的傭兵，恐怕也無法抵抗這波浪潮。

羊群穿過完全敞開的大門後，在牧羊犬以及長槍的追趕下，立刻轉彎朝向馬廄後方的羊用畜寮而去。

過了一會兒，也傳來了在草原上經常聽到的鐘聲，隨即約有四名牧羊人穿過大門走了進來。在這裡，牧羊人會不避嫌地輕鬆與熟識的商人們互打招呼，或是摸一摸牧羊犬的頭之後走進聖堂，為自己能夠平安結束一天的工作向神明致謝。

這些牧羊人確實相當清貧。

即便如此，他們還是顯得非常有自尊。看著他們，羅倫斯不禁思考了一下。

他心想，如果以前遇到的牧羊女諾兒菈也能夠在這種地方找到工作，就不會受苦了。

「汝心裡在想什麼，全寫在臉上了。」

赫蘿的話語把羅倫斯拉回了現實。

看見羅倫斯驚恐地縮起身子望著赫蘿的模樣，不用說也知道誰是羊，誰又是狼。

不過，赫蘿似乎光是看見羅倫斯如此窩囊的反應，就已經感到滿足。

她沒有繼續追擊，而是沉靜地說：

「命運這種東西確實存在。這世界太複雜了，複雜得無法讓一切都順心如意。」

「……嗯，是啊。」

羅倫斯回顧起一路走來的旅程，心想確實遇到了不少如赫蘿所說的情形。

在兩人輕聲交談之際，羅倫斯忽然感覺到有視線投來，因而抬起了頭。

羅倫斯的視線移向不久前羊群如狂潮般穿過的大門。

此刻大門準備關上，羊群也已經遠去，四周慢慢恢復平靜。

不過，牧羊人們還留在大門附近。

羅倫斯覺得當中有一名年邁的牧羊人好像正注視著自己。

「執勤室……不行、不行，走廊最裡面的倉庫……還是……嗯？」

依舊拚命在為羅倫斯三人煩惱如何尋找投宿處的彼士奇，隨著羅倫斯抬起了頭。

然後，彼士奇看著牧羊人們好一會兒後，拍了一下掌心說：

「對了！牧羊人的宿舍或許有空出來的房間也說不定。我聽說冬天很多牧羊人都比較空閒。我去問問他們！」

說罷，彼士奇跑了出去。

雖然那名年邁的牧羊人好像投來了視線，但或許是在看聖堂也說不定。

羅倫斯正要轉變念頭時，赫蘿露出警戒的目光注視著牧羊人們說：

「剛剛有個傢伙一直盯著咱們看。」

「果然是這樣啊？」

三人當中只有寇爾吃了一驚，不安地四處張望著。

在排他性較強的城鎮或村落，不少人會直接對旅人表現出敵意。

只是，牧羊人的眼神不像帶有敵意的感覺。

「不過，或許他只是覺得妳很稀奇而已。雖然有很多修道院是男女共住，但我記得這裡應該沒有修女才對。」

「嗯……那傢伙確實露出了驚訝的表情。」

「妳不會是露出了耳朵和尾巴吧？」

聽到羅倫斯開她玩笑，赫蘿壓低下巴，一臉無趣地半瞇起眼睛說：

「畢竟最近很少發生讓咱心跳加快的事情，耳朵和尾巴總是在長袍底下無力地垂著。」

「那真是太好了。因為我比較喜歡嬌弱型的女孩。」

赫蘿聽了，馬上踩了羅倫斯一腳，寇爾則是別過臉偷笑。

就在這裡上演著三流短劇之際，彼士奇似乎順利地完成了交涉。

他朝這兒開心地揮著手。

「投宿在牧羊人的宿舍，妳沒問題嗎？」

「汝不是比較喜歡咱顯得嬌弱的樣子嗎？」

羅倫斯當然不是因為擔心赫蘿會害怕面對牧羊人，而是擔心她會因為煩躁而心情變差，才這麼一問，卻看到赫蘿一副若無其事的堅毅模樣。

不過，羅倫斯知道赫蘿應該是在告訴他沒有問題。畢竟她也不是小孩子了。

「那這樣應該是最好的選擇了。」

說話的同時，羅倫斯揮手回應了彼士奇。

只是，讓羅倫斯感到有些意外的是，彼士奇得到回應後，握手的對象竟然是方才出現在話題中的年邁牧羊人。

在流傳著黃金之羊傳說的布琅德大修道院，牧羊人與掌控麥子豐收的約伊茲賢狼，即將展開共同生活。

或許，這世界意外地和平也說不定。

「哈斯金斯。」

因為把行李放在地上發出了聲響，羅倫斯差點漏聽了這句話。

他察覺這是牧羊人在自我介紹後，急忙伸出右手打招呼說：

「我是克拉福．羅倫斯。」

「……」

與站在房門口的哈斯金斯握手後，羅倫斯發現哈斯金斯的手宛如羊蹄般硬實。

「這兩位是赫蘿，還有寇爾。我和他們都是因為奇妙的緣分而一起旅行。」

「請多多指教。」

「請多多指教。」

分別與赫蘿、寇爾握手後，牧羊人哈斯金斯什麼也沒說。他從頭到尾只簡短說了自己的名字而已。

哈斯金斯有著有如把白雪與麥桿混合而成的髮色、長長的眉毛，以及就快長到胸口的鬍鬚。他的體格健碩，不會彎腰駝背，也不會顯得太清瘦。堆滿皺紋的眼瞼底下藏著灰色眼珠，發出宛如望向地平線般的深邃目光；絕不算敏捷的動作散發出某種可靠感，會讓人聯想到上了年紀的野生羊隻。

行走野原傳達真理的牧人，或是具有慧眼的牧羊人。

有許多詞彙足以形容哈斯金斯。

總而言之，哈斯金斯就是這樣的牧羊人，是個全身散發出這種氛圍，年事漸高的高齡男子。

「真的很感謝您這次的幫忙。」

照彼士奇所說，與哈斯金斯住在一起的牧羊人好幾年才回來故鄉一次，只要羅倫斯三人願意負責做飯，哈斯金斯就答應讓三人使用空出來的房間。

當然了，這裡不像旅館一樣每間房間都設有暖爐，也必須共用只是簡單用磚塊圍起來的地爐。不過，比起必須與他人並排睡在一起，或是睡在沒有鋪設地板的石造房間，這裡的環境肯定好上許多。

「火爐由我負責。除此之外，你們大可自由使用。」

人們會說每天帶領著無數羊隻，在極度嚴酷環境中生活的牧羊人，會比任何聖人變得更像聖人，而哈斯金斯正是這句話的最佳寫照。

就算與哈斯金斯閒話家常，想必也得不到回應，而且哈斯金斯肯定也不想與人閒話家常。

羅倫斯如此判斷後，點點頭回應哈斯金斯，沒有主動詢問什麼。

哈斯金斯沉默不語地注視羅倫斯三人一會兒後，輕輕點了點頭，便往設有地爐的房間走去。

「他是神學者嗎？」

等到聽不見哈斯金斯的腳步聲後，寇爾立刻輕聲地問道。

寇爾會有這樣的想法也是無可厚非。

在人生路上感到迷惑時，就是羅倫斯自己也會想要請教哈斯金斯的意見。

「他很像在原野生活的賢者吧。」

「汝這是在挖苦咱嗎？」

放下行李後，立刻大口吃起野莓乾的赫蘿問道。羅倫斯看了她一眼後，刻意聳了聳肩。

「剩下的糧食好像比想像中的多。還剩這麼多糧食，就算把哈斯金斯算進去，也還能撐上好一陣子吧。而且，這四周都是商人，萬一真的不夠，也不用傷腦筋吧。」

「是的。不過我剛剛看見水井排了很多人，可能儲水方面比較困難一點。」

不愧是寇爾，觀察得非常仔細。

在沒有盤纏的旅途上，最重要的就是飲用水了。

雖然少量的糧食能夠撐上一個星期，但飲用水就沒這麼耐用了。

「要不要我趁現在去取水呢？」

「也好……那就拜託你了。用餐時也要用水，而且等到太陽下山後，水井可能會結冰。」

「好的！」

寇爾似乎是得到任務就能夠感到安心的人。

他精神奕奕地回答後，就提著水桶和皮袋往寒冷的戶外走去。

看見赫蘿根本沒理會寇爾的意思，還悠哉地躺在麥桿做成的床鋪上吃著野莓乾，羅倫斯忍不住開了口：

「要是在不久前，我會在這個時候說話挖苦妳，然後等著挨罵。」

雖然不會表現出來，但其實赫蘿與寇爾一樣，也是個希望自己能夠幫上什麼忙的人。

不過，因為老是不表現出來，所以有時候會忘了要幫忙就是。

「……汝多少有些進步的樣子吶。」

「畢竟相處這麼久了。」

「呵。先不說這個了，倒是如果在這裡停留的時間長到必須擔心糧食分配的問題，咱會有些困擾。」

赫蘿把最後一顆野莓乾丟進嘴裡，稍微挺起上半身。

「嗯……也是吧。要是積起雪來，有可能被困在這裡也說不定。一樣是被困住，我也比較喜歡被困在城鎮裡。」

「這也是原因之一，但還有一個原因。」

「還有一個？」

「嗯。汝有可能被咱吃掉的羊毛給活埋也說不定。」

「請務必避免這樣的狀況發生。」

羅倫斯嘴裡這麼說，心裡卻想著赫蘿的話語也不盡然是玩笑話。

雖然剛才只是遠遠眺望，但那些羊群的毛質確實很不錯的樣子。

擁有優良毛質的羊隻可是美味的保證。

「不過，外來的傢伙如果被困在這裡，根本無事可做，頂多只能說說謠言唄。對想要得到情報的咱們來說，這樣的狀況正好不是嗎？」

「不一定。因為謠言一下子就會傳開來，有可能造成對雙方皆不利的局面。重點在於要怎樣盡量掩人耳目，悄悄收集狼骨的情報……」

羅倫斯摸著又長長了的下巴鬍鬚思考，但能做的選擇其實非常有限，根本不用思考太久。

想要封住他人的嘴巴非常困難。

這麼一來，當然只能夠拜託值得信賴的人，而在這裡值得信賴的，也只有一個人而已。

不過，想到要拜託彼士奇，羅倫斯不禁有些猶豫。

彼士奇是個優秀的人物。

優秀得甚至讓羅倫斯不想與他一起站在赫蘿面前。

「沒問題的。就像族群如果有兩個首領就會吵架一樣，族群的長老們都相處得不太好。沒必要擔心這種事情。」

赫蘿的話語完全說中了羅倫斯心裡感到有些擔心的事情。

不過，就算羅倫斯再遲鈍，還是難以承認自己是因為擔心赫蘿有可能與彼士奇相處融洽，才猶豫著該不該拜託彼士奇幫忙。

話雖這麼說，如果羅倫斯這時逞強不說，就會正中賢狼的下懷。

而且，如此缺乏自信的態度，反而會是不信任赫蘿的表現。

羅倫斯一副準備展開空前絕後的大商談、準備大幹一場似的模樣說：

「事到如今，我不會在意妳跟誰感情變好的。」

羅倫斯自覺完美地下了斷言。

這樣就是赫蘿的耳朵，也分辨不出是謊言。

羅倫斯這麼想著。

然而，赫蘿露出了彷彿看見小白兔掉進陷阱似的表情。

「嗯？咱們這裡的首領不是汝嗎？」

只過了一瞬間，赫蘿就換了另一張表情。

「汝不是一方面和那個雄性相處得很好，一方面努力讓自己不要掉以輕心嗎？剛開始率領族群時，難免會努力過頭，咱也不是不能理解汝的心情……」

羅倫斯回想起赫蘿的話語。

赫蘿是最會省去主詞說話的天才。

而且，她能完美地掌握住人們的意識偏向何方！

「咱一直認為汝是首領，沒想到汝是在擔心這種事情啊？汝不但承認咱是首領，還希望咱不要移情他人啊？」

赫蘿露出心滿意足的笑容。

「汝這孩子真是可愛。」

羅倫斯好久沒有如此狼狽了。

此時的他連呻吟聲都發不出來。

赫蘿垂著頭用下巴頂著自己的手，並且不停甩動著尾巴的模樣，顯得目中無人極了。可以的話，羅倫斯恨不得用力捏赫蘿的臉頰，然後用棉被把她綑綁起來丟出屋外。

但是如果現在發脾氣，只會恥上加恥、火上加油、虧上加虧而已。

羅倫斯告訴自己在表現出不甘心之中，爽快地認輸才是最正確的答案，並以符合商人的作風爽快認輸。

布料摩擦的聲音傳來。原來是赫蘿看見羅倫斯出乎意料地冷靜，感到無趣地翻了身。

「什麼嘛，居然裝得像個通情達理的雄性。」

面對赫蘿的惡言相向，羅倫斯也不是省油的燈。

「只要想起自己小時候，就會明白啊。」

「嗯？」

羅倫斯豎起食指，另一手叉著腰，一副準備授課的模樣說：

「為了讓心儀的對象注意自己，會採取什麼最可愛、最能夠讓人會心一笑的方法啊？」

赫蘿一臉愕然。

「那就是故意找對方的碴，讓對方注意自己啊。」

羅倫斯嘴裡邊說：「所以我不會為了小事每次都發脾氣。」邊走近床鋪，並用食指頂住赫蘿的鼻子。

當然了，赫蘿這時如果想要反擊，肯定輕而易舉。羅倫斯之所以這麼想，是因為他有過太多次總覺得已經把赫蘿逼入絕境，卻被她反將一軍的經驗。

正因為如此，羅倫斯總是做好隨時會被赫蘿咬食指的心理準備。不過，赫蘿似乎挺樂於見到羅倫斯這樣的態度。

羅倫斯心想赫蘿不知何時會反擊而耐心等候著，卻看見她保持一貫的姿勢，一直仰望著自己。

然後，過了一會兒後，赫蘿保持鼻子被壓住的姿勢，以略帶鼻音的聲音這麼說：

「畢竟每個人的喜好都不同吶。」

赫蘿的意思是，人並非總是喜歡最優秀的東西。

也就是說，她喜歡的對象不一定要像彼士奇那樣。

這是赫蘿的投降表現。

不過，赫蘿巧妙地用了不會把羅倫斯捧上天的說詞。

「我、我就解讀成正面的意思好了。」

對於這時不小心結巴的自己，羅倫斯感到很沒出息。

不過，賢狼大人似乎很開心的樣子。

「呵哼。」

赫蘿以鼻子發出笑聲。

不久後，寇爾上氣不接下氣地把水運到了屋內。

雖然不是刻意隱瞞身分，但羅倫斯三人還是等到太陽慢慢下山、天色變暗後才走進聖堂。這時間就算點亮蠟燭，還是會覺得比晚上還要漆黑。

因為屋外仍持續下著雪，使得坐在長椅上祈禱這個冷門的舉動，在此時變得非常討喜。

修道院一天的時間比正常人早了四分之一天。所以，這時間晚課早已結束，聖堂裡只見羅倫斯三人與彼士奇，以及隨行的修道士。修道士手上拿著雖然老舊，但看得出是用高級柔軟羊皮做成的皮袋。

看見羅倫斯等人差不多做完祈禱後，修道士立刻沉默不語地走近，並打開袋口。

彼士奇與羅倫斯兩人都放了對岸國家的銀幣。

「願神庇祐您。」

修道士只冷漠地說了這句話，便轉身離去了。

雖然知道修道士可能是忙著要去準備蠟燭或夜課，但還是感覺得出這樣的態度不可能吸引一般信徒前來巡禮。

「那麼，時間差不多了。」

彼士奇低聲說道，從他口中溜出的話語化為白色氣息散去。

天氣這麼冷，而且現在早已是喝酒吃羊肉打牙祭的時間了。

不同於羅倫斯，彼士奇在這裡擁有許多同伴。對他來說，現在是最忙碌的時間。

寇爾依舊安靜地祈禱，赫蘿則是陪在他旁邊。羅倫斯點點頭回應彼士奇後，頂了頂兩人的肩膀，一起從椅子上站起來。

從天花板挑高、位於祭壇正前方的禮拜堂門邊回頭一看，就能充分感受到這裡的威嚴。

經年累月的財富光是寄宿於此，就能縈繞著淡淡神威。

就連從天花板垂下，受到了蠟燭煙燻以及寒冷氣候影響，使得色澤變得黯淡的刺繡布幕，也散發出彷彿只要輕輕一掀，就能夠窺見布幕背後黃金世界似的氛圍。

「布琅德大修道院……偉大上帝的所在地……」

走過迴廊、穿過巨型鐵鎚也難以破壞的大門時，寇爾回頭這麼喃喃說道。

被教會視為異教徒的寇爾似乎也不是那麼討厭教會。

羅倫斯不知道寇爾究竟是暫時拋開了瑣碎的價值觀，從這建蓋於雪花飄零的大地、如此壯觀的建築物上感受到神聖的氣息，還是單純喜歡這句詩。

若是平時，赫蘿一定會捉弄寇爾，但她現在不但沒有用力拉寇爾的手，還一起停下腳步回頭看了好一會兒，才追上羅倫斯與彼士奇的腳步。

「可以的話，我很想邀請羅倫斯先生三位也一起參加……」

「您太客氣了。我能夠明白您的處境。如果您是去參加商談，那我說什麼也會跟去。」

「哈哈哈！謝謝您的體諒。那麼，我們明天見！」

「好，祝您有個愉快的酒宴！」

在火把熊熊燃燒的聖堂門口與彼士奇分手後，羅倫斯三人把腳步移向牧羊人的宿舍。畢竟時刻已晚，就是聖堂門口的道路上，也不見任何人影，只有高掛在建築物門邊的火把發出亮光。

「那些傢伙一定能夠有個愉快的酒宴唄。」

羅倫斯三人在聖堂明明停留不久，前來時還看得見的石階，現在卻已經被埋在厚厚一層白雪底下。

「他裝在皮袋裡的酒也是上等葡萄酒。」

「所謂愉快的酒宴，是指有好的下酒菜，加上好的酒伴。」

「妳這話是什麼意思……」

羅倫斯本以為赫蘿肯定是在暗指他不是好酒伴，但立刻察覺到不是這麼回事。

「妳絕對不可以在用餐時說出這句話，聽到沒？」

赫蘿在兜帽底下用力地嘆了口氣。

還傳來了一聲沉重的腳步聲。

「跟那麼陰沉又髒兮兮的傢伙喝酒，怎麼可能會喝得盡興。那傢伙不會好好跟人打招呼就算了，才在想他跑哪兒去了，下一秒就看見他竟敢拿著裝滿生羊肉的籠子出現……那傢伙把生羊肉晾在地爐上面是有何居心!?是故意在找咱碴不成!?」

牧羊人一大早就必須出門，直到傍晚才回得了家，所以除了晚餐之外，都是在外用餐。

而且，這裡是雪花紛飛的地區。

如果風雪太強，牧羊人就必須在其他地方過夜，也不可能把所有羊隻飼養在宿舍。把糧食和飲用水送給以各處羊寮為據點的同伴，也是牧羊人的工作之一。

哈斯金斯之所以那麼冷漠，與其說是因為他的個性不擅交際，不如說純粹是為了明天的準備而沒時間與人閒聊。

不過，比起哈斯金斯的個性，赫蘿應該是無法忍受哈斯金斯在她面前製作羊肉乾。

不僅如此，晾著羊肉的皮繩旁邊，還掛著羊肉香腸。

「袋子裡不是還有肉乾嗎？」

「那麼硬的肉乾不合咱胃口。」

赫蘿不悅地別過臉說道。

看到赫蘿幼稚的表現，讓羅倫斯不禁覺得赫蘿是為了逗他，才刻意裝成不聽話的小孩。

不過，羅倫斯知道如果赫蘿真心想討東西吃，應該會準備得萬無一失才對。

他猜測著赫蘿的心態應該是「因為眼前出現好吃的肉乾，所以試著討討看」而已。

「只要學彼士奇那樣放進鍋裡煮，肉乾就會變軟吧。」

聽到羅倫斯這麼說，赫蘿抬起頭，興味索然地嘟起嘴巴說：

「汝以後乾脆用鍋子當枕頭好了。」

羅倫斯嘆了口氣回答說：

「妳是說，這樣我的腦筋就會變軟囉？」

赫蘿望著前方，沒有回答羅倫斯。

在這樣的互動中回到宿舍後，從各處房間傳來了輕笑聲和食物香味。

宿舍裡瀰漫著羊肉香，就算不是赫蘿，也會忍不住舔嘴唇。

每間房間的門彷彿隨便一踢就會破似的破爛不堪，每經過一道房門，赫蘿就壞心眼地探頭偷看房裡的人在吃什麼料理。

這裡差不多有五間房間，羅倫斯三人是借住於二樓的其中一間。

總共有十五名牧羊人在這裡生活，也設有牧羊犬專用的狗屋。另外，如果加上建蓋於在廣大草原各處的畜寮，差不多有三十名以上的牧羊人。據說有些牧羊人會定期地輪流居住在草原上的畜寮和宿舍，所以和其他的牧羊人並不相識。

哈斯金斯是其中最年長的牧羊人。

聽說這裡的人們說，只要是有關羊隻的事情，哈斯金斯知道的比神明還要多。

「我們回來了。」

旅途中，寄人籬下是常有的事情。

想要在別人家裡過得舒適，就得積極地與人家打招呼。

「這裡的聖堂真是非常地氣派。」

哈斯金斯只是輕輕點了點頭，然後默默地去除生肉上的筋和油脂。

赫蘿之所以會露出不悅的目光，或許是她覺得沒必要去除肉上難得的油脂。

讓赫蘿與寇爾兩人進房間後，羅倫斯立刻著手準備晚餐。

借住在這裡的條件，就是必須照料哈斯金斯的餐食。

羅倫斯準備拿起鍋子時，哈斯金斯忽然開口說：

「……很適合作為偉大上帝的所在地。」

明白哈斯金斯是在說聖堂後，羅倫斯展露笑顏點了點頭。

羅倫斯向哈斯金斯借來道具作出支撐鍋子的底座，並在鍋子裡加水後，照著彼士奇教他的份量放入材料。

因為赫蘿喜歡重口味的料理，所以羅倫斯多加了點鹽。

而且，羅倫斯也聽說過牧羊人和羊隻一樣，都喜歡鹹味十足的食物。

羅倫斯也大量放入了硬梆梆的肉乾，和放在袋子裡壓碎了的麵包屑，慢慢熬出營養十足的料理。

照理說，這種時候應該會聊上幾句，但哈斯金斯卻依舊默默地工作。有人說過，長年從事牧羊人的工作後，會變得只肯與動物交談，此刻的羅倫斯能夠理解說這句話的人那種心情。

「晚餐做好了喔。」

羅倫斯到隔壁房間呼喚赫蘿與寇爾時，發現兩人從床上拔起幾根麥桿，高興地玩著猜哪根麥桿比較短的孩童遊戲。

看見笑容滿面的寇爾，羅倫斯猜測應該是寇爾贏得比較多。

與兩人擦身而過時，羅倫斯摸了摸赫蘿的頭，結果赫蘿貼近他，明顯表現出撒嬌的樣子。

赫蘿的心情似乎不太好。

「感謝神明賜予我們今日的糧食。」

很符合修道院作風地朗誦完平時根本不會朗誦的聖經詞句後，大家開始用餐。

寇爾笑容滿面地開始吃飯，赫蘿則是像個貨真價實的修女般苦著一張臉。

赫蘿會有這樣的反應，一方面可能是因為加的是肉乾而不是新鮮生肉，但更大的原因是，屬於熱湯類的火鍋料理配上蒸餾葡萄酒根本不好吃。

如果還在旅途中那就算了，都已經抵達目的地了，為什麼不能喝醉酒？

羅倫斯覺得赫蘿的抱怨就要傳到耳邊了，但也無可奈何，畢竟眼前的人物可是宛若隱者的哈斯金斯。

為了先觀察狀況，羅倫斯認為當下應該扮演一名虔誠的旅人。

在這裡，羅倫斯頂多只有彼士奇這麼一個友人，在魯維克同盟霸占修道院的情況下，羅倫斯也不確定羅恩商業公會之名擁有多大的價值。

雖說對方只是個牧羊人，但既然有機會與長年在修道院生活的牧羊人同住，當然應該好好利用這份幸運才對。

就像水瓶一樣，沉默寡言的人雖然嘴巴像瓶口一樣封得緊密，但卻在腦袋瓜裡儲滿了知識。

重點是該如何拔出這個瓶塞。

哈斯金斯果然還是默默地用餐，既沒有答謝，也沒有批評。

原本的約定就是由羅倫斯三人提供餐食，而且如果批評料理的味道，有時會形成對立，所以哈斯金斯保持沉默或許是正確的反應。

只是這麼一來，羅倫斯連碰觸瓶塞的機會都沒有。

只好慢慢再找機會了。

這麼想著的羅倫斯繼續用餐時，哈斯金斯緩緩站起了身子。

鍋子裡的料理已經差不多沒了，接下來就要看怎麼分配最後剩下的濃湯。

赫蘿的嘴角揚起，露骨地露出「少了一個人分湯」的愉快表情，但看見哈斯金斯很快地坐回原位後，臉上的笑容隨即消失。

哈斯金斯很自然地拿起掛在皮繩上的羊肉，丟進了鍋子裡。

「……偶爾一群人一起吃飯也不錯。」

雖然哈斯金斯說話的聲音就好比灰燼垮下的聲響一樣細碎，但對於過去經常獨自用餐的羅倫斯三人來說，這比任何招呼話語都來得親切。

赫蘿的心情也為之好轉，舀起根本還沒煮爛的羊肉吃。

羅倫斯準備向哈斯金斯答謝時，看見老人把小小瓶口朝向了他。

從沾在瓶口邊緣的白色物體看來，瓶子裡應該裝了羊奶釀造的酒。

羅倫斯一口喝盡自己碗裡的葡萄酒，心存感激地讓哈斯金斯為他倒酒。

「好令人懷念的味道。」

瓶子裡裝了喜歡的人很喜歡、討厭的人很討厭的酒，而羅倫斯算是討厭喝的一群。

雖然如此，羅倫斯當然明白，這杯酒是哈斯金斯對這短暫的相聚表示友好的證明。

羅倫斯演技十足地露出「好喝極了」的表情，並忍不住心想赫蘿一定暗自在偷笑他。

「哈斯金斯先生，您……」

羅倫斯表現得像是黃湯下肚後衝口而出的樣子。他暫時打住話頭，然後觀察哈斯金斯的反應再作打算。

哈斯金斯緩緩用刀子切下煮爛的羊肉咬了一口，並喝了口酒後，看向羅倫斯。

「哈斯金斯先生，您一直住在這裡嗎？」

「……住了有幾十年了。從上上一任院長時代開始。」

「原來如此。我從孩童時代就開始旅行，一直過著行商生活。一直在同一塊土地上生活是什麼樣的感覺……我現在已經有些想像不出來了。」

雖然哈斯金斯什麼話也沒說，但羅倫斯感覺得出哈斯金斯在聆聽，於是就繼續說了下去：

「對了，我聽說溫菲爾王國有三樣東西不會改變，真有這麼回事嗎？以哈斯金斯先生的觀點來看，這是真的嗎？」

哈斯金斯原本用刀子切著碗中的羊肉，聽到羅倫斯的話語後，停下了動作。

像一般人一樣，哈斯金斯望向遠方在記憶中尋找答案。

「……高傲貴族、美麗大地……」

「以及聚集的羊群。」

聽到羅倫斯的接話，哈斯金斯似乎掠過了淡淡的笑容。

「……這個國家還真是沒有改變。」

「這樣真的很好。」

「……你真的這麼認為？」

哈斯金斯沉穩卻響亮的聲音傳來，彷彿看穿了羅倫斯從方才說的所有話語都是為了討好他。

羅倫斯知道赫蘿在大口吃著羊肉的同時，從兜帽底下輕輕投來了視線。

赫蘿的舉動說明哈斯金斯確實看出羅倫斯在討好他。

雖然如此，羅倫斯當然不會畏縮，也不會慌張。

因為他也是個累積了豐富經驗的商人。

「是啊。像我花了一整年時間行商後，再次來到相同土地時，一定會面帶笑容地和對方這麼說——」

羅倫斯順利保持笑臉接續說：

「很高興看見您還是老樣子。」

「……」

長眉毛底下既像人類，也像動物的灰色眼珠看向了羅倫斯。

這是哈斯金斯第一次好好看著羅倫斯，也是充滿力量的一瞥。

在那之後，老牧羊人拿起倒了羊奶酒的另一只碗喝了一口，並點了點頭。

餐桌上只傳來熱湯在鍋中沸騰翻滾的聲音。

「……這裡也沒有改變。而且，未來也不會改變。」

「我想也是。更何況這裡是布琅德修道院。」

哈斯金斯點了點頭，又點了點頭後，沉默地也替羅倫斯倒了酒。

這應該表示羅倫斯順利討好了哈斯金斯。

羅倫斯忍不住心想，如果這時還能夠喝上好喝的酒，就太完美了。

「不過，面對日常的變化，就是石牆也擋不住。」

「……你是說那些商人啊。你們跟那些商人不一樣嗎？」

充滿挖苦意味的說法，是溫菲爾王國特有的產物。

羅倫斯大口喝下羊奶酒，然後露出有點傷腦筋的表情笑著說：

「我確實是個商人，但我的目的和聚集在這裡的商人們有些不同。」

「……喔？來到這麼偏遠的地方，還特地帶著上帝的孩子……」

「我們是來這裡巡禮的。因為聽說了和布琅德修道院有關的聖遺物傳說。」

羅倫斯沒有提到狼骨的事。

而且，像布琅德修道院規模這麼大的地方，少說也有一、兩樣聖遺物，想必也有不少人會為了聖遺物前來巡禮。

哈斯金斯顯得有些訝異，但很快地接受了羅倫斯的說明。

他把話含在口中，不知嘀咕些什麼後，點點頭說：

「……旅行有著各種不同的目的。無趣的世界也因此得以增添色彩。」

這句話如果是從旅行詩人口中說出，會顯得做作；但從哈斯金斯口中說出，卻變成了真理。
羅倫斯面帶笑容點了點頭後，把留在鍋底、充滿食物精華的濃湯多分給了哈斯金斯一些。

隔天清晨，哈斯金斯在天亮前就出門了。
從木窗外傳來牧羊犬精神抖擻的叫聲，以及人們的說話聲來判斷，哈斯金斯應該都是在這個時間外出。
羅倫斯一邊因為棉被縫隙鑽進來的寒氣而顫抖，一邊賴著被窩裡的赫蘿尾巴，決定繼續享受窩在溫暖被窩裡的幸福。
等到羅倫斯下次醒來時，已過了好一會兒時間。
這時太陽早已升起，好幾道光線從木窗縫隙照射進來。
羅倫斯才想著自己一沒做生意，就變得這麼鬆散，隨即發現睡得這麼沉的原因。
他發現被窩裡暖和極了。
原來是赫蘿一直睡在羅倫斯身邊幫他取暖。
「咱真是個可靠的人吶。」
醒來時如果發現自己胸口躺著一位美麗姑娘，肯定會相當開心。

但是，如果那姑娘嘴裡叼著肉乾，就另當別論了。

叼著肉乾就算了，姑娘的呼氣還充滿了酒臭味。

羅倫斯當然知道赫蘿是為了避免被人指指點點，也不喜歡自己一人縮著身子坐在爐邊喝酒，才會窩在這裡。就是自己也不喜歡獨自喝酒的感覺。而且，還有一個單純的理由。那就是窩在被窩裡比較暖和。

「……寇爾呢？」

「不知道……那小鬼在爐邊忙了好一陣子，等到太陽升起後，就跟倚著枴杖的牧羊人不知道去哪兒了。」

赫蘿一開口說話，肉乾前端就會跟著微微晃動，羅倫斯從肉乾色澤看出是哈斯金斯昨天晾起的羊肉。

羅倫斯已懶得警告赫蘿，只好祈禱不要被哈斯金斯發現。

「外面天氣放晴了啊……」

冬季總容易被困在屋子裡出不了門。

如果天氣放晴，一定會有比昨天更多的人走出屋外，興高采烈地站著聊天。

「嗯。不久前小狗還在外面到處跑動。不過，好像有人把咱當成了小狗吶。」

「總比一大早就喝酒來得好。好了，快讓開。我得去收集情報了。」

羅倫斯說著拍了拍赫蘿的肩膀，赫蘿卻遲遲不肯讓開身子，羅倫斯只好嘆了口氣，抽出身子走下床。

即使太陽已經升起了好一會兒，爬出被窩還是讓人覺得冷。

雖然很想回去赫蘿悠哉叼著肉乾的床上，但羅倫斯知道那是惡魔的誘惑。

羅倫斯將木窗完全敞開。

在那瞬間，白雪反射的陽光刺進羅倫斯的眼睛，讓他一時之間眼前一片模糊。

「……呼。喔，真是壯觀啊。」

「好冷。」

「妳不是看到大海會想要奔跑嗎？這一大片雪地應該會讓妳想在上面盡情奔跑吧……什麼嘛，原來寇爾那傢伙在對面跟牧羊犬玩耍啊。」

越過水井，再越過稍微有點坡度的中庭後，就是畜寮。畜寮旁邊有個少年正讓好幾隻牧羊犬撲到自己身上玩耍，那少年正是寇爾。

羅倫斯這時總算察覺到一件事。

赫蘿根本不可能像寇爾那樣與牧羊犬玩耍。

看見羅倫斯沒出聲地笑，赫蘿投來了猜疑的眼神。

「等會兒寇爾一定會玩到嘴唇失去血色回來，到時候妳再好好捉弄他吧。」

「……」

雖然赫蘿一副不感興趣的模樣，但甩動著的尾巴顯示她不討厭這個點子。

來到隔壁房間後，羅倫斯發現地爐裡還有木炭，看來寇爾一定是添了木柴才出門的。水桶裡也加了水，寇爾的表現可說沒得挑剔。

羅倫斯看著晾了一晚後顏色變得頗黑的肉乾，並喝水吞下乾巴巴的燕麥麵包。稍微整理一下鬍鬚後，雖然知道赫蘿不會跟來，羅倫斯還是問道：

「妳要跟我一起去嗎？」

羅倫斯當然是在詢問赫蘿要不要一起去收集狼骨情報。畢竟這是她主動表示要追查的。然而，赫蘿保持趴在床上的姿勢，只是左右甩動尾巴，什麼也沒回答。

羅倫斯說了句：「請慢慢享受。」便關上房門。

不過，羅倫斯知道自己的音調無意間上揚了些，說不定赫蘿也發現了。

這裡以聚集了魯維克同盟為首的眾多商人。

收集狼骨情報的同時，一定能夠收集到各式各樣的情報。

儘管寒冷，戶外卻因為白雪反射陽光，而顯得比盛夏更加明亮。來到戶外後，羅倫斯用雙手遮住臉上充滿自信的笑容，踏出了步伐。

「阿說示的茜草、阿羅的大青、維多的橡木、羅可特的番紅花。」

「羅可特的番紅花品質很好。聽說米隆大人上次在餐會上穿了色澤亮麗的黃色服裝。」

「你說的餐會，是連米拉主教區的大主教都嚇壞了的那一次？託那次餐會的福，我有一個貴族老客戶為了愛面子，也買了一大堆東西，讓我大賺一筆。」

「喔？那還真是教人羨慕啊。如果有需要辛香料，我們家的船隻就快到了，要不要來一些呢？有好幾種產地……」

如果只是聽見道路兩旁傳來的這些對話，想必會搞不清楚自己到底身在何方吧。

商人的朋友也是商人，只要透過這裡的商人找門路，或許真能夠找到這世上的所有物品。

而這樣的環境就近在眼前，有哪個商人不會因此而欣喜雀躍呢？

雖然羅倫斯與這裡的商人不同，是個窮酸的旅行商人，對於人人皆知的昂貴名品也沒有可取的情報。但相對地，對於沒有人知道的鄉村特產或名產，羅倫斯可是擁有瞭若指掌的自信。

加入那邊的商人團體好了。不！還是這邊比較好。

羅倫斯有好幾次險些輸給這樣的誘惑。

不過，他抗拒了這些誘惑，來到一棟建築物前方。

這裡是入口處掛著月亮與盾牌圖樣的綠色旗幟——魯維克同盟固定利用的旅館。

「不需要敲門喔。」

在旅館附近，有許多商人正開心地聊著有關打鐵店的話題。就在羅倫斯準備敲門時，其中一名商人開口提醒了他。

羅倫斯笑著輕輕點頭致意後，不僅那名商人，在場所有商人都稍微舉高帽子，以笑容回謝羅倫斯。

「對商人而言，這裡就像樂園。」羅倫斯在心中這麼嘀咕後，打開了大門。

「抱歉。請問彼士奇先生在嗎？」

「嗯……彼士奇？喔，你是說拉格啊。喏！他在裡面寫東西。就是他。」

「謝謝。」

不管哪一家洋行或旅館，一樓大多設有休息區。羅倫斯表達了謝意，朝休息區的角落走去。

休息區大約有二十張桌子，有人在桌上玩牌，有人則是圍著地圖在討論些什麼，也有人用天平正在秤貨幣的重量。

而彼士奇則是認真地振筆疾書。

雖然羅倫斯猶豫著該不該打招呼，但對方是身經百戰的旅行商人，他的直覺之敏銳，甚至可能察覺躲在兩座山頭之後的傭兵。

彼士奇抬起頭認出是羅倫斯後，立刻露出笑容說：

「早安，羅倫斯先生。昨晚睡得好嗎？」

「托您的福，睡得很好。不過，今天晚上就不一定了。」

「唉喲？怎麼說呢？」

配合著羅倫斯的口吻，彼士奇也發揮了演技應對。彼士奇確實是個相當不錯的青年。

應該好好向他學習一下才行。

這麼想著的羅倫斯，指向自己的眼角說：

「我第一次看到旅行商人戴眼鏡。所以可能會因為太不甘心而睡不著。」

「啊，您說這個啊？哈哈哈！畢竟這裡是被稱為筆耕勝地的修道院嘛。這裡有太多人家不要的眼鏡。當然了，這不是我個人的持有物就是。」

製作透明玻璃非常地困難，想要分毫不差地彎曲透明玻璃，更是要技術熟練的玻璃工匠才做得到。

雖然眼鏡又貴又稀有，但修道士必須賴著燭光，不停地書寫細緻線條構成的複雜裝飾文字，所以對他們來說，眼鏡可說是必備品。

「您來找我是有何貴事呢？啊，先請坐吧。」

羅倫斯看見桌上放著石板，石板上用石灰寫上了許多物品名稱以及數量。

彼士奇之所以在這裡寫東西，似乎是在整理下次必須採購並搬運到這裡的物品。

「如果是自己做生意，只要記住商品就好。可是一旦加入組織後，就必須留下訂購證據。」

「所謂書面比記憶重要啊。不過，加入組織後，自己的存在除了會留在教會的埋葬名簿上，還會留在同伴們的記憶裡。」

「一點也沒錯。啊——感謝神的庇祐！」

彼士奇用羽毛筆尖端沾了沾墨水後，笑著繼續下筆。

「我邊寫邊說話，還請不要見怪。您是來打聽這裡的遊戲狀況嗎？」

「……您這麼大方地說出來，沒關係嗎？」

「哈哈哈！您放心。這裡每個人都認識彼此，所以外來者隨時會受到監視。」

羅倫斯保持著臉上的笑容，沒有做出環視四周的愚蠢舉動。

彼士奇展露笑顏，以出奇銳利的目光投向羅倫斯說：

「您以德志曼先生的信用買到了這裡的入場券，所以可以儘管放心。就我個人來說，我甚至想知道您是怎麼贏得德志曼先生的信任，以作為提供情報的報酬。不過……這應該是生意上的祕密吧。」

彼士奇露出淘氣的笑容。

羅倫斯告訴自己不能掉以輕心，臉上卻也很自然地浮現了笑容。

「很遺憾地，我不能告訴您。」

「我不會那麼不識相的。那麼，說到目前的狀況，感覺就像對方在理應就快淪陷的堡壘前，緊咬著牙根不肯認輸。現在咬得下巴有點酸了，所以正在稍做休息。」

「……受到來自各路的攻擊，對方居然還撐得住？」

「我們以正攻法做了很多交涉，但一直沒什麼斬獲。所以，聽說我們一直試著想拉攏修道院院長、副院長，或以前在這裡擔任過高階職位的姊妹修道院院長，甚至是書庫的管理者。畢竟這裡聚集了這麼多商人，一定有哪個商人的友人是這些人的親近朋友。儘管如此，修道院還是頑固地拒絕一切交涉。修道院的狀況應該也相當不妙才對……真是不得不佩服他們。」

彼士奇的口吻不像在揶揄，而是真心感到佩服的感覺。

事實上，以魯維克同盟的內部人士來說，修道院面對他們的攻擊，能夠一直防守到現在，或許就像個奇蹟也說不定。

「那麼……羅倫斯先生您究竟是想來向我打聽什麼呢？」

彼士奇露出爽朗的笑容問道。

羅倫斯也不是省油的燈。因為他平常的互動對象，可是赫蘿這個套話天才。

面對出其不意的攻擊，羅倫斯能夠從容地思考應該如何應付。

不過，羅倫斯最後沒有選擇裝傻，而是先別開了視線。因為他知道逞強對自己只是百害而無一利。

這裡畢竟是高掛魯維克同盟旗幟的旅館。

就算巧妙地利用了彼士奇，羅倫斯也只會被當成一個目中無人的狂妄小子，而不是表現卓越的商人。

「老實說，我想打聽的事情讓人不好意思在這裡大聲說出來。」

「在這座修道院建地內的對話，幾乎都是會讓人不好意思的不堪入耳之事。所以，請盡情說出來吧。」

彼士奇的誘導方式簡直就跟接受告解的祭司沒兩樣。

「您真的這麼認為嗎？」

「是的。而且，我個人也非常有興趣。您看起來不像來參觀我們計窮力竭的悽慘模樣。才在猜想您可能是來這裡與什麼人見面，卻看見您最先來找我，甚至沒去找修道士。我雖然不成材，但畢竟也是個商人，所以自知有濃厚的好奇心。如果看見布簾在晃動，就會忍不住想要偷看布簾背後有什麼。」

羅倫斯心想：「如果與彼士奇一起做生意，一定會很愉快」，而會讓他這麼想的對象可是少之又少。

雖然羅倫斯忽然有種想與彼士奇繼續耗下去的想法，但他知道只有在這個瞬間，才能讓這場拉鋸戰漂亮地劃下句點。

雖然感到遺憾，但羅倫斯在臉上掛起虛假的苦笑這麼說：

「我想問──有沒有機會參觀聖遺物？」

彼士奇臉上倏地沒了表情。

然後，他像是感到大事不妙地撫摸著自己的臉。

「抱歉。真不好意思……哈哈！看來我的修行還不夠。我沒預料到會聽到這樣的答案。」

「您不會懷疑我的答案嗎？」

「您別捉弄我了。這裡是布琅德修道院的分院啊。如果聽到有人想來這裡參觀聖遺物，還表現得比聽到想來這裡賺錢更驚訝，是會遭天譴的。」

彼士奇笑笑後，看了看羽毛筆尖端，發現墨水已經乾了。他再次沾了沾墨水，繼續寫著沒寫完的單字。

「我還以為您是為了其他目的……」

「其他目的？」

「啊，沒什麼。不過，聽到您的答案後，就覺得確實是這樣沒錯。您真是個讓人不能掉以輕心的人物。您會特地透過德志曼先生的介紹來到這裡，是想要看我們製作的財產清單吧？」

投宿在港口的旅館時，羅倫斯曾經告訴赫蘿與寇爾這個目的。

根據羅倫斯的猜測，魯維克同盟既然打算購買布琅德修道院的土地財產，一定會把修道院的財產調查得一清二楚。

如果要說這樣的猜測是倒果為因也是沒錯，但羅倫斯當然沒必要謙卑到老實說出這個目的。

所以羅倫斯沒有點頭也沒有搖頭，只是露出了微笑。

「這裡是舉世聞名的大修道院，聽說財產很多，聖遺物也很多。當然了，我們不是每樣聖遺物都掌握得很清楚，不過……您想要找什麼樣的聖遺物呢？我說不定能夠幫上您的忙喔。」

這時的回答要特別留心。

羅倫斯決定先給一個答案作為緩衝。

「是跟黃金之羊有關的聖遺物。」

「黃金之羊。」

當一個頭腦伶俐的商人重複對方說的話時，他肯定是在動腦思考。

聰明的商人能在重複對方話語的瞬間，思考百來種可能性。

不過，儘管多爭取了一點思考時間，彼士奇還是沒能夠說出什麼話來——

倒是露出了像是寇爾被赫蘿捉弄時的笑臉。

看見彼士奇的反應，在四周豎起耳朵偷聽的其他商人說不定也暗自在搖頭嘆氣。

「如果是聖人留下來的物品，我還知道幾樣，但如果是黃金之羊，恐怕……」

「恐怕是無稽之談嗎？」

「我不會說得這麼斬釘截鐵啦。」

彼士奇說著看向坐在隔壁桌的商人。

玩著牌還不忘豎耳聆聽的兩人見狀，只是輕輕聳了聳肩而已。

「黃金之羊的傳說在布琅德修道院流傳了好幾百年。反過來說……」

「就表示有好幾百年都沒找到黃金之羊。」

「我不得不說確實是如此。」

彼士奇一臉遺憾地說。對於追查無稽之談追到這裡來的羅倫斯，彼士奇似乎不願露出輕視的態度。

既然都已經讓對方產生了偏見，事到如今羅倫斯也沒必要硬撐，但如果自己得到的評價真的太低，對於爾後的情報收集可能會造成阻礙。

謙卑與被人看扁雖然相似，但完全不同。

羅倫斯必須針對這點做一些修正。

「事實上，來到這裡之前，有很多人一直告訴我這是個無稽之談。不過，不光是我這種小商人，那些老是在看帳簿的大人物似乎偶爾也會想要尋夢。所以我才有機會認識德志曼先生。」

「……所以說？」

「介紹德志曼先生給我認識的人物，在知道我追查無稽之談後，似乎是勾起了他的興趣。因為他沒辦法獨自動身追查無稽之談，所以要我代替他去尋夢。越是從容的人，對於興趣這東西越是心胸寬大。」

想要說謊說得有自信，訣竅就是以真實為基礎，然後多方面地加以解釋。

在彼士奇後方玩牌的兩人，一副「原來如此」的模樣點了點頭。

一個每天追著現金跑的商人，如果想要追尋荒唐至極的夢，那只會被稱作不切實際；但如果是有錢人的娛樂活動，就沒那麼稀奇了。

彼士奇也平靜地應道：「原來是這麼回事啊。」

「我學到了一件事情——原來想要討好有錢人，也可以用這樣的方法。」

「不，我是認真的。」

看見彼士奇露出苦笑，反而讓羅倫斯感到愉快。

這麼一來羅倫斯就能夠讓自己的評價不會太低，也不會太高。

也順利營造出一個「因為奇妙目的來到這裡的無害旅行商人」形象。

所以，羅倫斯這時跨出了大膽的一步。他說：

「就是因為這樣，我才想收集各種和黃金之羊有關的情報，有沒有什麼人對這方面比較熟悉呢？」

如果討厭參與有錢人的娛樂活動，就不夠資格當個商人了。

在四周豎耳偷聽的商人們紛紛單手拿著酒杯，笑吟吟地聚集到了羅倫斯身邊。

羅倫斯之所以沒有提到狼骨，而是黃金之羊，是因為羊與狼永遠會被聯想在一起。

如果真有黃金之羊的相關聖遺物，就能夠從這個聖遺物延續到狼骨的話題。

就算沒有確切的狼骨話題，至少也能夠嗅出一些端倪。

羅倫斯原本是這麼想的，不料得到的情報卻比預期中來得少。

而且這種話題只能當作喝酒助興的話題，因此，當羅倫斯在傍晚好不容易回到房間時，他已經喝到連腳步都踩不穩了。

悠哉梳理著尾巴的赫蘿還來不及閃開，羅倫斯已經整個人趴到了床上。

被羅倫斯壓在手臂底下的赫蘿不停掙扎著，寇爾則是急忙端來了水。

「汝真好命吶。」

赫蘿好不容易從手臂底下爬出來後，羅倫斯回了句：「妳有資格說人家嗎？」

羅倫斯接過寇爾遞出的碗後，隨即以躺在床上的姿勢喝水。

如果連這點技巧都不會，就沒辦法在廉價旅店與其他人並排而睡。

喝光水後，羅倫斯把碗還給了寇爾。

羅倫斯知道自己如果就這麼閉上眼睛，一定會馬上跌入夢鄉。

「那汝收集到多少情報？」

赫蘿半瞇著眼睛瞪著羅倫斯，然後拉著他的耳朵問道。

如果羅倫斯現在是清醒的狀態，或許會生氣，但好不容易梳得蓬鬆的尾巴被人當成墊子，赫蘿會不高興也是理所當然的事情。

「我這場酒席喝得愉不愉快……妳應該看得出來吧？」

「哼！要是汝敢說喝得很愉快，咱就咬碎汝的耳朵。」

「如果早知道會這樣，我就會帶妳一起去……只可惜賢狼大人已經自己悠哉地喝了起來……」

羅倫斯根本控制不了已經被酒精麻醉的腦袋。

他忍不住說出挖苦的話語，結果挨了赫蘿一巴掌。

事實上，羅倫斯如果帶著赫蘿一起去，只會更難打聽事情，而赫蘿應該也知道這點，所以刻意沒有跟去。

在發出清脆的摑掌聲後，赫蘿就這麼用手輕輕捏著羅倫斯的臉頰說：

「汝還有什麼話沒說？」

這一掌對已經麻痺的臉頰來說，反而是個舒服的刺激，羅倫斯享受著臉頰的舒適感，閉上眼睛回答說：

「先讓我睡一下……」

「大笨驢。不過咱和汝不同，不是個不知感恩的人。」

在意識急遽變得模糊之際，羅倫斯還記得臉頰被撫摸的舒服觸感。

羅倫斯明明記得自己的記憶沒有中斷，沒想到睜開眼睛時，卻發現已經不是黃昏時分，而是四下一片漆黑的時刻。

雖然驚醒過來，但羅倫斯卻沒辦法靈活地從床上跳起來。

羅倫斯心想，自己一定是從被赫蘿撫摸臉頰那時開始，就一直保持著相同的姿勢睡下去。

不需要轉動脖子，羅倫斯也知道脖子會疼。

他先閉上眼睛，對自己的睡姿不良感到後悔，隨即緩緩挺起身子。

羅倫斯感覺身體像完全失去水分的土壤一樣，全身變得僵硬無比。

唯一值得欣慰的是，他沒有忘記蓋棉被睡覺。

不對，不是棉被。

挺起身子後，羅倫斯發現衣服上沾著褐色的動物毛髮。

一定是赫蘿一直把尾巴蓋在他身上。

撥了撥毛髮後，赫蘿的香甜氣味刺激著羅倫斯的嗅覺。

「好痛……」

羅倫斯按住似乎落枕的脖子坐在床邊。就在這時，隱約透著光的薄薄房門被緩緩打了開來。

因為喝了大量的酒，就是地爐的微弱光線，也讓羅倫斯感到刺眼。

「汝醒了嗎？」

「……應該吧。」

「晚飯現在還是熱的，要吃嗎？」

「……我要喝水。」

赫蘿用聳肩取代回答，然後幫羅倫斯拿來了水壺。

「寇爾呢？」

「牧羊人正在傳授遇到下雪時應該具備哪些知識，而那小鬼正熱心聆聽。寇爾小鬼很懂得問話，跟咱不同。」

微弱的光線從門縫流瀉進來，在這點光線下，赫蘿自信的笑容顯得特別可怕。

因為寇爾很懂得問話，所以羅倫斯也會忽略赫蘿，而得意地與寇爾天南地北地聊。羅倫斯心想，或許赫蘿比他想像中更不樂見這樣的狀況。

赫蘿不肯在羅倫斯身邊坐下，而是一味從上方俯瞰。這樣的舉動也證實了羅倫斯的推測。

「那我也該找個人來問問挨妳罵時應該具備哪些知識。」

「汝想要請教咱以外的人？」

「我會向沒有在生氣的妳請教。妳生氣起來，就會完全變了個人。」

「嗯。畢竟咱現在這樣子只是一時的模樣。」

赫蘿說著，居然還露出了溫柔的微笑，羅倫斯不禁對這隻狼感到害怕。

「所以……狀況怎樣？」

羅倫斯與赫蘿都知道這裡只隔著薄薄一扇門，所以彼此用著在耳邊細語的音量交談。

這樣的感覺有些像是男女在枕邊細語，使得羅倫斯醉意未消的臉上不禁浮現笑容。

不過，羅倫斯會忍不住笑出來，還有一個最主要的原因。那就是赫蘿明明恨不得馬上知道成果，看見羅倫斯腳步搖搖晃晃地回來，卻沒有揪住他胸口逼問。這是她體貼的表現。

所以，羅倫斯臉上的笑容逐漸化為死心的笑臉。

對於「狀況怎樣？」這個問題，羅倫斯只能夠回答「不太好」。

「我沒有得到什麼成果。」

赫蘿的表情變了。

赫蘿之所以沒有發脾氣，是因為知道商人是一種在沒拿到好處之前，就算摔了跤也不會白白爬起來的生物呢？還是她期待聽到這樣的結果呢？

「……然後呢？」

聽到赫蘿的詢問後，羅倫斯的嘴巴失控地以商人的口吻說：

「……除非是獨力做生意的商人，否則一定會留下買賣或財產記錄。這裡如果真有那樣東西，應該會看到一小部分的記錄。」

彼士奇會在旅館休息區寫東西就是個好例子。

就算是不能夠讓他人知道的物品，也必須留下文字記錄。

凱爾貝發生的那場騷動也是因為商人這樣的習性，才會上演了一場大逆轉劇。

「哼……」

赫蘿一手叉腰，以看似在點頭的動作哼了一聲，雙眼直盯著羅倫斯。

赫蘿別開視線，稍微垂下頭的瞬間，尾巴像吹氣球一樣膨脹了起來。

「汝以為自己敷衍得了咱嗎？」

如果不是還有一些醉意，羅倫斯或許會受不了赫蘿那冷漠的低沉聲音。

羅倫斯動作緩慢地舉高雙手表示投降。對於自己不小心說出商人最愛說的表面話，他想把責任推給酒精。

「我承認。在狼骨不存在的事實得到證明之前，我可以一直裝出努力在尋找的樣子。」

事實上，根本不可能證明得了這樣的事實。

赫蘿用她大大的動物耳朵聆聽後閉上眼睛，像在思考羅倫斯的話語。

羅倫斯知道自己應該對赫蘿這麼說：

「抱歉，還要妳忍耐。」

在這瞬間，赫蘿吃驚地縮起了肩膀。

看見赫蘿那彷彿小孩子做了壞事被發現的模樣，羅倫斯愣了一下，最後決定以笑容回應。

「我只是區區一個旅行商人，所以只能夠這樣迂迴地收集情報。不過，如果是妳的話——」

如果是赫蘿，就算要證明惡魔存在也不成問題。

酒精總容易讓人拋開理性的束縛。

如果是在平常，羅倫斯應該多少會慎重地發言，但現在發燙的頭腦擅自命令嘴巴開了口。

要不是赫蘿用雙手按住羅倫斯的嘴巴，羅倫斯肯定已經把話說完了。

「……」

不小心掀開了不應該打開的盒蓋。

表情透露出這些訊息的赫蘿，只是一直按著羅倫斯的嘴巴。

然而，赫蘿的力道很輕。

羅倫斯沉默了好一會兒，赫蘿還是沒有開口說話，於是羅倫斯抓住赫蘿的手，緩緩從他的嘴邊拉開。

「從凱爾貝的那次事件，妳不也知道了嗎？對於聖遺物這種昂貴物品，我如果硬是要出手，就會像上次那樣累慘了。我會很辛苦沒錯，但如果換成是妳，也一樣會很辛苦。」

赫蘿的手很小，手指很細。

對變成真實狼模樣的赫蘿來說，應該找不到比現在這外表更不方便的模樣了。

如果是那巨大的利爪及尖牙，就能輕鬆囊括這世上的許多事物。

「在凱爾貝時，妳自己親口說過——只要使出妳的利爪及尖牙，馬上就能夠解決一切。」

不管是修道院的高牆、堅固的大門、繞了好幾圈的鎖鏈，甚至是工藝巧匠費盡心力打造的精巧鎖頭，赫蘿都能夠徹底破壞，並將祕密公諸於世。

修道院的警衛有多少能耐可想而知。

守護那些警衛的力量來自修道院的權威，而赫蘿根本不吃這一套。

憑赫蘿的能耐，一定能在轉眼間摸透整間修道院，然後達成目的。

但是，赫蘿沒有這麼做。原因很簡單。

「咱……」

赫蘿終於開了口：

「如果汝想去遠方，咱可以背著汝跑去。如果汝想得到什麼，咱也可以抓來給汝。如果遭到敵人攻襲，咱可以甩開敵人，如果想要保護什麼，咱可以幫忙。可是……」

說著，赫蘿輕輕攤開羅倫斯的右手，然後用自己的纖細小手重新握住羅倫斯的手。

「我只能在妳以人類之姿現身的時候，為妳做些什麼。」

羅倫斯遇到困難時，赫蘿能夠幫上忙，但是當赫蘿自己遇到困難時，靠她自己的力量解決問題會比較快。

雖然這樣的關係看似對羅倫斯相當有利，但羅倫斯與赫蘿兩人心裡都明白一點。

——這種彷彿母鳥餵食雛鳥的關係，必須在雙方各是母鳥與雛鳥之下，才能成立。

如今也大致掌握到約伊茲的位置，如果連追查狼骨都由赫蘿憑自己的力量解決，羅倫斯就再也沒有機會表現了。

赫蘿能夠獨力解決所有事情。而且，她的力量才是最有效率的解決方法。

赫蘿一定是在擔心如果事態演變至此，羅倫斯是否還願意陪在她身邊。

即使明白赫蘿的心情，羅倫斯還是無法笑著安慰她說：「妳想太多了。」

因為合夥生意做得順利的時候，都是在雙方還維持著互助關係的時候。

赫蘿在實際待了好幾百年的帕斯羅村，也曾有過因為不再是互助關係，而與對方徹底決裂的經驗。

羅倫斯把被赫蘿握住的右手拉近自己，然後用左手抱住赫蘿背部。因為羅倫斯保持坐著的姿勢，所以臉部正好碰觸到赫蘿的胸口。

如果要說羅倫斯這麼做一點都不覺得難為情，那是騙人的。正因為覺得難為情，所以羅倫斯才能夠如此衝動。

赫蘿原本顯得有些驚訝的樣子，但察覺羅倫斯的心情後，便放鬆了身體。

然後，赫蘿把另一隻手放在羅倫斯頭上。

「抱歉，再忍耐一下好嗎？」

不對的人是羅倫斯。

這是羅倫斯所期望的表面理由。

「……嗯。」

赫蘿站在跟平常相反的位置，輕輕點點頭說道。

就像祭司寬恕告解信徒那樣，赫蘿也原諒了羅倫斯的懦弱，並把手放在他的頭上。

然而，其實赫蘿才是真正差點想要道歉的人。

「妳別跟我道歉啊。妳要是道了歉，我的努力就付諸流水了。」

雖然這還是羅倫斯第一次把臉埋進赫蘿單薄的胸部，但這反而讓他能夠很乾脆地抬起頭。

看見羅倫斯抬起頭露出笑容，赫蘿生氣地捏住他的臉。

赫蘿應該是想說「少瞧不起人」，而她當然也知道羅倫斯是刻意逗她生氣。

用力捏了羅倫斯臉頰一陣後，赫蘿忽然放鬆力道和表情，一臉疲憊地笑笑。

「如果發現真是咱同伴的骨頭，咱可能會無法自制。」

「如果真的沒辦法自制，那也無妨。因為等妳張嘴露出尖牙跑出去後，應該會有很重要的任務等著我去處理。」

羅倫斯能夠輕易地想像赫蘿僵在同伴骨頭面前的身影。

到了那時，羅倫斯如果沒有陪伴在赫蘿身邊，過去的一切都會變成謊言。

「汝很有自信嘛。」

「就像妳經常會說的那樣，我是個愚蠢的雄性啊。」

赫蘿真心感到開心時，會縮起脖子，像是心癢難耐似的展露笑容。

這樣的反應——就是讓羅倫斯下定決心，不管付出多大努力，也要查出狼骨到底存不存在的理由。

「呵。要是在這裡說話說太久，可能會引人懷疑。」

這時候如果反問「懷疑什麼？」會太不解風情嗎？

羅倫斯有些猶豫該不該反問時，赫蘿很快地挪開了身子。

不過，赫蘿臉上的笑容化成淘氣的笑容，代表她早已看穿羅倫斯心中的猶豫。

羅倫斯輸了。

看到羅倫斯露出了苦笑，赫蘿露出連尖牙都讓人瞧見的大大笑容這麼說：

「晚飯還熱熱的，吃嗎？」

舉白旗投降的羅倫斯站起身子說：

「好想喝一杯啊。」

「嗯，請盡情享用。」

赫蘿開心地開著他的玩笑。

打開單薄的木門後，羅倫斯不禁慶幸寇爾正專心聆聽著哈斯金斯的授課。

第三幕

因為怕腦袋瓜不小心掉下來，羅倫斯輕輕地甩著頸，試圖甩開多少還殘留在腦袋裡的醉意。

他輕輕拍打自己的臉頰，過了一天還無法讓醉意完全退去，讓他覺得自己實在不夠格當個旅行商人，不過他很快又找了個藉口，認為「這一定是睡意害得腦袋變遲鈍」。

不管是醉意還是睡意，羅倫斯都無法像平常起床後那樣，享受著凝視即將熄滅的炭火再次熊熊燃起的悠閒片刻。

不僅如此，這裡既不是位於吵雜市場旁的旅館，也不是四周無人的山中小屋。屋外傳來不會太吵的聲響、人們說話聲，以及羊隻和狗兒的叫聲，這些聲響既映襯著屋內的寂靜，也變成了美妙的催眠曲。

木柴裂開的聲音、被火燒得扭曲的聲音，以及化成木炭而垮落的聲音……這些都是最具催眠效果的音樂。

羅倫斯打了個大哈欠，再揉揉難以睜開的眼睛往上一看，看見了變得硬梆梆且色澤變深的肉乾，也看見了掛著洋蔥和蒜頭的橫樑上，放了儲藏的麵包酵母。

就算沒有貨幣，也能夠生活。

這個房間就是這種生活的典型。

羅倫斯翻弄著地爐裡的火，再次打了個大哈欠。

「早安。」

起床後沒打過一次哈欠的寇爾向他打了招呼。

寇爾那下襬破爛的衣服以及一頭亂髮，散發出濃烈的窮酸味，而他纖細的手腕以及腳踝，更是過去沒有好好照三餐吃飯的證據。

不過，寇爾那充滿智慧的目光，說明了流浪學生與乞丐的不同。

流浪學生那雙堅毅的眼睛，凸顯了他們與乞丐的差異。

「今天也很冷呢。」

「要是真的很冷，根本沒辦法從溫暖的被窩爬出來。」

「嗯，今天雖然很冷，但還是可以忍耐的冷呢。」

因為同是靠赫蘿尾巴取暖的人，所以羅倫斯與寇爾之間有著一股奇妙的默契。

兩人起床後來到火爐旁的第一件事，就是把赫蘿尾巴的雜毛拍掉；每天這樣做下來，想要不產生默契都難。

「赫蘿還在睡啊？」

「我看赫蘿小姐睡得縮成一團，應該還沒醒來才對。」

羅倫斯聽了，忍不住哼笑了一聲。隨後羅倫斯把麵包和肉乾遞給寇爾，自己也吃了一些。

「等晨鐘一響，我們就去同盟的旅館。」

「呃……那麼，我要去叫赫蘿小姐起床嗎？」

寇爾一臉認真地看向窗外，似乎正在依曆法和光線角度推算時間。

「不用了。既然她還沒醒來，就讓她繼續睡好了。」

「……她不會生氣嗎？」

寇爾的發音明明給人很有教養的感覺，吃麵包時的模樣卻給人小狗或貓咪般的印象。

連麵包屑也不放過的寇爾把麵包全部塞進嘴裡，轉眼間就吃光了麵包。

「不會生氣啦。因為那傢伙要是真的認真起來，只要一眨眼的時間，就能夠查出到底有沒有骨頭。」

「咦？呃……這……」

寇爾當然知道赫蘿的真實模樣有多大的力量，所以應該早就發現了這個可能性。儘管如此，寇爾卻沒有說出口，至於原因，當然是因為他覺得自己沒資格干涉羅倫斯的想法。

不過，在聽到羅倫斯的話語而吃了一驚後，寇爾望向赫蘿睡覺的房間。接著，他所露出的表情以及說出的話語，完全超出了羅倫斯的預測。

寇爾開心地笑笑後，這麼說：

「這表示赫蘿小姐很信任我們。我們要好好努力才行。」

這回換成是羅倫斯吃了一驚。

「啊，咦？」

看見羅倫斯大吃一驚的樣子，寇爾似乎也覺得自己說了什麼奇怪的話語。

羅倫斯揮揮手說了句：「沒事。」然後用另一隻手死命地摸著自己的臉。

那動作之大，就像試圖破壞黏土工商品的形狀一樣。

他心想，這少年真是太讓人驚訝了。

「我在想自己在你這個年紀時，不知道有沒有這麼聰明。」

「咦……我哪會聰明……」

「該不會是我太笨了吧……」

雖然不小心有了這樣的想法，但羅倫斯知道世上確實有天資聰穎的傢伙。

重要的是能不去忌妒這些傢伙，並努力不要輸給他們。

「不過，反正你已經看過我那麼多窩囊的表現，事到如今也沒必要裝聰明。」

羅倫斯拍了拍沾在手上的麵包屑，然後站起身子。

世上事物的原貌不會改變。

既然如此，羅倫斯現在應該思考的，不是要如何去改變什麼，而是要如何在現狀之中，朝著對自己有利的方向行動。

「羅倫斯先生。」

「嗯?」

寇爾也站起身子,這時他拿起了外套,有些怨嘆地說:

「其實我一直希望將來能成為像羅倫斯先生這樣的人,但我總覺得自己做不到。」

對羅倫斯這年紀的人來說,這或許是最中聽的話語。

不過,羅倫斯自認還太年輕,還不夠格將這句讚美照單全收。

「如果你是我的徒弟,這會是個問題。」

羅倫斯粗魯地搔著寇爾的頭,繼續說:

「但如果是一起旅行的同伴,兩個一模一樣的傢伙一起旅行也沒什麼意義。正因為截長補短,才能成為彼此的最佳旅伴。」

要是赫蘿醒著,她聽了這句話一定會在被窩裡苦笑,但寇爾一副彷彿聽見聖經奧秘的模樣,用力且認真地點了點頭。

「我會努力的。」

「嗯,拜託你了。」

羅倫斯這麼說的同時,木窗外傳來了鐘聲。

兩人不約而同地看向鐘聲傳來的方向,在傾聽鐘聲後,開始準備採取行動。

羅倫斯能夠明白赫蘿為何喜歡寇爾。

而且，他也知道自己看見寇爾，心情就能夠平靜下來。

此刻屋外天氣晴朗，陽光刺眼。

「我們要先確認聖遺物的清單。如果修道院不小心把骨頭寫了進去，那是最好。」

「那麼，我要扮演一方面在巡禮，一方面在學習的學生嗎？」

「如果有人問起，就順便說自己對經營教會很有興趣。你在學校學過這方面的知識嗎？」

羅倫斯看著寇爾坐在沒什麼人進出、一派冷清的牧羊人宿舍屋簷下，忙著在腳上纏布。寇爾腳上只穿著草鞋，如果沒在腳上纏布，很可能會凍傷。

「老師沒有教導我們關於金錢方面的事情。」

「這樣啊。那正好。」

寇爾在腳踝部位用力綁住布料加以固定後，先是愣了一下，跟著輕笑說：

「因為我沒能夠學習到這方面的知識，請您務必教導我。」

「表現得很好。」

羅倫斯摸了摸寇爾的頭，隨即邁出步伐。

這天晴空萬里，陽光耀眼得教人昏眩；就算看向地面，也因為銀色雪地會反射陽光，所以依舊刺眼。

有些商人在冬季會選擇爬過被白雪覆蓋的山頭，好搶在繞遠路的商人之前做生意。這些人就是在冬季，也會晒得全身黝黑。

體驗過此刻的刺眼感覺後，就不難了解這些商人當中，很多人連眼睛也會灼傷的原因了。

慢一步走出屋外的寇爾，也一副感到刺眼的模樣瞇起了眼睛。

「希望能夠在清單裡頭找到我們要的東西。」

「那是你的工作。」

聽到羅倫斯的話語後，寇爾整個人愣住，然後驚訝地「咦!?」了一聲。

「你知道的聖人知識應該比我多吧。像是牧羊人的守護聖人啊，原本是異教之神的聖人啊，或是一些跟羊或狼有關的詭異迷信。所以你要負責辨識。」

赫蘿之所以會喜歡寇爾，並非只因為他的舉止。

而是因為看中寇爾的強韌意志。

「……我知道了。」

儘管感到驚訝，寇爾還是順從地答道。

羅倫斯也用師父的口吻說：

「交給你了。」

然後，羅倫斯挺起胸膛，打開魯維克同盟固定利用的旅館大門。

「嗯……喲——！昨天晚上還真是熱鬧喔。」

打開大門後，羅倫斯發現已經有好幾名商人聚集在這裡邊吃邊聊。

其中一名商人一手拿著水壺，對羅倫斯打招呼。

一大早就喝起酒來或許有些誇張，但在被風雪困住而停留的旅館，這般光景並不稀奇。

「早安。我在找彼士奇先生，想為了昨晚的酒席向他道謝。」

「拉格在聖堂喔。他去參加例行交涉。那小子雖然年輕，卻滿能幹的。」

羅倫斯心想男子所說的例行交涉，應該是由幹部們參加的交涉。

從男子的口氣聽來，彼士奇似乎不單只是個聯絡人。

或許魯維克同盟在成功買下修道院的土地後，打算移居到那塊土地，然後建蓋城鎮或市場也說不定。

平常從事移民這種特殊事業的人物，根本不可能只負責聯絡人的工作。

「他在聖堂啊。謝謝您。」

「小事！下次再一起喝酒喔。到時候記得叫你的老闆一起來。」

男子口中的老闆，是羅倫斯為了從他們身上收集情報，而捏造出來的有錢人。

男子這麼說或許太直接，但這麼單刀直入的態度，反而讓羅倫斯能夠鎮靜地做出應對。

事實上，不管自己有什麼樣的意圖，比起被對方察覺，讓對方感到懷疑往往更容易引來不好的結果。因為疑心和想像總容易被誇大，最後超出事實。

「現在應該是信徒在聖堂祈禱的時間，不是嗎？」

離開旅館準備前往聖堂的途中，寇爾這麼詢問。

「修道院根本沒辦法拒絕吧。修道院的立場似乎比想像中還要弱勢。」

白雪及日光照射下，聖堂比任何精雕細琢的寶石都還要耀眼。

然而，崇敬神明的威信、熱心於禱告的人們卻不能在聖堂內禱告，而是被趕到了聖堂外，其權威之衰落可見一斑。

緊緊關上的聖堂大門外，可看見幾名虔誠的商人正站著禱告。

就在羅倫斯心想「接下來怎麼做好呢？」的同時，聖堂大門打了開來。

一群人接二連三地走出聖堂。首先可看見裝扮高雅的商人們帶著隨從走出聖堂，接著是抱著羊皮紙和紙束、看似經驗老道的商人們。

彼士奇就站在這群老經驗商人的最前頭。

發現羅倫斯站在路旁後，彼士奇離開人群走近羅倫斯說：

「早安，羅倫斯先生。您昨晚還好吧？」

「我的旅伴很愛喝酒，所以被抱怨了一大堆。」

「哈哈！那下次也請您的旅伴一起喝酒好了。」

趁著這段寒暄的時間，羅倫斯稍微打量了彼士奇的裝扮。

從他的裝扮看來，彼士奇在修道院的地位似乎不低。

聽到羅倫斯吊人胃口的話語後，彼士奇回頭看了一下一起走出聖堂的商人們，然後這麼說：

「彼士奇先生，您有空嗎？」

「如果不會太久的話。」

羅倫斯不禁感到訝異。但感到訝異的原因不是彼士奇願意為他撥空。

而是彼士奇的言行舉止有種在賣人情的感覺。

彼士奇會強調自己在賣人情，就表示他想要買什麼人情。

羅倫斯露出商談用的笑容道謝說：

「謝謝。我要到哪裡等您好呢？」

「那麼，我正好有工作要做，就麻煩您到資料室。」

「資料室？」

「啊！抱歉，就是那棟建築物。那裡一樓有個像神學士的服務員，請告訴他我的名字。」

彼士奇指向一棟緊鄰在路旁建築物後方、外觀不起眼的石造建築物。

那棟建築物只設有木窗，沒有玻璃窗，感覺上好像沒什麼人進出。

「我還要提出報告，也要收拾東西，所以麻煩您隔一會兒再去資料室。」

「我知道了。那麼，等會兒在資料室見。」

在互相照會後，彼士奇朝向旅館走去。

接下來，羅倫斯與寇爾才打發沒多久時間，便看見一道熟悉的身影緩緩走來。兩人一看，發現那人是赫蘿。

「咱還是一起去好了。」

聲音從兜帽底下輕輕傳來。

看見赫蘿臉上還留有明顯的睡痕，兩人猜測著赫蘿說不定在是夢中掙扎著要不要一起去。

不過，兩位男性當然沒有向赫蘿確認事實，而是點頭回應。

三人隔了半小時後，來到彼士奇指定的建築物，發現這裡確實有名如神學士般蓄著鬍鬚、板著臉孔的男子。報上彼士奇的名字後，三人順利通往最裡面的資料室。

來到資料室後，可看見這裡塞滿了各種文件，確實很適合被稱為資料室。

不過，這些文件都不是給商人用的文件，讓羅倫斯不禁覺得有些奇怪。

這些文件從地圖、城鎮概略圖、工匠工會一覽表，到貴族名門的婚姻關係圖都有。

彼士奇在這裡似乎擁有一間個室，男子帶領三人穿過空無一人的資料室，來到房門前。

不出羅倫斯所料，打開房門後，果然看見房間裡也像資料室一樣塞滿了文件。

「抱歉打擾您工作。」

「哪裡。雖然不能彌補什麼，但昨晚我那些同伴表現得太失禮了，想說藉此跟您賠個不是。」

羅倫斯猜測著彼士奇可能就是為了這件事情，才表現出方才那種像在賣人情的態度。

「哪兒的話。您的同伴告訴我很多重要的情報，我感謝他們都來不及了。」

羅倫斯頓了頓，又以開玩笑的口吻繼續說：

「您這麼說，我以後會很難開口請您幫忙呢。」

帳簿上的借貸金額最後總是會歸零。

不過，吃虧就是占便宜——這句話也是不變的真理。

「哈哈哈！當然了，如果是難度太高的事情，我會視情況收取報酬的。您究竟有什麼事情需要我效勞呢？如果是我能夠輕鬆辦到的事情，請儘管吩咐。」

「老實說，就像昨天您也提到的，我在想不知道方不方便讓我看一下貴同盟目前掌握到的布琅德修道院聖遺物清單。」

「喔，原來是這個啊。我還以為是其他更特別的要求呢。不過，真的有聖遺物清單喔，您看！」

說著，彼士奇將手伸向堆在書桌上的羊皮紙堆，從最上方拿起一疊紙遞給羅倫斯。

那是列出一長串聖遺物的清單。

「因為正好約在這裡，我本來就準備好要拿給您看了。」

翻閱了一、兩頁後，羅倫斯抬起頭道謝說：

「謝謝。像我這種小商人如果突然去敲修道院本院的大門，然後說想要看聖遺物的清單，一定會被轟出去的。」

「您太客氣了。瞧我能夠這麼隨意地拿給您看，您也應該猜到了吧。其實這份清單完全沒有發揮效用。因為上面列出來的，幾乎都是沒有價值的東西。您要是看了，可能會忍不住露出苦笑吧。總之，請先看看吧。」

彼士奇以像在推薦美酒似的口吻說道。

翻閱羊皮紙沒多久後，羅倫斯很快就發現彼士奇說的確實是肺腑之言。就算不知道聖遺物的詳細行情，也看得出來清單上列出的物品都頗有來頭，而這些全都是得開出破天荒的高價才能買到的聖遺物。

不過，所謂有來頭的聖遺物，並非因為十分靈驗才有名。

這些聖遺物往往是因為到處可見，才變得有名。

「這些幾乎都是為了賄賂才買下的聖遺物吧，畢竟修道院也不敢明目張膽地賄賂……僅管知道是偽造品，為了避免損及對方面子，修道院還是付錢給貴族或王族向他們購買。聖女艾美拉在異教之地殉教時用來上吊的繩索，就是最具代表性的聖遺物吧。據說要是把世界各地的聖繩連接起來，不管綁在多麼高的樹上，聖女艾美拉的雙腳都能夠踩到地面。」

聖遺物當中也有能夠預測未來的大賢者右眼，據羅倫斯所知，這顆「慧眼」目前就有四所教會偷偷收藏著。

不過，能打造出貫穿萬物之長槍的工房，就是與能打造出彈開一切攻擊之盾牌的工房並排做生意，也不是什麼稀奇的事。

世上經常會發生這樣的事情。

「不過，那上面可能找不到羅倫斯先生三位在尋找的聖遺物。畢竟黃金之羊只是個傳說，沒有留下任何形體。我是有聽說過相關的傳說，內容是一個傭兵企圖拔下黃金之羊的毛……」

「不是的，我們在追查的傳說就像天上的雲朵一樣渺茫，不是這一類的傳說。雖然雲朵就像霧一樣抓不住，但確實浮在半空中。重點就是──」

「抓到它留下的痕跡，是嗎？」

「沒錯。如果找到牧羊人崇拜的守護聖人或跟這些聖人有關的物品……或許能夠成為證明布琅德修道院意識到黃金之羊的證據。更進一步來說，或許就能夠宣稱黃金之羊確實存在。」

僅管明白這樣的論點很牽強，有時為了滿足顧客，還是會採用這樣的說法。帶領人們到空有「新天地」之美名，其實只是一片荒野的土地上——從事這種工作的彼士奇似乎也有許多相同的感觸。

彼士奇一副感慨頗深的模樣點點頭，然後露出苦笑。

「不過，如您所說，好像真的找不到我們想找的東西……」

羅倫斯先大致看了一下，才把清單遞給寇爾與赫蘿。兩人之所以一直沒有要求看清單，是因為明白自己此刻所扮演的角色。

彼士奇只是瞥了兩人一眼，然後對著羅倫斯說：

「很抱歉這一覽表沒能夠派上用場……不過，由我來道歉好像也怪怪的喔。」

聽到彼士奇的玩笑話，羅倫斯也忍不住笑了出來。

「我們也仔細查看過不知道多少遍了。清單上列出來的都是一些隨處可見的聖遺物。其中當然也有買來能夠立刻脫手的搶手高價品，但是……老實說，我會拿清單給您看是有原因的。」

「有原因？」

聽到羅倫斯反問，彼士奇隨即一臉遺憾地笑笑說：

「是的。我在想這裡面會不會暗藏了帶著某種信念的商品。」

聽到彼士奇的話語，羅倫斯看向兩人慎重地翻閱的羊皮紙。

羊皮紙上記載的東西，在富裕的修道院或教會都可能找得到，但這些幾乎都是無用之物。從這些物品完全看不出與什麼傳說有關，或是與土地有所牽連，感覺上就像看了有錢人如何浪費金錢的清單。

羅倫斯似乎能夠明白彼士奇想要表達的意思。

彼士奇是在猜想一覽表裡會不會參雜了並非只是為了炫耀權勢而購買的物品，而是為了某種目的——或是為了某種堅定的信念才買下的物品。

說到彼士奇想要尋找這般物品的動機，並不難猜測。因為修道院一直頑固地拒絕魯維克同盟的要求，所以彼士奇應該是想找出能夠瓦解修道院勢力的武器。

不管在任何時候，交涉的基本盤就是掌握對方的願望。

「我直到剛才還在聖堂裡進行例行交涉，而修道院依舊表現出令人佩服的團結心。他們明明財政窘迫，就連舉辦春神感謝祭的費用，都要哀求御用商人贊助，卻還表現出這樣的態度。」

「修道院的財政這麼吃緊啊？」

聽到羅倫斯的詢問，彼士奇點了點頭，然後輕輕嘆了口氣說：

「日常生活費、建築物修繕費、禱告所需的蠟燭費、購買抄錄謄本所需的羊皮紙、紙張、書本的費用、牧羊人們的薪資、冬季所需的飼料費……這些都是基本開銷。除了這些費用之外，這裡是很有地位的修道院，數年舉辦一次的宗教會議必須花費龐大的旅費，還有款待前來修道院拜訪的高貴人士的費用、姊妹院的營運費用，以及捐給南方教皇的龐大獻金。而且，國王把修道院當成了方便的存錢筒。國王願意不計較修道院在國內擁有穩固的地位及勢力，但相對地會要求修道院捐錢。照這樣下去，修道院肯定撐不了多久。」

雖說是修道院，也不可能完全杜絕與外界的聯繫，既然有所聯繫，就必須按照世俗規則生存下去。

而且，修道院面臨的窘境比羅倫斯想像中更加嚴重。

「布琅德修道院累積至今的可觀財富，全是靠著銷售羊毛帶來的收入，因此裡頭擅長於計算損益的人才隨便一抓，就是一大把。這當中一定有人會希望採用具實際性的妥協案。明明這樣，議會卻團結一致地拒絕同盟的要求……」

「您的意思是說如果沒有某種信念，修道院不可能如此團結？」

人類若沒有以某種力量作為後盾，態度就不可能一直強硬下去。

如果是想法各異的團體，更是不可能。

假設修道院是為了守護神明的威信而團結一致，彼士奇或許還不會像這樣抱怨。

修道院裡有愛賺錢的人，也有不停向神明祈禱、如聖人般的人。

明明這樣，修道院卻能夠表現得團結一致；這樣的事實讓魯維克同盟感到難以理解，而且頭痛不已。

「我覺得對聖遺物的投資，或許可以解釋修道院的團結態度。如果是一個虔誠的人也願意接受，還能夠賺錢的投資，當然會成為幫助修道院熬過痛苦現狀的支柱。所以，我們只要查出他們緊緊抓住的這項投資是什麼，就能夠朝這個方向下手，加以瓦解。」

這是非常直接的正攻法。

不過，羅倫斯朝向赫蘿與寇爾一看，發現兩人雖然露出「在羊皮紙上找不到任何線索」的表情，卻流露出若有所思的眼神。

狼骨傳說。

如果這個傳說不是適合在酒席上笑談的無稽之談，就完全與彼士奇的想法不謀而合。

「我覺得這個點子不錯，只是……周遭的人都覺得修道院不可能把最後希望寄託在偽造品充斥的聖遺物上。不過我個人認為，對修道院來說，這樣反而能成為他們的掩護。」

「原來如此……確實是這樣沒錯。」

羅倫斯之所以沒有提起狼骨傳說，是因為現在說出來只會吃大虧。

對方是名為魯維克同盟的強大權力機構，其力量之大，港口城鎮凱爾貝根本難以望其項背。

羅倫斯如果隨隨便便告訴他們情報而被捲入事件之中，這次肯定無法全身而退。

寇爾與赫蘿似乎也察覺到了羅倫斯的想法。

兩人再次讓視線落在羊皮紙上。

「老實說，昨天您來打聽事情回去後，我晚上興奮得睡不著覺。」

彼士奇坐在椅子上，露出了帶有自嘲意味的笑臉，那感覺像是透露出隱藏起來的疲態。

現在回想起來，彼士奇方才說「我們也仔細查看過聖遺物清單不知道多少遍」的發言，似乎代表著不一樣的意思。

羅倫斯眼前浮現了彼士奇在大半夜裡偷偷點燃蠟燭，拚命比對一項項聖遺物的身影。

「畢竟能夠打破現狀的線索，比聖經裡的任何福音都還要美妙。把所有的羊皮紙看完一遍後，再一次地從頭開始翻閱……在終於看完後，卻發現自己只是白費力氣的瞬間，那種感覺真是空虛得難以言喻。不過，或許羅倫斯先生會找到什麼線索也說不定……我就是因為抱著這樣的企圖，才會拿給您看的。」

「很抱歉沒能幫上忙。」

聽到羅倫斯的話語後，彼士奇與羅倫斯同時笑了出來。

姑且不論從出生到老死，只需守在櫃檯前面賣麵包的麵包師傅；如果是一找到機會就參與新生意的商人，就會經常像這樣在期待與失望之間搖擺不定。

商人們不會引以為戒，還是繼續追尋希望。

不過，有件事情讓羅倫斯感到有些在意，於是開口說：

「方便請教一個蠢問題嗎？」

「嗯？」

「如果順利買到修道院的土地，真的會為同盟帶來那麼多的利益嗎？」

魯維克同盟不是城鎮小商行為了自己的微薄利益而組成的機構。

魯維克同盟是擁有多數軍艦和商船的大型機構。他們如果發現有城鎮訂下關稅企圖保護城鎮裡的商人，就會對城鎮施壓、逼迫城鎮開放交易。

羅倫斯耳聞過魯維克同盟經手過多次金額龐大的生意，其金額之高，會讓人忍不住心想「原來世上有那麼多金幣啊」。

隸屬於這般同盟的多數商行人士會紛紛來到這裡，就表示這筆生意能夠帶來極大的利益。

即便如此，像羅倫斯這樣的旅行商人還是想像不出具體會有多少利益。

到底能夠賺到多少錢呢？

聽到羅倫斯的詢問，彼士奇有些為難地笑笑，接著他搔鼻頭回答說：

「如果要問我能夠賺得多少枚的金幣，我也完全想像不出來。不過，我可以確定一點，那就是這筆生意會為很多人帶來利益。」

「很多人？」

因為難以想像這樣的可能性，於是羅倫斯這麼反問。

很多人會參與同盟的生意，所以彼士奇這麼說或許也沒什麼不妥，但羅倫斯還是覺得這樣的說法有些奇怪。

「沒錯。您應該大致知道我們打算在這裡做什麼吧？」

「貴同盟打算向財政窘迫的修道院買下土地，再利用這些土地拉攏貴族，然後干涉國政。」

「一點也沒錯。不過，就算把買來的土地直接送給貴族，那些貴族一定又會為了奢侈度日，或是為了愛面子和信仰心而捐款給教會或修道院，這樣一來，土地還是一下子就會消耗殆盡吧。以長遠的眼光來看，那些貴族在繼承遺產時，一定會把土地分割得越來越小塊，最後會失去土地而變得沒落。如果是這樣，不管是我們還是他們都得不到利益。我會被叫來這裡，就是為了避免這樣的事情發生。」

彼士奇露出沉穩的笑容，語調顯得慢條斯理。

這樣的表現不是因為習慣說這些話，或是習慣向他人說明，當然也不是因為個性穩重。

而是因為自信。

這是對自我工作感到驕傲的人特有的穩重表現。

赫蘿最先發現彼士奇的穩重表現，於是抬起了頭。

羅倫斯十分明白自己會忍不住在意彼士奇的原因。

如同工匠擁有不輸給任何人的技術一樣，彼士奇擁有穩固的立足點。

面對這樣的事實，羅倫斯下意識之中有種近似焦慮的感覺。

「我們計畫買下修道院持有的荒廢土地，然後讓人們移居到那裡。也就是說，我們打算建造村落或城鎮。」

在彼士奇的個室以及隔壁房裡有各種資料。

這裡是提供給彼士奇這種人物使用的設計室。

「因為修道院荒廢那些土地，許多領主得不到滿意的收入，也無法確保足夠的土地讓農民們過輕鬆一些的生活。如您所知，在大陸方面，很多人因為發生戰亂、飢荒、疾病或洪水等災害，被迫離開故鄉而失去居所。這些人沒有工作也沒有錢，只能夠靠搶劫或當乞丐向人討錢，如果社會上到處都是這樣的人，治安當然會嚴重惡化。」

「也就是說，貴同盟打算帶領這些人到新天地，提供他們住處和工作，另一方面做人情給深受流浪者之擾的領主們，是嗎？」

「是的。這麼一來每個環節都能夠順利進行。而且，這不只是為了賺錢而已。我這麼說或許顯得傲慢，但只要幫助過失去故鄉的人們建蓋新家園，就……」

偽善與善行之間只有一線之隔。

確實理解這般道理的人展露笑容時，總會露出爽朗的苦笑。

「就很難不上癮。那怕只有蛛絲馬跡或是靈光一閃，也會忍不住拚命查看羊皮紙。」

赫蘿停下手邊動作，認真地聆聽彼士奇說話。

羅倫斯當然不會責怪赫蘿。

雖然赫蘿嘴巴說根本不在意彼士奇的工作，但如果真能夠看得這麼開，她在這趟旅途上的一次次失控，就全是在演戲。

羅倫斯不禁擔心赫蘿的心情可能會受到影響，但卻發現值得信賴的同伴早已伸出了手。

寇爾一副下定決心的模樣，在羊皮紙底下握住赫蘿的手。

「有一次，移居者當中有人的村落被海盜燒毀，打散了所有村民。那時有個家族因為家人被海盜擄走，一直以為再也見不到面，後來聽到移居的消息，來到新建的村落與家人重逢。那種感覺真的會讓人欲罷不能。而且，這種事情還經常發生呢。」

羅倫斯也知道這種事情非常常見，一點也不稀奇。

旅途中經過村落或城鎮時，經常會有人詢問羅倫斯有沒有看見某某地方的某某人，或是由於聽說某地區發生了戰亂，想向他打聽某村落還存不存在。

遇到離鄉背井，好不容易存了錢買回自由的奴隸時，有時候會因為那些奴隸詢問的城鎮實在太過遙遠，還必須反問奴隸那個城鎮在哪裡。

這樣的情形不限於人類。

赫蘿此刻雖然如雕像般面無表情，但此時如果觸碰她的臉頰，淚水說不定就會隨之滑落。這樣的赫蘿，也是流浪者當中的一人。

「因為移民有很多人參與其中，所以當然也賺得到錢。如果是在同盟名下建蓋的城鎮，只要是同盟相關人士去到那裡，也會受到款待。不過，讓人欲罷不能的原因並不只這些。只要是曾經到處行走做生意的人，聽到故鄉這兩字都會特別地敏感。我們之所以緊咬住修道院不肯離開，也是因為這一層心理因素。如果只是為了自己，就不會努力堅持這麼久。正是為了某人而努力，才有辦法堅持下去。」

彼士奇的最後一句話完全指出了事實，讓羅倫斯聽了甚至覺得刺耳。

羅倫斯正是為了赫蘿而努力，此刻才會站在這裡。

「哈哈！抱歉，說了一大堆無聊的事情。」

「不會……」

看著露出自嘲笑容的彼士奇，羅倫斯又重複一遍：

「不會。我能夠了解您的心情。因為我也一樣。」

在羅倫斯說出這句話的瞬間——

彼士奇似乎想通了羅倫斯為何會和其他兩人行動，也明白了為何會展開如此奇妙的旅程。

他看了看寇爾，再看了看赫蘿，寇爾與赫蘿兩人則是同時露出苦笑。

彼士奇點了點頭，緩緩開口說：

「如果不會太冒昧，方便請教兩位是哪裡人嗎？」

「他們兩個都是北方人，來自大陸的北方地區。不過，兩人地區不同就是了。」

彼士奇既沒有驚訝地瞪大眼睛，也沒有露出同情或憐憫的表情。

取而代之地，他露出像在面對生意對手時的真摯表情問道：

「兩位是在尋找故鄉的寶物？」

戰爭一定會伴隨著掠奪，而教會的異教徒討伐跟戰爭沒什麼兩樣。

即使是異教土地的物品，也有不少遭人奪走後，被視為聖遺物而標上高價。

反過來說，正因為有可能掠奪到這類物品，教會才會不斷投入兵力討伐異教徒。

「差不多是這麼回事。他們兩人在尋找故鄉的痕跡，而我需要他們的知識。我們能夠相遇也算是小小的奇蹟。」

「原來是這樣啊……那麼……也就是說，羅倫斯先生您先找到提供調查資金的出資者，然後又找到了兩位領航者啊。命運這東西真不可思議呢。」

「我也不知道該不該感謝上天，心情挺複雜的。」

聽到這個不應該在修道院說的玩笑話，彼士奇苦澀地笑了笑。

比起在其他場所，在不應該笑出來的場所聽到惡質的玩笑話，更容易讓人發笑。

「抱歉，失態了。不過……如果是這麼回事，我非常樂意提供協助。請儘管開口。」

「您願意讓我們看這份清單，就已經幫了很大的忙。謝謝。」

彼士奇並非因為是個優秀的商人，才會表現出如此爽朗的態度。

而是因為他天生就是個體貼的人。

「但願三位能夠找到想找的東西。」

彼士奇像是不吐不快地說道。

彼士奇的態度，讓羅倫斯徹底明白他會從事目前的工作，原因不僅是為了賺錢，或是喜歡被人感謝。

雖然覺得不甘心，但羅倫斯不得不承認自己完全輸給了彼士奇。

同時，他也忍不住心想「幸好赫蘿不是先遇見彼士奇」。

假使赫蘿先遇見彼士奇，才遇見羅倫斯，會是什麼樣的狀況呢？

羅倫斯無法停止這樣的思緒，畢竟他不是那種自信滿滿的人。

就在羅倫斯被自己的思緒所困，而想要自嘲地嘆口氣時，傳來了敲門聲。

彼士奇打開門後，門後出現同盟的使者。

使者的話語很自然傳進耳中，羅倫斯從中得知使者是前來呼喚彼士奇。

彼士奇回應使者後，轉頭面向自己說：

「抱歉，同盟的人有事找我……」

在同盟來到布琅德修道院的理由之中，資料室當然是最具重要意義的建築物。

如果沒有彼士奇的陪同，根本不可能在資料室逗留。

羅倫斯從赫蘿與寇爾手中謹慎地收下羊皮紙，然後還給彼士奇，同時也向他道謝：

「謝謝您幫了大忙。」

「哪裡，如果只是要幫這麼點小忙，歡迎隨時來找我。」

彼士奇露出了純真的笑容，光是見到這樣的笑容，就讓羅倫斯覺得非常有價值。

羅倫斯、赫蘿、寇爾三人依序走出房間後，彼士奇最後走出來，並將房門上鎖。

想到這裡將設計出很多人的新故鄉，羅倫斯不禁有種不可思議的感覺。看到赫蘿也露出像是作了夢般的傻愣表情，羅倫斯心想：赫蘿一定也跟他想著同一件事。

「那我們告辭了。」

在資料室外道別後，彼士奇就這麼朝向高舉綠色旗幟的旅館走去，羅倫斯三人則是朝相反方向走了出去。

戶外天氣晴朗，只要抬頭一直望著天空，甚至很容易讓人忘記自己身處雪地。

因為各自都在思考事情，所以三人一直保持著沉默。

不過，就在羅倫斯打算打破沉默的瞬間，赫蘿突然停下腳步。

「怎麼了？」

羅倫斯與寇爾站在領先赫蘿數步的距離回過頭。

因為赫蘿低著頭，所以羅倫斯看不見藏在兜帽底下的表情。不過，看見原本就非常纖細的肩膀變得更加纖細，羅倫斯至少能看出赫蘿沒什麼精神。

「汝等先回去唄。咱想要走一下。」

從嘴形看起來，赫蘿似乎在笑，但羅倫斯經常會想，真希望笑臉這種東西，只會在開心時展現出來。

寇爾一副於心不忍的模樣打算走近赫蘿時，羅倫斯阻止了他。

「小心別感冒啊。要是在這裡生了病，會被帶去做妳最愛的禱告喔。」

「大笨驢。」

明明只說出短短三個字，卻有一大團白色氣息從赫蘿嘴邊湧上。

赫蘿就這麼轉過身子，走了出去。

望著赫蘿的背影，寇爾一臉難過地按住自己的胸口，旋即抬頭看向羅倫斯。

寇爾不可能不明白赫蘿為什麼會做出這樣的舉動。

俗話說百聞不如一見，聽聞某種工作的描述與實際看見工作現場，會有完全不同的印象。

聽到彼士奇靠建造新故鄉這般特殊工作維生的描述，與實際看見其工作場所帶來的衝擊，肯定也會不同。

而且，彼士奇是一個好人。

他不是只為了賺錢而行動，也不是完全無私無慾。

走到一半時，赫蘿開始小跑步，很快地轉過彎，讓自己消失在兩人的視線之中。看見赫蘿的背影，羅倫斯同樣會心痛。

他心想，說不定赫蘿那時候也有過一樣的想法。

如果先遇見彼士奇的話……

「我應該追上去嗎？」

羅倫斯吸進冰冷的空氣，然後吐出熱氣。

雖然兩人就站在道路中央，但因為到處都有商人站著開心聊天，所以不會太顯眼。

羅倫斯再做了一次深呼吸後，走了出去。

「雖然我不知道追上去是不是最好的方法，但我覺得……赫蘿小姐一定會很高興。」

聽到寇爾的標準答案，就算不是赫蘿，羅倫斯也忍不住想要摸摸他的頭。

只是，標準答案並非永遠正確。

「儘管我的故鄉還在？」

寇爾倒抽了口氣，然後停下腳步。

儘管如此，羅倫斯還是沒有停下腳步。寇爾很快地追上羅倫斯說：

「儘管神明住在沒有生老病死的天國，祂們也會安慰我們。」

如果赫蘿是文字遊戲天才，寇爾就是說服高手。

因為寇爾很誠實地面對自己的心情，所以說出的話語能夠直接傳達給對方。

而且，寇爾學習過教會法學，所以懂得引用聖經裡的詞句來說服人。

對一個陷在迷惘中，甚至會對自己說謊而生活的旅行商人來說，根本無法直率地接受寇爾的話語。

「抱歉。我很明白自己就是缺乏勇氣。我很怕如果追上去，會被那傢伙拒絕。」

「赫蘿小姐不會拒絕的。」

「你真的這麼認為嗎？」

羅倫斯停下腳步，看著比赫蘿還矮了些的寇爾。

就算羅倫斯沒有想要對寇爾施壓的意思，這般身高差距已足以形成壓迫感。

羅倫斯的表情僵硬，但不是因為覺得寇爾太目中無人，也不是因為天氣太寒冷。羅倫斯再次邁開步伐，等到有些猶豫的寇爾走到他身邊後，才開口說：

「而且，我不會那麼小看那傢伙。我想那傢伙應該不是覺得悲傷或寂寞，而只是心情有些動搖而已。過去她一定認為故鄉不是存在，就是已經消失，根本不會有建立新故鄉的念頭。所以，我寧願認為她是因為面對這樣的點子，不知道應該怎麼處理自己的心情，才會有些不知所措。」

抵達牧羊人的宿舍，打開單薄房門走進房間後，羅倫斯繼續說：

「我不可能干涉赫蘿的一切，也不可能解決得了那傢伙的所有問題。既然這樣，我只有拚命去做而已。」

以赫蘿希望見到的形式——以最好的方法拚命去做。

羅倫斯在就快熄火的地爐裡放入麥桿後，火勢立刻燒到麥桿上頭，火花也隨之輕輕飄起。

「關於狼骨的事，你們也發現了吧？」

「……您是說彼士奇先生想要的線索就是狼骨嗎？」

「沒錯。就像我們在凱爾貝看到的一樣，每一件聖遺物都是高價品，而且依利用聖遺物的手段不同，有時候還能夠提振信仰心。好比說，可以把想要得到狼骨的目的，解釋成為了捕捉神明賜予的黃金之羊。這也是彼士奇想要的線索。」

如果修道院明知狼骨屬於異教之神，卻還願意買下，那麼修道院的信念就再明顯不過了。

如此一來能夠使修道院的議會變得團結，並從信仰與實際兩方面拯救修道院。

很諷刺地，在這世上決斷越是巧妙，越容易貫穿陷阱。

謊言也是越單純，越不容易被拆穿。

不過，羅倫斯那時候之所以沒有洩漏情報，是因為認為這件事不應該由他一人決定。

「羅倫斯先生，您那時候為什麼沒有說出來呢？」

羅倫斯知道赫蘿那時候一定察覺到了他的顧慮，而寇爾應該也大致了解狀況。

只要回想在港口城鎮凱爾貝發生過什麼，就不難猜出羅倫斯的顧慮。

「因為這個情報足以讓他們做出重要的決定。如果隨便說出口，那我們就非得和他們保持相當的距離不可。以同盟的立場來說，他們會只憑著來路不明之人提供的情報就展開行動嗎？到時候他們會要我保證，視狀況不同還可能要求我承擔失敗時的責任，萬一必須與修道院正面衝突，說不定我還會被迫當箭靶。」

「您的意思是我們沒辦法置身事外嗎？」

「沒錯。那些傢伙的勢力強大。如果我們說出這個情報，而他們也認為有價值的話，不僅是聖遺物清單，連他們一路查出來的修道院交易記錄和財產清單都會被推翻。而且，如果狼骨真的存在，應該很快就會找到相關線索。到時候我們必須跟擁有這般實力的傢伙們打交道。而且還是在這片無法向人求救的雪地裡。」

在凱爾貝還好，因為四周還有很多人可以求救。

然而到了這裡，就連羅恩商業公會的名號都沒有什麼影響力。

「選擇冒風險，等到真的很危險時，就坐上赫蘿的背逃跑。這確實也是一種選擇，但如果要選擇這種方法，一開始就應該讓赫蘿變身去解決。但是，赫蘿儘可能地想要避免這樣的狀況發生。因為她不但是個重義氣的傢伙，還老是為別人操心。」

「……」

面對羅倫斯時，赫蘿說話總是拐彎抹角，讓事情變得複雜，而且老是用容易讓人會錯意的方法說出真心話，但只有在面對寇爾時，赫蘿才會侃侃而談。

羅倫斯知道自己的猜測應該正確。因為儘管羅倫斯說話時省略了很多字眼，寇爾卻能夠大致了解他的意思。

不僅如此，寇爾臉上還滿是苦澀。從這樣的反應看來，赫蘿還可能對他說了很多真心話。

如果真是如此，寇爾說不定會覺得羅倫斯與赫蘿兩人都老大不小了，還表現得這麼幼稚。

何不直率一些呢？

如果聽到寇爾這麼規勸，相信赫蘿一定也會忍不住笑出來。

「所以，只要那傢伙想要，我就願意冒險。因為我能做的，也只有這種小事而已。」

羅倫斯停頓下來，看著化為灰燼的麥桿在熱氣中搖來晃去。

或許這麼說有點做作，但羅倫斯不禁心想：看著麥桿就好像看著自己。

「你剛剛不是告訴我，就算我的故鄉還存在，也能夠安慰赫蘿嗎？」

「是、是的。」

「我想還是很難吧。而且，萬一那傢伙拜託我幫她建造故鄉，我會很頭痛的。話雖如此……」

羅倫斯的右嘴角之所以不受控制地上揚，還有他之所以能夠下定「只要是為了赫蘿，再大的危險也願意承受」的決心，其原因全集中在「某一點」。

「嗯。話雖如此，但我絕對不願意看見那傢伙去拜託其他人。」

如果赫蘿在場，羅倫斯絕對沒辦法這麼說出口，但這是他的肺腑之言。

寇爾的表情僵住了。

這也難怪了，他一定不想從老大不小的大人口中，聽到這般令人難為情的台詞。

儘管如此，羅倫斯的胸口還是湧上一股奇妙的爽快感，以及一種榮譽感，並以開玩笑的口吻繼續說：

「既然這樣，我只能做一些其他的事——也就是能夠讓那傢伙忘記彼士奇工作內容的事情，好吸引那傢伙的注意，不是嗎？」

儘管這樣的想法非常狡猾，而且非常忠實於自己的利益，但這與以往拚命想多賺一枚銀幣的想法卻明顯地不同。

以往就算在教會告解，內心也不會因此覺得舒坦，反而只會變得更加狡猾，而死命賴著「因為做了告解，所以暫時不會有事」的想法。

不過，這些全是羅倫斯自身的問題，在聽者耳裡恐怕只會嫌肉麻吧。

寇爾的反應比較溫和一些。他一副強忍著不好意思的模樣別過臉去。

「我當然不會在那傢伙面前說出這種話，而且說起來，應該是你比較慘吧，因為你總是被我們的想法耍得團團轉。」

聽到羅倫斯的話語後，寇爾總算抬起頭，想要說些什麼。
然而，寇爾只是稍微張開嘴巴，最後再次垂下了頭。
羅倫斯察覺寇爾的反應有些奇怪，於是反問：
「怎麼了？」
寇爾嚇得縮起肩膀。平常的他總會老實地回答，這回卻再次別開臉去。
然後，寇爾保持別過臉的姿勢輕聲說：
「……對不起。」
「對不起什麼？為什麼你要跟我道歉……」
木炭堆裡不知道有什麼東西彈起，傳來了「啪」的一聲，地爐裡的灰燼隨之輕輕飛起。
羅倫斯心想，那或許是某個念頭閃過自己腦中的聲音，也可能是他表情僵住的聲音。
寇爾縮著身子，一副非常過意不去的表情。
羅倫斯已經能夠確定是怎麼回事了。
他用手遮住臉，沮喪地垂下肩膀。
方才說的內容肯定全被聽見了。
離開彼士奇的資料室後，赫蘿一定趁著某個機會給了寇爾指示。赫蘿一定要求寇爾協助，好讓她在說出想要獨處後，能夠偷偷觀察羅倫斯的反應。

方才說過的每一句話清楚地浮現在羅倫斯腦中。

為了保住僅存的面子，羅倫斯沒有選擇逃跑。

在驚魂未定的寇爾面前，羅倫斯站起身子，摸了摸寇爾的頭，然後穿過他的身旁走向門邊。

薄薄的木門沒有什麼隔音效果。

不過，對站在門外、沒打算逃跑的赫蘿來說，有沒有隔音效果根本不重要。

「汝會認為咱不是個只會哭哭啼啼的柔弱雌性，確實讓咱驚訝。不過……真是的，汝不覺得害羞，咱這個聽汝說話的人都難為情了起來。」

赫蘿露出壞心眼的笑臉說道。

看見這張自大的笑臉，羅倫斯有種想要一直反駁、爭論下去，直到赫蘿屈服地哭著說「別再說了」為止的衝動。

一路走來，羅倫斯不知道被這張笑臉騙了多少次。

每次受騙，羅倫斯都會感到忿怒。原因很簡單，因為赫蘿的惡作劇總會突顯出他的愚蠢。

「不願意看見咱去拜託其他人……真是的，汝怎麼還是這麼可愛吶。汝這個——」

說著，赫蘿一邊露出尖牙，一邊準備用食指頂住羅倫斯的胸口。就在這個瞬間——

「……唔……唔……！」

人們會說如果累積太多怒氣，總有一天會爆發，但羅倫斯這時的反應或許應該用狗急跳牆來形容比較正確。

雖然一開始赫蘿驚訝地縮起身子，但立刻回過神來不停掙扎，明顯看得出她因為很在意寇爾的反應而想要逃跑。

不過，在人類的模樣之下，赫蘿的力氣當然與羅倫斯相差甚遠。

過了一會兒後，赫蘿安靜了下來。

不知道就這樣過了多久時間，當羅倫斯鬆開手臂的瞬間，赫蘿先做了一次深呼吸，然後用力甩了羅倫斯一巴掌。從赫蘿的用力程度看來，應該過了相當長一段時間。

羅倫斯搖晃著身子，心想果然敵不過赫蘿，但他之所以會覺得敵不過赫蘿，並非針對赫蘿的敏捷身手。

儘管甩了羅倫斯一巴掌，赫蘿卻沒有露出生氣的樣子。

別說是生氣了，赫蘿甚至露出平常不曾有過的溫柔表情，臉上還帶著淡淡微笑。

「這樣就扯平了唄。」

到底是誰先設圈套的？

如果赫蘿露出不帶笑意的笑臉，羅倫斯肯定會這麼反駁。

然而，羅倫斯想要反駁卻說不出話來。因為他看見了發自真心的笑臉。

「這樣就扯平了唄。」

「……嗯。」

聽到羅倫斯答道，赫蘿滿意地點點頭，然後推開羅倫斯走進房間。

「寇爾小鬼，為了慶祝作戰成功，給汝一些犒賞。」

說著，赫蘿把自己的臉頰貼在嚇得瞪大眼睛的寇爾頰上，溫柔地撫摸寇爾的頭。

看見寇爾滿臉通紅的樣子，羅倫斯不禁暗自說：「果然還是個小鬼。」但如果赫蘿知道了羅倫斯的想法，不知道又會設下什麼圈套來捉弄他。

羅倫斯關上房門，走回地爐邊。

赫蘿從後方抱住寇爾，她凝視地爐裡的火開口說：

「咱打算最快今天或明天出發。」

「咦？」

寇爾驚呼一聲，並打算回過頭。

不過，他似乎發現回過頭就會看見赫蘿貼近的臉，所以打消了念頭。

赫蘿輕輕笑笑後，繼續說：

「當然了，汝等也要一起出發。咱們回到那個叫什麼伊克的港口城鎮，吃些什麼好吃的東西、喝酒喝得飽飽的，然後睡覺。汝等要睡得飽飽的，因為咱們要在雪中花上三天回去吶。」

寇爾似乎覺得赫蘿的說法有些奇怪。

雖然寇爾露出大惑不解的表情，但羅倫斯並不覺得意外。

羅倫斯早隱約預料到會這樣，而且如果赫蘿決定做這樣的選擇，羅倫斯也覺得無所謂。

「因為喝太多酒，汝等或許會睡到中午才醒來。等到汝等醒來，一切都會跟平常一樣。咱們三人會聚在一起吃飯。還會悠哉地討論要不要渡海回去。為什麼會這麼說呢？」

赫蘿就快輕輕笑了出來，趕緊咳了一聲做掩飾，擦了擦嘴角繼續說：

「因為就算前天晚上在遠方的修道院發生了什麼大事，好比說遭到巨狼襲擊，那和汝等也一點關係都沒有。當然了，也不會有人認為汝等會和那種事有什麼關係唄。汝等只要靜靜地、悠哉地度過，根本不會遇到危險或困難。」

說罷，赫蘿總算把視線移向羅倫斯。

看著赫蘿，羅倫斯覺得赫蘿就快展露微笑詢問他：「如何？」

赫蘿做出不可能讓羅倫斯承擔風險的判斷。話雖這麼說，她也不願意就這樣空手而回。

所以，赫蘿選擇了最合理、最方便的方法。

事情就這麼簡單。

「只要妳能夠接受，我無所謂。我早就說過我不會在意。」

「嗯。咱已經確認了汝的想法。要是懷疑汝的想法，咱就變成大笨驢了。」

如果赫蘿是露出靦腆的笑容這麼說，會顯得可愛，只可惜浮現在她臉上的是壞心眼的笑容。

不過，如果不是這樣的態度，或許就不像赫蘿了。

赫蘿如果太直率，會像少了鹹味的肉乾一樣。

「咱是約伊茲的賢狼赫蘿。人類看到咱會害怕，然後伺候咱。不過，如果咱也跟著害怕，那就什麼都別談了。」

當赫蘿露出真面目並發揮力量時，就算目的是為了保護人類，受到保護的人類或許還是會為之恐懼。

那麼，當赫蘿為了自己而行動時，令人恐懼的程度就更不用說了。

羅倫斯當然明白赫蘿的擔憂。

不過，羅倫斯還是希望赫蘿偶爾能夠相信他。

「今天出發太趕了。要等到明天或後天吧。」

「寇爾小鬼呢？」

赫蘿會這麼詢問寇爾，如果不是因為想捉弄人，就是為了掩飾難為情。

寇爾似乎也完全沒料到赫蘿會詢問他，先是嚇了一跳，才急忙表示同意。

「那就這麼決定了。只是這樣汝必須放棄可能賺到錢的機會，咱不知該如何道歉。」

赫蘿把下巴擱在寇爾肩上說道，看到赫蘿的態度，羅倫斯當然沒打算認真回應。

只要巧妙地操作，狼骨傳說確實能夠為羅倫斯帶來龐大的利益，但人們追求根本收不進荷包裡的利益時，大多會遭遇不幸。

荷包就跟胃一樣。

如果太貪心，甚至可能撐破肚子而死。

「如果妳真的覺得過意不去，就道歉啊。」

羅倫斯輕佻地回答赫蘿的輕率問題。赫蘿隨即開心地笑著說：

「原諒咱好嗎？」

如此愚蠢的互動讓羅倫斯忍不住笑了出來，他搖頭嘆了口氣，心想「真是和平的日子啊」。

不過，羅倫斯口中同時也溜出一句：

「算了，偶爾被騙一下還好。」

此刻正是晴朗的午後。

似乎也不需要用地爐裡的火來取暖了。

第四幕

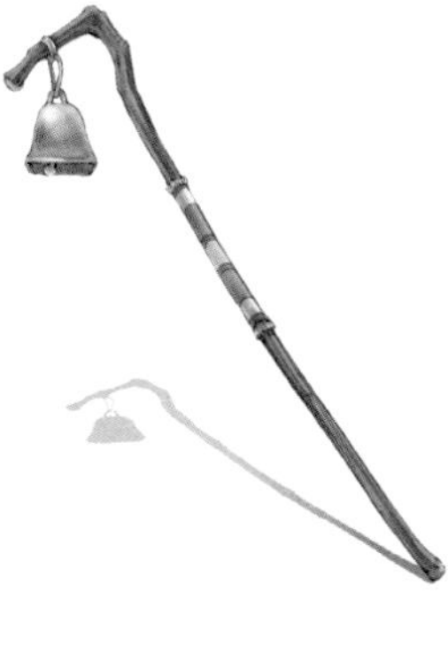

如果打算在雪中折返，必須做好萬全的準備。

也因為這樣，每到了冬季，群體行動的商人們總會在各地城鎮的旅館停留好幾星期。一旦下起雪來，就算是熟悉的道路，也會變得與異國小徑沒什麼兩樣。而且，如果被白雪覆蓋，危險地帶就會和草原融為一體。

冬季旅行必須事先找好嚮導以及不怕積雪的馬匹，安排好過夜的民宿或小屋；如果是必須花費多於平常時間的旅程，還必須考慮到食物以及飲用水的份量。

不過，值得慶幸的是，只要有需求，就一定有供應。而且，布琅德修道院這所擠滿商人的分院一眼望去，到處都是旅人。

為了請前來時負責帶路的馬夫再次帶路，羅倫斯在接近傍晚時拜託彼士奇代為安排。

在旅館振筆疾書的彼士奇聽到羅倫斯要回去時，臉上掠過了一絲驚訝。不過，在冬季旅行本來就該比夏季時更果決地決定出發時間，而且去程時羅倫斯多給了彼士奇一些帶路費，所以彼士奇很快就答應代為安排。

相信彼士奇也明白，四處收集情報後，如果發現沒有著落，就應該迅速離開。有時間沉浸在失望之中，或是拖拖拉拉不走，不如為了下一個目的地、下一個目標而奔走。

就算雙方是第一次見面，商人也會輕鬆地展露笑臉，與對方握手表示歡迎，到了分手時，同樣會輕鬆地展露笑臉揮手道別。

雖然這樣的態度讓人感到寂寞，但有時也令人欣慰。

「這樣應該就準備萬全了。」

「麻煩您了。」

「哪兒的話。我根本沒幫上什麼忙。」

羅倫斯與彼士奇兩人也不忘說出這種毫無意義，但又不吐不快的商人客套話。

不過，客套話之後的握手並非毫無意義。

一個人的面相能夠顯露其資質和氣度，而一個人的手也能夠看出對方的人生。

與人道別之際，羅倫斯有時也會以握手時的觸感，來決定要記住對方的面容多久。

羅倫斯牢牢握住彼士奇的手，並讓自己確實記住彼士奇的臉。

可能的話，羅倫斯希望對方也能夠牢牢記住自己的臉。

「我想明天早上應該就能夠出發。不過……」

「不過？」

「溫菲爾的送貨員剛從西邊王都回來，聽說西邊的天候極度不佳。而且，聽說會在今天抵達的使者也還沒到。不久後這邊可能也會刮起大雪。」

雪花加上強風時，整個世界會被塗成一片雪白。

就算馬夫的技術再好，還是有做不到的事。

「我們當然不會硬是要和暴風雪作對。大家都知道不可反抗教會、嬰兒以及天候。」

彼士奇笑著點點頭說：

「運氣好的話，或許暴風雪會往北邊吹。反正再過不久牧羊人們就會回來，我再幫您問問看好了。外面的狀況怎樣，問他們最清楚……啊，我都忘了您們跟牧羊人住同一間宿舍。」

「是啊！我們就坐在最容易收集情報的頭等席。」

說完這個玩笑後，羅倫斯再次向彼士奇道謝，並離開了旅館。

走出戶外後，羅倫斯發現四周除了散發出黃昏時刻的寂寥氣氛外，天空上的雲朵確實變多了，還不時有風吹來。

路上可見加快腳步行走的商人們，想必他們這時不是想著賺錢，而是想著熱騰騰的晚餐。

羅倫斯必須遵守與哈斯金斯的合約，為他準備晚餐。更重要的是，赫蘿也在宿舍等他。

羅倫斯也加快腳步回到宿舍，並開始準備晚餐。

「暴風雪？」

在把材料丟進鍋子裡，只待點火慢慢熬煮時，羅倫斯把勺子交給寇爾，然後向坐在床上梳理毛髮的赫蘿打聽。

「聽說天候有可能變差。要是真的那樣，出發時間就會往後延一些。可能要等到兩天或三天後……」

「嗯……不過，聽汝這麼一說，好像真有那麼一回事。畢竟咱最近老是聞到羊隻的味道，嗅覺都變鈍了。」

赫蘿嗅了幾下後，打了個噴嚏。

只要習慣旅行，就是人類也能靠味道預測天氣。

「哎，事到如今就是晚幾天出發，也沒什麼不同唄？」

赫蘿咬著尾巴前端，露出了淘氣的笑臉。

羅倫斯擺出兩邊手掌朝上的姿勢，做出一如往常的回應。

赫蘿發出咯咯笑聲，並在最後摸一下尾巴後，走下床來。

「晚餐煮好了沒？」

「還沒。而且在哈斯金斯先生回來之前，我們不能先吃。」

赫蘿每走一步，都能夠巧妙地把蓬鬆的尾巴藏在長袍底下，但頭上沒有戴著兜帽。

羅倫斯跟在赫蘿身後走去，並在赫蘿粗魯地從鍋中抓起肉乾時逮住她，然後幫她戴上兜帽遮住耳朵。

「嗯，那傢伙嗯，什麼時候會嗯，回來？」

「差不多快回來了吧。今天晚上看不見月亮，而且天氣又這麼冷。」

此刻天氣冷得連在地爐旁邊顧著料理的寇爾也披著棉被，就連在房間裡說話，也都會從嘴巴吹出白霧。木窗外傳來的風聲越來越強，看來今晚就會刮起暴風雪。

「咕……咱肚子餓了。」

「哈斯金斯先生是去照顧給妳吃的羊隻，所以應該對他表示敬意。」

「嗯。可是，汝什麼時候對咱表示過敬意了？」

雖然羅倫斯很想當場反駁說：「我什麼時候被妳照顧過了？」可惜自己沒有立場。

「真是的。」

他頂多只能這麼低調地表示不滿。

赫蘿對寇爾露出笑容，心地善良的寇爾則是露出苦笑。

這時，赫蘿的視線忽然移向房門。從赫蘿的舉動，羅倫斯知道有訪客前來。

不過，從赫蘿警戒的表情來看，來者肯定不是哈斯金斯。

羅倫斯心想「難道是彼士奇嗎？」的同時，傳來了敲門聲。已經非常習慣處理雜務的寇爾打開門後，門外出現一名倚著拐杖的牧羊人。

「喔——好香的味道啊。哈斯金斯似乎收留了很不錯的旅人。」

牧羊人似乎認識寇爾。他摸了摸寇爾的頭後，說了句：「失態了。」並咳了一聲說：

「哈斯金斯今天晚上似乎打算住在外面的羊寮。外面好像已經開始刮起大雪，我的兩個同伴好不容易才回到家來。」

「這樣啊……謝謝您特地前來通知。」

「不客氣。等待不知何時會回來的同伴，可是一件極為累人的事。」

這句話從在飄雪之地討生活的牧羊人口中說出來，顯得格外沉重。

誰也不知道同伴到底是生是死。

當雪花及黑夜同時從天而降時，無論發生任何事情，人們都只能靜靜待在火堆四周。

「而且，如果煮好了美食卻還要等待，那可就更累人了。」

說罷，牧羊人發出大笑聲，並舉起一隻手說：「我想說的就這些。」然後走了出去。

如果是商人，一定會趁機討一碗熱湯來喝，但牧羊人不是那麼小家子氣的生物。

在遼闊的草原上，牧羊人只能夠依賴一根拐杖以及牧羊犬。

想必就是這種獨立精神培養出他們的高傲自尊。說起來這樣的態度，甚至與狼有些相似。

羅倫斯不禁心想，如果被赫蘿知道這樣的想法，她肯定會勃然大怒。

「這麼一來，恐怕要過了後天才能夠出發。希望至少港口不要結冰才好啊。」

關上房門後，羅倫斯說著轉過身子。這時，赫蘿奪走寇爾手中的勺子說：

「嗯。咱也希望咱們這鍋料理不要結冰才好吶。」

似乎不太喜歡哈斯金斯的赫蘿一副非常開心的樣子。

不過，赫蘿之所以這麼開心，有一大半理由應該是來自少了搶肉吃的對象吧。

「根本還沒煮好吧。」

羅倫斯一邊說道，一邊在地爐裡添加不算便宜的木柴。

當天晚上──

寇爾早早就已入睡，赫蘿過沒多久也打起鼾來。

木窗外吹著強風。

不僅是羅倫斯三人的房間，每間房間的木窗都不停發出「喀喀」聲響，有時還會夾雜著牧羊犬的叫聲，或許牠們感覺到了恐怖的氣氛。

這是一個暴風雪來臨前的典型夜晚。

過去在這樣的夜晚，羅倫斯不管再怎麼抱緊棉被，還是會冷得睡不著覺，但這次不同。這次躺在被窩裡甚至讓人覺得熱。

一方面因為有赫蘿的尾巴能夠取暖，更主要的原因是──人的體溫是最佳禦寒手段。

就這點來說，赫蘿平常就像小孩子一樣體溫偏高，再加上喝了酒，使得體溫變得更高。

所以，即使把臉伸出來時會覺得寒風刺骨，被窩裡的溫度卻是如春天般暖和。

儘管如此，羅倫斯還是睡不著覺。不過，這是有原因的。

這次事件讓羅倫斯明白——憑自己的力量，無法解決赫蘿的所有問題。

而且，讓羅倫斯失眠的最大原因，是他正在苦惱今後應該如何安排。

如果赫蘿變回真實模樣去確認狼骨是否存在，不管狼骨存不存在，事件都會就此劃下句點。

如果狼骨真的存在，事件當然會隨之劃下句點，就算不存在也一樣。當赫蘿以真面目唧著對方脖子，詢問對方骨頭在何處時，相信不可能有修道士能夠說謊到底。

如果修道士回答根本沒有購買骨頭，或是已經轉賣給他人時，難道要追著狼骨繼續旅行嗎？

如果狼骨是在南方，那怎麼辦呢？要前往南方當然沒有問題，只是這麼一來不僅要花上一筆旅費，對於一路建立起來的行商路線上的生意，羅倫斯也必須一一捨棄。

如果生意中斷得太久，純粹想購買必需品的人們會很困擾，而且要是真的這麼做，也會失去好不容易建立起來的信用。

羅倫斯就算想繞遠路，還是有其限制。

就算想要與赫蘿一直過著如戲劇般驚險刺激的旅行生活，就像修道院無法逃避金錢問題一樣，羅倫斯也必須為了生活打算。

理所當然地，羅倫斯只能夠在能力許可的範圍內陪赫蘿旅行。

赫蘿當然也明白羅倫斯的處境，但一想到如果就這樣不再繞遠路，直接前往約伊茲，就再一次地讓羅倫斯無法安眠。

如果前往約伊茲，還能夠與赫蘿在一起多久呢？

這個問題只要望著天花板屈指算數，就能夠算得出來。

最大的問題是，抵達約伊茲之後，要怎麼做呢？一直置之不理的問題，就像加了發粉的麵包般越變越大。

雖然不知道赫蘿抱著什麼樣的想法，但現在的羅倫斯能夠確信赫蘿對他有好感。

可是，兩人都不是小孩子了，也明白萬事不可能皆如己願。兩人必須在某個時間點下定某種決心。就算同樣是人類，不同身分的戀愛也會引起波瀾。更何況赫蘿是約伊茲的賢狼，而羅倫斯只是一介旅行商人。

那麼，兩人必須下多大的決心呢？

赫蘿就睡在羅倫斯身旁，羅倫斯把手擱在美麗的栗色長髮上。赫蘿喝了酒入睡後，就算被捏了臉也不會醒來。羅倫斯辛苦扛著喝醉的赫蘿送她上床，得到這麼一點報酬也是應該的。

「……」

彷彿撫摸著絲綢似的，赫蘿的頭髮從羅倫斯指尖慢慢滑落。

赫蘿讓羅倫斯迷戀。

可以的話，就算難堪、就算顯得愚蠢，羅倫斯也希望留在赫蘿身邊直到分手那一刻。儘管明白這是無謀之舉，羅倫斯也如此打算。

然而，閃過這個念頭之後，腦中隨即響起冷靜的聲音。那個聲音質問羅倫斯說：「你已經做好心理準備下這樣的決心嗎？」

羅倫斯嘆了口氣，停下撫摸赫蘿頭髮的手。

面對如此困難的問題，雖然很想借助於賢狼的智慧，但這必須由羅倫斯自己找出答案。

羅倫斯忍著想要失態說出「可惡」兩字的衝動，再次看向身旁的赫蘿。

他知道自己此刻的表情一定再窩囊不過了。

就在羅倫斯打算以表現窩囊為藉由，把臉埋進赫蘿頭髮之間的瞬間——

「唔！」

羅倫斯停止了動作，不過這時赫蘿既沒有停止打鼾，也沒有在棉被底下強忍笑意。

羅倫斯好像聽見了什麼聲響。那似乎是拖動著什麼似的聲音。

「……？」

赫蘿仍舊熟睡著，埋住整張臉的棉被底下傳來少根筋的鼾聲。

羅倫斯豎耳傾聽了好一會兒，但還是只聽見木窗搖晃的聲音，以及窗外的風聲。

羅倫斯心想「可能是屋頂上的積雪滑落下來吧」並放鬆身體的瞬間，再次聽見了聲響。他知道這次不是自己的錯覺。

羅倫斯抬起頭側耳傾聽後，聲響再度傳來。

肯定有聲音。

羅倫斯緩緩吸氣，讓冰冷空氣流入體內。他立刻爬出被窩，讓雙腳踩在嘎吱作響的地板上，在寒冷如刀割般的空氣中站起身子。

羅倫斯解開刀柄上的鉤環，右手手指不停張開又握起。羅倫斯之所以會準備使用武器，是因為會在這種地方出現的小偷意外地多。由於這裡的人們認為只有熟人會住在這裡，這些小偷就利用這種大意的心態趁機偷竊。

羅倫斯打開通往設有地爐房間的門後，那好像拖動著什麼似的聲音清楚地傳來。不對，那是腳步聲。腳步聲之外，還夾雜著硬物摩擦的聲音。

那是杵拐杖的聲音。

如果是小偷，未免也太粗心了。不過，羅倫斯當然不會愚蠢到認為這是小偷踮腳在走路。

只是——都這麼晚了，到底會是誰呢？

「……嗯……唔。」

赫蘿翻過身子後，發現羅倫斯不在身邊。

她坐起身子之後揉著眼睛，用眼神質問著羅倫斯。

如此脫線的不成熟表現沒有持續太久，赫蘿似乎立刻察覺到腳步聲，眼神也轉為狼的眼神。

赫蘿以完全看不出喝醉酒的靈敏動作爬出被窩，但身體似乎還是不敵寒冷，而用力打了一下寒顫。

腳步聲已經來到相當近的位置。

嘶……啪嗒……咯吱。

赫蘿先看了看通往走廊的房門，再看了看羅倫斯。

看得出來赫蘿很想詢問來者是誰，但羅倫斯也不知道答案。

腳步聲在門前停了下來。

有人伸手觸摸門把，房門緩緩打了開來……

「……哈——」

羅倫斯還來不及說出整句話，便朝向就快倒下的身影衝去。

然而，羅倫斯還是沒能把話說完。

出現在眼前的身影全身覆蓋著白雪，似乎好不容易才走到這裡，其身形看似哈斯金斯，卻不是人類。

羅倫斯啞口無言。

「……」

眼前這個不知名生物的眉毛周邊垂著冰柱，嘴巴四周看不出是鬍鬚，還是冰柱。其握住拐杖的手被白雪覆蓋而結冰，甚至分不清哪些部位是手，哪些部位又是拐杖。不知名生物的呼吸聲相當安靜，安靜得甚至教人害怕。牠藏在冰塊和雪花深處的眼睛閃爍著銳利目光。

沒有人開口說話。

因為來訪者是個背部異常隆起、頭上長出螺旋狀尖角、膝蓋關節如羊腳般彎曲、宛如惡魔般的存在。

「神啊……」

羅倫斯幾乎無意識地這麼喃喃說道。

就在這個瞬間，「啪」的一聲清脆聲響傳來，惡魔臉上的冰塊隨之裂開了。

當羅倫斯發覺是惡魔笑了時，赫蘿已經來到他身邊。

「……原來是狼啊……」

惡魔的嘴巴每動作一次，垂在嘴邊或鬍鬚上的冰柱就會相互撞擊發出聲音。

對方的說話聲聽起來就是哈斯金斯的聲音。

「汝連偽裝的時間都沒有啊？」

「……」

哈斯金斯沉默地笑笑，然後以沒有握住拐杖的那隻手緩緩擦拭臉部。
如果是一般的人類，受到像哈斯金斯此刻的遭遇，應該早就已經死了。
「汝是來取笑咱的嗎？」
赫蘿的聲音比現場的空氣還要冰冷。
名為哈斯金斯的半獸惡魔像是感到刺眼般瞇起眼睛，他在打算站起來時，身體一陣搖晃。
羅倫斯以反射動作扶住哈斯金斯的肩膀。
眼前的存在是惡魔。怎麼看都像個惡魔。
然而，羅倫斯有攙扶這個惡魔的理由。
因為赫蘿也沒有藏起耳朵和尾巴。
「……在狼面前……羊當然會藏起來……不是嗎？」
哈斯金斯每動作一次，身體各處就會傳來冰塊裂開的聲音。
羅倫斯扶著哈斯金斯走到地爐前，讓哈斯金斯先坐下來。
這時傳來了一聲短短的尖叫。原來是醒來的寇爾倒抽了口氣。
「俗話說要藏起樹木，就要藏在森林裡。咱完全沒發現。」
「……我和妳不一樣。」
哈斯金斯只用一隻眼睛看著赫蘿。

從赫蘿的尾巴反應和表情，看得出哈斯金斯的話語惹火了她。

即便如此，赫蘿還是有願意承認事實的器度。

她點了點頭，然後充滿怨恨地說：

「那又怎樣？」

哈斯金斯與赫蘿屬於同類。

羅倫斯並不在意這樣的事實。從一路走來的旅行經驗，他已經知道這類存在悄悄混在人類之中生活。祂們就住在離城鎮不遠處、恐怖謠言不斷的森林之中；住在城鎮居民因為害怕招致災難，而被畫清界線的隔離之地；或是住在已失去村民信仰的麥田裡。

所以，羅倫斯反而能夠比赫蘿更加鎮靜地等待哈斯金斯開口。

「我有事……相求。」

「有事相求？」

在讓溶化的冰塊再次結冰的寒冷天氣之中。

哈斯金斯刻意地用力點點頭，然後像在嘆息似的吐出話語：

「這是一場災難……憑我的力量已經沒辦法解救了。」

「所以想借助咱的力量？」

聽到赫蘿的話語後，哈斯金斯點了點頭。

然而，羅倫斯發現哈斯金斯不是在點頭，而是在笑。這時，哈斯金斯用著顫抖的手從胸前取出一封信。

「妳的力量是來自尖牙和利爪吧……但這種力量稱霸的時代已經結束了。所以我要把這個拿給……」

哈斯金斯把視線移向羅倫斯。

「給我？」

「沒錯……我要拿給與狼一起旅行的人類。我會讓你們住在這裡……是想要觀察你們。不過，我覺得這是神明的旨意。」

「哈！神明？」

赫蘿露出尖牙笑著說道。赫蘿帶有威嚇和鄙視意味的表情，只引來了哈斯金斯的冷笑。

「如同妳緊緊黏著這個……心地善良的奇特人類，我也只是緊緊黏著神明而已……」

「咱、咱才沒有……沒有……」

赫蘿激動地想要反駁，卻難得地說不出話來。

赫蘿與哈斯金斯之間有著宛如老人與小孩的差距，但這樣的感覺似乎不是完全來自外表給人的印象。

看著說不出話來的赫蘿，哈斯金斯臉上沒有浮現打敗對方的得意笑容。哈斯金斯會有這種反應，也是因為他與赫蘿之間的差距。

儘管面無表情，哈斯金斯卻露出了疼惜對方的同情眼神。

「你是商人吧？請看這個……」

「這是……？」

「這種事情經常發生……我在暴風雪中，尋找走丟的羊隻時……一起行動的牧羊犬發現的。在大雪紛飛之中，那人保持著向神明禱告的姿勢，但已經斷氣了。」

那是一封封了口的信。在起毛羊皮紙做成的信封上，紅色的封蠟已經遭到破壞。

那人會在大雪中斷氣，就表示他一定是打算從某城鎮前來此地，結果迷了路的使者。

如果沒有加快腳步，就會被困在風雪之中，但如果加快腳步，體力就會急遽耗盡。

因為有人會遭遇這般不幸，所以甚至有些不肖之徒還會趁著溶雪之際，專門偷取不幸者們的遺物。

「我終究只是一隻羊……年少的狼啊，妳也明白我的意思吧？」

哈斯金斯把話題轉向赫蘿。

赫蘿像是祕密被揭穿似的，緊緊揪住自己的胸口。

「面對這薄薄的一張紙，我們根本一點力量都沒有……」

說罷，哈斯金斯緩緩吐氣，然後閉上眼睛。

地爐裡的火勢已轉移到追加放入的木柴上，火勢轉大的爐火熊熊燃燒著。包覆哈斯金斯身軀的冰塊也總算開始溶化。此時的寇爾早已回過神來，在他勤快的照顧下，哈斯金斯一副感到很舒服的模樣。

不知不覺中，哈斯金斯已經恢復成人類模樣，甚至讓人覺得方才是在作夢，才會把哈斯金斯走進房間時的模樣看成了惡魔。

然而，保持站立姿勢俯瞰哈斯金斯的赫蘿頭上，還是看得見狼耳朵，以及若隱若現的尾巴。

羅倫斯打開哈斯金斯遞給他的信確認內容。

隨後，他明白了哈斯金斯為何會說自己一點力量都沒有。

「哈斯金斯先生。您說想借助我的力量，是想要我做什麼?」

「……我希望靠你來保護。」

「……」

羅倫斯一時之間說不出話來，哈斯金斯則是閉著眼睛，露出淡淡笑容說：

「沒錯。就是保護修道院。」

「不……抱歉，但為什麼要這麼做?」

哈斯金斯睜開一隻眼睛，用灰色眼珠看著羅倫斯。

那充滿威嚴的目光，就和高傲有力地一步一步踩踏大地、在野原出沒的野生羊隻一樣。

哈斯金斯擁有的力量與赫蘿不同。

如果把赫蘿形容成出鞘的利刃。哈斯金斯就是巨大的鐵鎚。

「也難怪你會在意這個問題。你一定覺得我不可能真的屈服於神明吧……我啊，一路來一直利用人類過活，就跟你旁邊那隻年少的狼一樣。」

雖然赫蘿還想反駁，但被哈斯金斯的眼神制止了。

哈斯金斯簡直把赫蘿當成了小孩看待。

「我沒有要惹妳生氣的意思。我們以人類的模樣過著人類的生活，所以當然必須借助人類的力量。」

「哼……那汝借助人類的力量做了什麼？」

「建了故鄉。」

「咦？」

赫蘿瞪大了眼睛。而哈斯金斯還是保持相同的語調和態度，沉靜且清楚地說：

「建造了故鄉。在這塊土地上，築起了屬於我們的故鄉。」

劈啪、劈啪，木柴燃燒的聲音響起。

赫蘿的眼睛瞪大得像滿月一樣圓。

「不管是高山、森林還是草原，都逃不過人類的手掌心。所以，為了建造一個過了一百年、兩百年也不會改變、永遠存在的寧靜場所，只能夠利用人類的力量。剛開始我們也很擔心能不能順利完成這個目標……但最後成功了。我們擁有了一片寧靜的土地。不管什麼人在什麼時候來訪，他們總會這麼說——」

「……很高興看見您還是老樣子。」

哈斯金斯像個慈祥爺爺般露出微笑，然後深深吸了口氣。

「這一直是我們悲壯的願望。我們族群在很久很久以前被趕出了住處，而離散四處。有的同伴前往貧瘠的荒野，有的同伴化身成人類走入城鎮。有的同伴則是踏上永無止盡的流浪之旅……我們能夠再次相聚的場所——就算住在遠方，也能夠隨時回去的場所，就是這裡。」

「您說族群離散四處，該不會是因為獵月……」

「哈哈……哈！原來你知道這麼多啊。那這樣就更容易說明了。沒錯，正是獵月熊奪走了我們的住處。以古語來說，就是伊拉哇．威爾．牧黑德亨德。」

羅倫斯想起在祭拜蛇神的偏僻村落，曾看過一位修道士收集的多數古老傳說。

赫蘿像個老是哭泣的小孩子一樣，深深吸了口氣。

「發生那場災禍時，我們族群的力量微弱，根本對抗不了。然後，如今時代已經改變，為了保護這裡，必須仰賴新的力量。人類建立的結構太過細緻，而我的羊蹄太粗了……」

有求於人時，想要表現得不會太卑微，又不會太強勢，並與對方保持對等的立場非常困難。

擁有高傲自尊，卻不會顯得盛氣凌人。

哈斯金斯接受一切事物的原貌，並在現狀中做自己能做的事情。好幾百年來，他一定都是這麼走來的。

正因為如此，哈斯金斯才能夠擁有這般氣度。

「過去我們也遭遇過很多困難，但這次的難題，恐怕已經超出了我們能力的範疇。」

羅倫斯先看了信一眼，再看向哈斯金斯說：

「……這是國王發出的徵稅通知吧？」

「在諸侯互爭的那段漫長戰亂時期……反而比較容易解決難題。戰亂之中搬出我們那時代的論理，還有辦法得到安寧。但是，漫長的戰亂時期會使得土地荒廢。要是修道院瓦解，我們就什麼都沒了。所以……我暗中幫助溫菲爾一世統一這個國家。如果要說我做了什麼錯誤決定，或許就是這件事情吧。」

比人類強悍且聰明、在人類席捲世界之前統治這個世界的存在。

經過時代不斷地變遷，這種存在會遭到背叛，或許也成了稀鬆平常的事情。

「子女不可能記得父母之恩。孫子就更不用說了……我已經無法再站上公開的舞台了。頂多只能偶爾現現身，為他們的權威加持。」

「黃金之羊的……傳說。」

「沒錯。不過，當中有幾次是久未謀面的同伴來這裡拜訪我時，不小心被看見就是了。」

在笑不出來的地方說出笑不出來的玩笑話時，反而比較容易笑出來。

不過，如漣漪般的一陣輕笑聲退去後，會更加凸顯緊張感。

「雖然我很不擅長於數錢，但也知道修道院已經到了快要破產的地步。每次一被徵稅，我們的薪水就會遲發。關係比較好的人還告訴過我們，修道院下次恐怕撐不下去了。」

「可是，這種問題……」

「我已經不知道自己能夠做些什麼了。如果只要用蹄子踩平、用牙齒磨平就能夠解決，我也希望這麼做……你是商人沒錯吧？人類把我們的同伴趕出森林或深山時，總會看見商人藏在暗處。擁有這種力量的人竟然跟狼親密地談天說笑……既然這樣，當然只能仰賴……」

哈斯金斯嘆了很長、很長的一口氣。

「當然只能仰賴你而已。」

「可是——」

「拜託你。」

過去羅倫斯獨自旅行了長達七年的時間。他曾有幾次應受傷倒地的同伴的請求，幫對方送信給家人。

看見不願想起的畫面浮現在眼前，羅倫斯不禁噤聲。

如果只是普通信件，羅倫斯願意收下。

然而，他此刻拿在手中的，是國王發出的徵稅通知。

「不行。」

就在羅倫斯說不出話來時，赫蘿先開了口：

「不行。咱們不能冒這樣的險。」

「赫蘿……」

「做不到的事情就要老實說做不到。汝不是已經判斷出跟這件事情扯上關係會有危險嗎？咱們明天就要離開。如果明天不行，就後天離開。咱們是旅人，和這裡一點關係都沒有。」

赫蘿滔滔不絕地說完後，只聽見她急促而輕淺的呼吸聲。

如果赫蘿板著臉孔這麼說，羅倫斯或許會生氣，但羅倫斯之所以把哈斯金斯交給寇爾照顧，然後面無表情地站起身子，並非因為生氣。回過神來的赫蘿看見羅倫斯站起來，縮起了身子。

赫蘿臉上浮現難以形容的表情。

她抿著嘴的樣子看起來像在生氣，也像因為悲傷而嘴唇顫抖。她縮起肩膀，握緊拳頭，臉色一片蒼白。

羅倫斯不忍心看見赫蘿這般模樣。

他知道赫蘿是因為忌妒，才會有如此反應。

「怎、怎樣?汝啊，咱說錯了嗎?汝說過會有危險，所以咱才提議要離開。現在汝卻要接受那傢伙的請求——」

「赫蘿。」

說著，羅倫斯握住赫蘿的手。赫蘿抵抗了兩、三次後，安靜了下來。

淚珠不停從赫蘿臉上滑落。

赫蘿心裡明白自己的發言太過幼稚。

因為彼士奇幫忙建造故鄉的對象是人類，所以赫蘿還忍受得了。

但對象換成是哈斯金斯，那就不一樣了。

而且，使得哈斯金斯失去故鄉的兇手，與毀滅約伊茲的兇手同樣是獵月熊。

「年少的狼啊……」

哈斯金斯投來話語。

「妳的故鄉也是被那些傢伙毀滅的啊?」

赫蘿那參雜忌妒、羨慕以及不安情緒的目光變成一片混濁，看向了哈斯金斯。

「我們建立新故鄉的過程並不容易。我們化身成人類，盡量不讓人類注意到我們，也不讓人類記住我們，假扮成牧羊人一路生活過來。為了守住這裡的土地……我們早就下定決心願意付出任何代價。」

「咱也做得到！」

儘管這麼怒吼著，赫蘿的聲音卻顯得微弱。

她的聲音變得沙啞而發不出聲來。

「要是能夠找回……咱故鄉……約伊茲……咱也會……」

「瞧妳的反應，應該是沒有和熊交戰過吧？妳是說自己有賭上性命與熊一戰的決心？」

赫蘿的臉上浮現了滿滿的怒意。

她一定覺得哈斯金斯是在瞧不起她。

然而，面對齜牙咧嘴的赫蘿，哈斯金斯卻一直保持沉穩鎮靜的態度，注視著赫蘿泛紅的琥珀色眼珠。

「那些傢伙來到我的故鄉時，我逃跑了。我死命地逃跑，因為有太多同伴需要我保護。我帶領著同伴們死命逃跑。就是到了現在，那一刻還是歷歷在目。那天晚上，巨大滿月浮於半空。遼闊草原另一端可看見山脊線，又圓又大的月亮在山脊線上方發出皎潔光芒。我們在草原上奔逃，死命地想要逃離那片我們每天吃草的肥沃草原。」

哈斯金斯的身體變得更加虛弱了。只要一直保持人類模樣，想必他與赫蘿一樣必須受到人類身體的限制。

明明如此虛弱，哈斯金斯卻滔滔不絕地說個不停。

彷彿地爐裡的熱火融化了藏在他心中的無數思緒。

「那時，我回頭看向故鄉的方位。然後，我看見了。我看見身軀龐大得彷彿能夠坐在山脊線上的巨熊身影……那一幕美極了。就是到了現在，我還是這麼認為……那巨熊發出嘶吼聲，高舉手臂獵月的那一瞬間，讓我至今難忘……」

這是發生在遙遠的時光盡頭、對人類而言遙不可及的事情。

在那時代，世界仍籠罩著黑暗，並且受到精靈統治。

「到了現在，一切都變得教人懷念。那巨熊是我們世界的最後王者。那是靠力量以及雄偉體格支配一切的時代。如今我的恨意也消失了，只剩下懷念的感覺……」

對於沒能夠加入當時的歷史，只能在經過幾百年後的現在，才得知故鄉已不存在的赫蘿來說，或許此刻頂多只能勉強擠出有些孩子氣的笑容。

「汝、汝這個逃亡者，還好意思說早就下定決心，笑死人了。」

赫蘿的反應就像小孩子在賭氣一樣。

然後，年歲已高的哈斯金斯輕易地做出反擊。

「為了融入人類世界，我吃了肉。到現在已經有好幾百年了。」

「！」

赫蘿的目光移向掛在皮繩上晾乾的肉乾。

那是什麼肉呢？與哈斯金斯一起用餐的熱鍋裡放進了什麼肉呢？幾聲急促的呼吸聲後，赫蘿突然吐了出來。

羅倫斯不確定赫蘿是想哭，還是想像了與哈斯金斯做出相同事情的自己。

哈斯金斯為了扮成牧羊人，甚至能夠若無其事地吃下羊肉。

赫蘿做得到同樣的事嗎？

「為了擁有這裡，一路來我捨棄了很多東西，也跨過了不能跨越的界線。然而，萬一失去了這裡，恐怕就再也找不到讓我們安住的地方。」

哈斯金斯的這句話不像是在責備赫蘿。

反而像是為了借助羅倫斯的力量，誠心誠意地說明和請求。

然而，對於哈斯金斯在這裡建造故鄉的事實，赫蘿不禁感到忌妒。

看見有人拚命努力打造出自己失去的東西，赫蘿不禁感到忌妒，而赫蘿也知道自己這樣的情緒既任性，又愚蠢。不僅如此，她甚至打算撇下想守護新故鄉的人。

如果赫蘿覺得哈斯金斯的發言像在責備她，那也是因為她自己心虛。

在理性與情感之間掙扎的赫蘿，最後選擇了逃避。

赫蘿像個孩子般哭了出來，她的手被羅倫斯握住，就這麼癱倒在地。

哈斯金斯等到羅倫斯抱住赫蘿的肩膀後，才緩緩開口說：

「……面對現在的世界，你懷裡那隻年少的狼一定也遭遇過許多痛苦的回憶。累積了難以估計的幸運後，她好不容易能夠與心地善良的人類一起旅行。我能夠了解她不願意放棄這份幸運的心情，也能夠了解她想守護的心情。但是……」

說著，哈斯金斯緩緩閉上眼睛。

「我也不願意放棄這裡。這塊好不容易才到手的……安寧之地……可是……」

看見哈斯金斯停頓下來，寇爾慌張地用手按住他厚實的胸口。

不過，看見寇爾安心地鬆口氣，羅倫斯知道哈斯金斯沒什麼大礙，只是用光了力氣而已。

羅倫斯聽著木柴燃燒發出的聲音以及赫蘿啜泣的聲音，再次把視線移向哈斯金斯交給他的徵稅信。

照信上所寫的徵稅方法，修道院很難拒絕繳稅。

拒絕繳稅的最佳方法就是主張自己根本沒有資產，但國王選擇的徵稅方法，可說是不管對方用了什麼方法刻意隱瞞，也會變得毫無意義的最終手段。

這種徵稅方法不難看出國王的堅定決心，想要若無其事地避開徵稅，根本是不可能的事。

只要表現出一絲猶豫，想必國王就會立刻派兵前來。

說不定國王一開始就是抱著這樣的打算。

赫蘿曾經說過一個族群如果有兩個首領，就會相處得不好，這樣的道理同樣可以套用在統治

國家上。修道院擁有廣大土地及權威，對國王而言，這樣的存在肯定相當礙眼。

繳稅會滅亡，不繳稅也會滅亡。

必須把修道院從這樣的絕境裡解救出來。

而且是由身為一介旅行商人的羅倫斯來解救。

「這根本不可能……」

聽到羅倫斯脫口而出的話語，寇爾有所反應地抬起頭說：

「不可能嗎？」

寇爾也是為了保護故鄉，而勇敢跨出了界線。

他的眼神比平常更認真，甚至有責怪羅倫斯的感覺。

「……旅行到一半時，遇到了意外。因為前一天下雨，路面到處都是泥濘。」

聽到羅倫斯突然莫名其妙地扯開話題，寇爾臉上難得浮現忿怒的表情。

羅倫斯是個商人，而商人總喜歡打煙霧仗。

從寇爾的表情，羅倫斯感覺得出來他想這麼說。

「走在最前頭的馬車掉進了沼澤。我們急忙追上一看，發現幸好駕著那輛馬車的商人還活著。那商人自己也很不好意思地仰臥在地。雖然那商人受了傷，但應該沒事才對。我們抱著這樣的想法，想要抱他起來，結果發現……」

羅倫斯撫摸著還在抽泣的赫蘿背部，轉向寇爾說：

「他的肚子破了一個大洞。應該是被樹枝刺穿的。他本人也是在看到我們僵住臉後，才發現自己的肚子破了一個大洞。他露出僵硬的笑容要我們救他。可是，我們不是神明。我們能做的只有留在原地，送他最後一程。」

世上有些事情根本無力改變。

而且，這是非常理所當然的事情。

羅倫斯嘆了口氣後，繼續說：

「我當然會同情他。但是，我也知道應該會幫助我們的神明經常不見蹤影。所以，我會告訴自己『幸好不是我遇到這種不幸』。」

「這太……」

「這是人之常情。然後，送完不幸的他最後一程後，我會重新站起來，並且繼續旅行。這時候我會從他的馬車上搶走拿得動的貨物。」

羅倫斯揚起一邊嘴角，補上一句：「還會說一聲『賺到了』。」

寇爾的臉龐一陣抽動，似乎就要從喉嚨深處擠出什麼話語，但最後什麼也沒說。

他低下頭，重新幫哈斯金斯擦拭起濕潤的頭髮和鬍鬚。

遇到讓人難過又無法改變的事情時，只要埋頭於眼前的工作，就能夠多少獲得解脫。

羅倫斯忘了自己是在幾歲時明白這樣的道理。

他一邊這麼想著，一邊抱起在他懷裡安靜下來的赫蘿。羅倫斯抱著不知道是哭累而睡著，還是情緒太激動而暈過去的赫蘿前往隔壁房間。

屋外風雪交加，因為白雪早已填滿牆壁和木窗的縫隙，所以屋內反而沒有那麼冷。

赫蘿像發燒了一樣，不停發出急促而輕淺的呼吸聲。或許是在作惡夢吧。如果不是在作惡夢，就是因為良心受到譴責而喘不過氣來。

讓赫蘿躺在床上後，羅倫斯心想還要照顧哈斯金斯，於是準備離開赫蘿身邊。這時，赫蘿抓住了他的袖子——她微微張開眼睛，拋開羞恥心、名譽，以及一切一切，用眼神要求羅倫斯陪在身邊。

雖然不確定赫蘿是否還清醒，但羅倫斯用另一隻手摸了摸她的頭後，赫蘿便安心地閉上了眼睛。

過了不久，羅倫斯一根一根地緩緩撥開赫蘿抓住他袖子的手指。

在地爐裡的赤熱爐火照亮下，寇爾在隔壁房間拚命地想要幫哈斯金斯脫去外套。

兩人之間不僅體重差距甚大，而且寇爾本來就沒什麼力氣。

羅倫斯沉默地伸出手幫忙後，寇爾雖然沒有道謝，但也沒有拒絕。

「如果只是思考一下，還不會有危險。」

寇爾在驚訝之餘，並沒有反問什麼。

他抬起頭，停下了手邊動作。

「那邊拉一下。」

「啊！是、是！」

「如果只是思考可能性，還不會有危險。因為目前應該只有我們知道這封信的內容。」

兩人從哈斯金斯收在房間角落的私人物品當中，找出衣服幫他穿上，脫去他濕漉漉的鞋子。

「這麼重要的信件，我不認為會只送出一封。等暴風雪停了後，想必會有其他人把信送到這裡來。這麼一來，就表示我們還是有一些選擇。」

要不要把這件事情告訴其他人？如果要，要告訴誰？

「修道院可能獲救嗎？」

「這我就不敢保證了。不過，我們可以預測狀況。修道院已經被逼到了絕路，而國王方面也是。假設雙方都只能做出接近極限的選擇，那他們的選擇就呼之欲出了。而且，這件事情的主角除了國王、修道院，還有魯維克同盟。」

寇爾屏息凝視，接著戰戰兢兢地問道：

「不用管赫蘿小姐嗎？」

所謂核心問題就像傷口一樣，如果碰觸到了，對方不是痛苦呻吟，就是忿怒發狂。

而羅倫斯屬於前者。

「……赫蘿應該是覺得無法忍受，又無法坦率接受事實，在無所適從的狀態下，才會說出那種話。只要狀況允許，她應該會願意幫忙。別看赫蘿那樣子，其實她有時候心地挺善良的。提醒你一下，這時候應該要表現出吃驚的樣子。」

為了避免凍傷，寇爾用布料在腳上裹了好幾圈，然後在地爐裡放進更多木柴。

這時，寇爾總算一臉疲憊地露出笑容。

「那傢伙應該知道自己的忌妒心有多麼醜陋。而且，看見哈斯金斯的決心，赫蘿一定覺得自己簡直像個小孩子。身為賢狼的自尊想必受到了重創。」

說到愛面子和意氣用事，赫蘿絕不輸任何人，但她還是懂得什麼時候該開玩笑，什麼時候該認真。

對於擺出認真態度的赫蘿，就是羅倫斯也必須表示敬意。

「以前我曾經跟赫蘿說過。」

「說過什麼呢？」

「我說，解決事情的方法可以有好幾種選擇。不過，解決完事情後，我們還是要繼續過活。既然這樣，比起選擇能夠最輕易解決事情的方法，更應該選擇事後能夠讓我們舒服安心過日子的方法。」

寇爾用棉被團團裹住哈斯金斯，讓吹來的寒風無法輕易灌進他身體。

最後寇爾用布料包住木柴，放在哈斯金斯頭底下取代枕頭，完成了看護。

「聽到我這番話，那傢伙一副死了心的模樣回我一句『大笨驢』。不過，如果赫蘿不顧哈斯金斯而繼續旅行……她能夠安心入睡嗎？」

寇爾一定想像了赫蘿大口吃飯喝酒，然後像小狗或小貓一樣慵懶熟睡的模樣。

看著千辛萬苦得到第二故鄉的人就快失去故鄉，自己卻棄而不顧——羅倫斯不覺得在這之後，赫蘿還能夠如此悠哉過活。

寇爾用力搖了兩次頭。

「而且，你就更不用說了吧。」

羅倫斯笑笑後，寇爾一副心事被揭穿的模樣僵著臉，難為情地垂下頭。

就算羅倫斯與赫蘿都捨棄了哈斯金斯，寇爾一定不會捨棄他。

「不過，到目前為止我說的都是感情方面的論點。」

「到目前為止？」

看見寇爾瞠目結舌的模樣，就算對象不是赫蘿，羅倫斯也有種想要緊緊抱住他的感覺。

只要和寇爾相處，就很容易讓人表現出自信及虛榮心。

「我是個商人啊。如果得不到利益，就不會採取行動。」

「……您的意思是……」

「關鍵在於這張徵稅通知。如果相信哈斯金斯說的話，還有彼士奇他們的判斷，這張徵稅通知將會剷除修道院的一切。這麼一來，這就會是個大好機會。聽說大浪到來之前，潮水會完全退去，這時就可以把海底看得一清二楚。這麼一來，就會怎樣？」

寇爾立刻這麼回答：

「也會發現藏在海底的藏寶箱，是嗎？」

「沒錯。如果真有藏寶箱，修道院應該沒辦法徹底隱瞞才對。這對赫蘿原本的目的，也不是完全沒有幫助。至於要不要靠武力奪取，就看赫蘿怎麼決定了。」

寇爾點了點頭，然後鬆了口氣地癱坐下來。

「我沒辦法像羅倫斯先生這麼有技巧。」

寇爾應該是指羅倫斯能夠從多種觀點來思考事情。

羅倫斯沒出聲地笑了笑，然後聳了聳肩。而他這樣的反應並不是在演戲。

如果赫蘿在場，一定也看得出來。

因為沒有什麼人能對自己說謊。

「夜晚還很漫長，也正好起了火。寇爾……」

「是。」

「我需要你的智慧。」

「是！」

寇爾大聲回應後，急忙摀住嘴巴。

羅倫斯馬上準備好紙與筆，開始擬定計畫。

想要捕捉到小飛蟲的振翅動作或許很難，但如果是擁有雄偉軀體的老鷹，就能數出拍動翅膀的次數。

比起小規模組織，大規模組織的行動也更容易做出準確的預測。

如果對方還被逼到了絕路，那更是容易預測。

不過，目前掌握的情報太少了。

目前得知修道院財政窘迫，國王方面肯定也因為內政失敗而國庫枯竭。再加上國王的徵稅手段——以及修道院想必無法熬過這次徵稅的預測。

己方未知的情報，則是修道院究竟扣著何種形式的最後財產。

修道院到底是如羅倫斯等人所推測般擁有狼骨這類高價的聖遺物？還是持有現金？

寫出這幾點事實後，只填滿了紙張上半面。

剩餘下半面就用來寫出羅倫斯等人能做的選擇。

也就是告知徵稅一事的對象。要告訴同盟的人嗎？還是修道士？或者應該保持沉默呢？

而接下來，針對應該如何處理狼骨情報的問題，也有著一樣多的選擇。

羅倫斯等人能選的路看似很少，又好像很多，不知道的事情亦然。

就算知道修道院財政窘迫得甚至無法熬過徵稅，也不知道修道院是頑固地反抗國王，還是當一隻順從小羊，屈服於國王的軍力。

以常識來思考，修道院會只憑一己之力來解決的可能性為零。

修道院應該只能夠選擇向同盟提議，藉由巧妙地慢慢提供情報給對方的方式，也從對方那裡獲得情報，然後在這般局勢之中挺進。

這麼做當然會有危險。

不過，也不是沒有勝算可言。

畢竟現在咬住修道院喉嚨不放、絞盡腦汁想咬修道院一口的對象，不同於只懂得把獵物啃得連骨頭都不剩的傭兵集團。

同盟懂得怎麼收割小麥，同時也懂得怎麼增加小麥產量。他們知道比起一次大撈一筆，永續持久的小收入更加重要。

而且，為了讓移民順利進行，必須讓土地保持安定，所以對同盟來說，修道院能否存活是優先度極高的問題。

羅倫斯與寇爾花了整整一晚，把能想到的可能性從頭到尾思考了一遍。兩人思考每一種可能發生的事態，並討論值不值得放手一搏。兩人能夠一直保持頭腦清晰，肯定是屋外的暴風雪，以及天明前的低溫發揮了效用。不然就是羅倫斯身為獨當一面的商人，對於世間結構已有一定程度的了解，再不就是因為有寇爾幫忙，才會如此順利。

等到地爐裡熊熊燃燒的爐火化為無聲炭火時，羅倫斯兩人終於想出了無懈可擊的最佳選擇，並寫在紙上。

羅倫斯眼前浮現了赫蘿的開心表情，以及哈斯金斯的驚訝表情。

這個方法就是——

「……唔。」

羅倫斯得意洋洋地在赫蘿面前說出結論——

就這個瞬間，羅倫斯忽然醒了過來。

炭火燃燒的聲音和雪花飄落的聲音非常相似。

聽著「啪啦、啪啦」的聲音，羅倫斯能夠大致推算自己睡了多久。

羅倫斯唯一不明白的事情是，直到剛才都還確實存在的最佳選擇，究竟是什麼樣的方法。

不，其實他心裡很明白。

那是一場虛幻的夢。是一場夢就算了，羅倫斯還露出了自己作了這種夢的表情。

「大笨驢。」

直到剛才，羅倫斯都趴在放了紙張寫字的木箱上睡覺，當他挺起身子時，蹲在地爐旁的赫蘿丟來這麼一句。

赫蘿的聲音聽起來比教會鐘聲更加清脆悅耳。

羅倫斯伸了一個大懶腰後，覺得脖子疼痛極了，他心想可能是睡姿太奇怪的關係。

「真是個大笨驢……」

羅倫斯發現肩上披著兩條棉被。

他看見寇爾在別著臉、不停罵著「大笨驢、大笨驢」的赫蘿身邊縮成一團，那模樣像是緊抓著赫蘿尾巴不肯放手。

或許是哭得發腫的臉在消腫後形成了反效果，也或許是連長袍也沒穿的單薄打扮之故，赫蘿的臉看起來消瘦甚多。

不，赫蘿顯得消瘦不是外表上的問題，而是和她散發出來的氣息有關。當羅倫斯驚覺時，聽到赫蘿夾雜著嘆息聲說：

「咱非常幸福。」

赫蘿的話語和表情明明不一致，聽起來卻比讚揚泛著油光的羊肉多麼美味時，更像發自內心的話語。

「這世上明明有那麼多無法順心如意的事情。」

寇爾半張著嘴巴，別說是打鼾聲，甚至聽不到呼吸聲，那模樣乍看下就像死了一樣。

不過，當赫蘿輕輕撫摸寇爾的頭時，他像是感到很癢似的縮起脖子。

「我們的神明告訴我們要與人分享東西。」

「即使是幸運也要分享？」

赫蘿興味索然地問道。

如此冷淡的反應，讓羅倫斯甚至有種如果回答得不夠得體，赫蘿可能會冷漠地嘆口氣，然後再也不跟他說話的感覺。

「幸運也要。當然了，我自認有好好實踐這件事情。」

「……」

「妳那尾巴我也分給了寇爾享用。」

看到羅倫斯板起了臉孔這麼說，赫蘿一副被打敗了的模樣，只在嘴角浮現笑意，然後迅速把視線移向木窗。

「咱覺得身體發燙得像被火燒一樣。」

「是因為……」

羅倫斯原本打算開玩笑地說：「是因為聽到我說的話嗎？」但終究沒有勇氣說出口。

不過，察覺到羅倫斯沒說完的玩笑話後，赫蘿似乎意外地開心。

赫蘿抽動了一下耳朵後，沒回頭地抖著肩膀在笑。

「不過，不管是什麼存在，都一樣有著獨占一切的想法。咱已經很久不曾因為某人擁有某樣東西而如此忌妒了。這反而讓咱覺得痛快。」

羅倫斯沒有立刻接話，而這是為了強調自己接下來要說玩笑話。

「能夠像小孩子一樣說那麼多任性的話，當然會很痛快吧。」

赫蘿不是那種看見對方拚命懇求，還能夠一腳踹開對方的傢伙。

即使是對自己不利、會讓人生氣的事情，一旦受人請求，就無法拒絕；正因為赫蘿是這種個性的人，才會在帕斯羅村待上好幾百年。

「不管是人類還是羊，腦袋裡想的事情都一樣吶。」

「那當然了啊，連我跟妳都能夠吵架了。」

「嗯。如果不是爭奪相同的東西，用相同語言互罵，以相同視線高度互瞪，就不算是吵架。」

赫蘿坐著撫摸寇爾的頭，當她時而笑開懷、時而多話時嘴邊會湧出白色氣息。那股文靜中帶有氣質，甚至散發出優雅氣息的姿態，如果說是像守護森林的女神，確實很容易說服人。

或許是此刻的她露出與怠惰或墮落扯不上邊的纖細身形，與穿了好幾件衣服時的圓滾滾模樣完全不同，才會給人這種感覺吧。

羅倫斯面對的不是索求體貼的柔弱女子，而是走過漫長歲月、寄宿在麥子裡的賢狼化身——赫蘿。

「我多少有一些智慧和經驗。而寇爾有冷靜的思緒和構想力。」

「咱有什麼？」

「妳有義務。」

羅倫斯這麼回答。

「妳有義務讓與我的旅行化為美談永遠流傳下去。狼群為羊隻挺身相助的故事，不正是最好的題材嗎？」

為了讓權威以權威的形式存在，必須以穩固的價值觀來支持。對自己說過的事情負責，就是最符合這般原則的表現。

赫蘿咧嘴露出尖牙，從上下咬合的尖牙縫隙間，湧出了大量的白色氣息。

羅倫斯看到了一張相當愉快的笑臉。

那是一張像是在討論該如何惡作劇、顯得孩子氣的天真笑臉。

迷了路而被山賊追趕到森林之中時，如果有神明以外的對象能夠依賴，那一定是露出這種笑臉的傢伙。

「有勝算嗎？」

羅倫斯無言地聳了聳肩後，把墊在臉頰下的紙張遞給赫蘿。赫蘿看了羅倫斯的臉，輕輕笑了出來。羅倫斯心想臉頰上可能沾到了墨水。

「咱對自己的機靈反應還有那麼點自信，可是……這種事情咱就不擅長了。」

赫蘿應該是指全方位的思考模式。

因為事到緊要關頭時，赫蘿可以使用蠻力，所以根本沒必要事前仔細考量。

「不過，以前有位傭兵指揮官這麼說過。他說，不可能以一種方法持續打贏所有戰役。配合對手改變戰術，才是最強而唯一的必勝法。然後……」

「然後什麼？」

「只有神明才能做到這件事。」

羅倫斯開了一個壞心眼的玩笑。

赫蘿一副彷彿在說「你給我記住」似的模樣，微微傾著頭。不過，她的表情看起來似乎不是真的那麼生氣。

「重點在於修道院有沒有咱們在尋找的骨頭。而他們擁有的可能性極高。」

「沒錯。和彼士奇所說的內容最契合的，就是骨頭這個關鍵。」

「汝等應該支持的對象不是修道院，而是汝混熟了的那些傢伙唄？世上最可怕的事，莫過於跟不知道在想什麼的傢伙聯手合作吶。」

赫蘿在說話的同時，讓眼睛以飛快的速度追著紙上的文字跑。羅倫斯在紙上寫了與寇爾的對話內容，不過那字體相當潦草。

過去曾經因為赫蘿扯謊說自己不識字，而造成一場大騷動，現在看見赫蘿的表現，羅倫斯不禁心想赫蘿的識字能力說不定在他之上。

「說得也是。而且，同盟的人也不是笨蛋，既然同盟有像彼士奇這樣的成員，就表示他們希望這塊土地能夠安定且繁榮。哈斯金斯先生他們的居住場地或許會變得狹窄一些，但目的應該不會與同盟相差太遠。」

赫蘿稍微垂著眼瞼，像個身分高貴的婦人在眺望珍貴寶石似的，望著躺在地爐旁睡覺的哈斯金斯。

不過，發現自己的舉止被羅倫斯看見後，赫蘿便轉向羅倫斯露出難為情的笑容。

雖然沒有勇氣向赫蘿確認，但羅倫斯猜測赫蘿與哈斯金斯之間應該有著超出外表的年齡差距。赫蘿不僅相當重情義，有些地方還顯得特別重人情，所以不管對方是羊還是其他存在，只要是年長於赫蘿、經驗豐富的對象，相信赫蘿都會表現出敬意。

雖然赫蘿對自己向對方伸出援手的事實表現出有些得意的樣子，但或許也同時感到彆扭。

「那麼，旅行商人克拉福．羅倫斯可有自信完成這件任務？」

因為赫蘿很少呼喚羅倫斯的名字，所以光是聽到名字，就讓羅倫斯有種得到獎賞的喜悅。他不禁覺得自己這樣的反應或許是一種病態。

羅倫斯也露出了自信滿滿的笑容。那就像準備參加一口氣喝下烈酒的比賽、絕對不會輕易放過對手似的笑容。

他稍微做了一次深呼吸後，緩緩答道：

「從對方的立場來說，狼骨應該也是相當重要的關鍵。照理說，狼骨幾乎是唯一指向真相的情報，對方應該會慎重看待這個情報；而越是有可能打破現狀的強力情報，就會越受重視。就是在這般狀況下，像我這種旅行商人才有機會出手。」

「汝確定是這麼回事？這真的是正確情報？真的沒問題嗎？真的嗎？汝敢保證？那咱就相信汝喔。」

赫蘿邊笑邊像小孩子一樣不停丟出問句。

羅倫斯一一回應了每個問題，同時用手肘倚著木箱，擺出優秀商人的姿態說：

「我會提供確證給您，但相對地，方便也讓我詢問幾個問題嗎？」

「那個徵稅什麼的問題，會讓對方的時間變得緊迫。」

「我想這問題一定會被放上談判桌。一旦讓其他的徵稅信使抵達這裡，就沒有多少時間可利用了。要是一直拖拖拉拉下去，連利益本身都會消失不見。所謂為了更大的利益，只好犧牲小利益了……」

「哼。」

赫蘿彷彿在嘲笑羅倫斯預測得太樂觀似的哼了一聲，然後一臉無聊地別過臉去。

「可行唄。」

赫蘿把紙張塞還給羅倫斯說道。羅倫斯表現得像收到國王詔書的貴族一樣，小心謹慎地捲起紙張。

「那麼，就這麼決定了。」

這句話讓羅倫斯變回了商人。

此刻的他是合約的僕人，是貨幣的俘虜。

同時，他也是在暗地裡操控人類世界的地下王族成員。

「好了。」

整理鬍鬚、梳理頭髮、豎起衣領。

在執行生意計畫之前，一切永遠都是完美的。

然而，誰都知道計畫永遠趕不上變化。

第一個難關是以狼骨情報為誘餌，設法讓魯維克同盟上鉤。

如果沒有成功達成這項任務，那整個計畫就到此為止了。

「那我出發了。」

從旁觀角度來看，羅倫斯肯定就像個準備前往巨人巢穴的小矮人。

但是，羅倫斯初當上旅行商人時，也覺得四周的商人都像大巨人。但在這群大巨人之中，羅倫斯還是順遂地走到現在，這次肯定也能夠順利達成任務。在赫蘿與寇爾的目送下，羅倫斯離開了牧羊人的宿舍。

可能是在暴風雪中強行前進留下了後遺症，哈斯金斯的身體狀況依然沒有好轉，但聽見羅倫斯願意協助後，臉頰明顯變得紅潤不少。

哈斯金斯一直隱藏身分，在暗地裡支撐著修道院。所以在修道院裡，他必須與其他牧羊人是相同的存在。

哈斯金斯說過，自己只能夠依賴羅倫斯——看來此言不虛。

屋外仍是風雪不斷，建築物幾乎完全被白雪覆蓋，只有屋簷下的部分勉強還看得見石牆或木牆。

然而，儘管天候如此惡劣，商人似乎還是靜不下來。

羅倫斯好不容易抵達同盟固定利用的旅館時，也看見一名商人正好從對面建築物跑了過來。

「喲？沒想到這種天氣一大早還有客人前來。」

「是啊，因為天氣越惡劣，越是發財良機嘛。」

「哈哈哈！說得真對。」

這人似乎是魯維克同盟的成員，他毫不猶豫地打開大門，迅速走進旅館。

羅倫斯也跟著走進旅館，隨即聽到入口處旁的商人詢問說：「你來找拉格啊？」

羅倫斯在這裡儼然已是個老面孔。

「我心裡在想什麼，臉上寫得這麼清楚啊？」

羅倫斯一邊摸自己的臉，一邊說道。男子聽了，笑著告訴羅倫斯說：「那傢伙在筆耕室。」

想起守在資料室入口處的男子感覺就像個神學士，羅倫斯心想：「原來如此，用筆耕室來形容也沒錯。」

「謝謝。」

「你要找他談生意啊？」

這是商人們的寒暄話。

羅倫斯笑嘻嘻地回答說：

「是啊。談一個能夠賺大錢的生意。」

不久後，羅倫斯再次走出雪花紛飛的屋外，往彼士奇的工作場所走去。

來到一樓入口處，果然看見了那名像神學士的男子。羅倫斯說出想要拜訪彼士奇的目的後，男子也沒問羅倫斯名字，便往裡面走去。

男子的任務，說不定是監視其他敵對同盟有沒有派人前來。

羅倫斯這麼想時，男子回到入口處，並沉默地指向裡面。

向男子致謝後，羅倫斯朝向裡面的房間走去。

這時，彼士奇已打開房門等待羅倫斯前來。

「早安。」

「早安。怎麼了嗎？」

彼士奇說著，邀請羅倫斯走進他的個室，然後背著身子關上房門。

看見羅倫斯冒著這惡劣天候前來，想必彼士奇也知道他不是來閒話家常。

羅倫斯拍了拍走進這棟建築物時沒拍乾淨的雪花，並咳了一聲掩飾緊張感後，堆起了商談用的笑容說：

「老實說，昨晚發生了讓我非常在意的事情。」

「非常在意的事情？啊，先請坐吧。」

在彼士奇拉出的椅子坐下後，羅倫斯揉了揉鼻子下方。

羅倫斯讓視線落在手上，並且不停反覆張開又握起拳頭的動作。這樣的表現或許顯得刻意，但他覺得有些做作反而比較好。

「因為實在太離奇，所以我想到後就睡不著覺了。您看！」

說著，羅倫斯指向自己的眼睛下方。

商人如果頂著黑眼圈前來商談，不是會被對方識破弱點，就是會讓對方起疑。

話雖如此，彼士奇卻反而開心地笑著說：「真的呢。」

屋外下著大雪，而狀況陷入膠著。

在這種時候，離奇的事情反而比較適合當成酒席上的助興話題。

「到底是什麼事情呢？您該不會是找到攻破修道院的入口了吧？」

羅倫斯把握這個瞬間，一口氣反擊說：

「沒錯，就是這麼回事。」

兩人彼此僵著笑臉，時間不知道就這麼過了多久。

彼士奇沒有改變表情地揉了幾次手後，默默地站起身子，並打開房門確認外面狀況。

「然後呢？」

房門都還沒關上，彼士奇便急著這麼反問，看得出來他也是個演技精湛的演員。

「您知道越過溫菲爾海峽的對岸，有個叫做凱爾貝的港口城鎮嗎？」

「我知道。凱爾貝是南北兩地的貿易中樞。雖然我沒有實際在凱爾貝買賣過商品，但那裡的三角洲是個好地方。」

「沒錯。您知道兩年前在凱爾貝盛傳的無稽之談嗎？」

彼士奇是過著旅行生活的商人，或許不知道這個傳言。

雖然羅倫斯這麼猜測，但彼士奇露出了若有所思的表情，然後用手摀住嘴巴。

彼士奇的舉動想必是為了掩飾差點露出的本性。

「我記得好像是……有關異教之神……的骨頭吧？」

「沒錯。是狼骨。」

彼士奇沒有看向羅倫斯，而是注視著別的方向進行思考。

當彼士奇再次看向羅倫斯時，露出了帶有戒心的眼神。

那眼神彷彿在說「沒想到你真的會說出這麼離奇的事情」。

「狼骨怎麼了嗎？」

彼士奇會這麼輕描淡寫地問，如果不是覺得羅倫斯蠢，就是覺得難以置信。

即便如此，羅倫斯還是順勢回答說：

「假設修道院買了狼骨，會怎樣呢？」

「……修道院？」

「是的。只要用得巧妙，就算是異教之神的骨頭，也能夠用來提高神明的威嚴；可以藉此來說服聚集在修道院聖堂議會、求助於神明的那些人士。此外，修道院還可以把狼骨視為投資對象，如此一來，那些想突破僵局的人士也能繼續堅持他們的主張。」

聽完羅倫斯的發言後，彼士奇閉上眼睛，露出了苦澀的表情，而這並不代表他打算認真地考慮這個提案。

彼士奇是在思考要怎麼回答，才不會對羅倫斯造成刺激。

「雖說羊毛業績年年下跌，但想必是累積了好一段時間，才會造成現況。所以，修道院應該在幾年前，就選擇了一種方法來保護財產。畢竟溫菲爾王國的貨幣似乎持續在貶值。保護財產的方法就是先使用這些貨幣買下物品。可以的話，最好是買下在任何國家都能有同等價值的物品。只要這麼做，即使過了幾年，溫菲爾王國的貨幣暴跌，修道院還是能以外國貨幣變賣狼骨，然後把現金帶回溫菲爾王國。這麼一來，就像我們在那個港口城鎮能夠投宿在高級旅館一樣，修道院也能在溫菲爾王國繼續當大爺。」

對於羅倫斯口沫橫飛的說明，彼士奇誠實地露出了為難的表情。

「您覺得這點子如何呢？」

聽到羅倫斯這麼繼續追擊，彼士奇輕輕揚起手掌。

彼士奇的手勢是要羅倫斯等一下。那舉動彷彿在說：「我已經驚訝得不知道該說什麼了。」

在那之後，彼士奇咳了三次，才好不容易開口說：

「羅倫斯先生……」

「是。」

「的確，您提出的點子似乎不難成立。」

「我就說吧。」

羅倫斯喜孜孜地笑著說。

他也知道額頭上已經了冒出汗珠。

「可是，我們是魯維克同盟。呃……這雖然很難以啟齒……」

「什麼事呢？」

赫蘿如果在場，肯定會被羅倫斯的演技嚇著。

「那個，算了，我就老實說吧。對於這個可能性，我們老早就考慮過了。」

「……咦？」

「這個傳說很有名。而且啊……」

彼士奇一副忍無可忍的模樣，他用咳嗽掩飾著自己的情緒，並無奈地嘆了口氣。

「真的有很多人——我們許多的優秀同伴絞盡腦汁思考過了。」

羅倫斯保持探出身子的姿勢，陷入了沉默。

彼士奇攤開兩邊手掌，略微斜著眼睛觀察著羅倫斯的反應。

羅倫斯先別開視線後，再看向彼士奇，然後再次別開視線。

屋外一陣強風吹過，木窗隨之喀喀作響。

「我們的結論是根本沒有那種東西。這個傳說風靡各地的時候，我們有個同伴正好在凱爾貝，他透過在凱爾貝有門路的商行做了調查，結果發現只有某家商行抱著不太認真的心態在尋找骨頭。而且，憑那家商行的規模，根本買不起真的聖遺物，而且他們也沒有資金來源。這只是一種沽名釣譽的行為。有些人偶爾會做出這樣的行為。大多是在酒席上為了愛面子或開玩笑，才會這麼做。」

彼士奇或許是在生氣，才會如此多話。

他可能是在氣羅倫斯害他白白浪費了時間。

也可能是在氣自己太愚蠢，居然對羅倫斯抱著期待。

羅倫斯無言地在椅子上重新坐好，來回地搓揉雙手或張開手掌。

尷尬的沉默氣氛降臨。

「這只是個無稽之談。」

最後，彼士奇顯得不屑地說道。就在這個瞬間——

「如果這不是無稽之談呢？」

這時如果沒有展露笑容，羅倫斯的演技就太差勁了。

羅倫斯壓低下巴、抬高視線，露出心滿意足的笑容。

「……您別開玩笑了。」

彼士奇有好一會兒說不出話來。雖然他表面上故作鎮定，但羅倫斯當然不會錯過他的反應。

彼士奇若無其事地擦了一下手掌心。

「我是不是在開玩笑，就交由您來決定好了。」

「不是啊，羅倫斯先生，您別這樣啊。要是我的應對太不得體，那我向您道歉。因為我們的人真的集思廣益了很久，我才會忍不住激動了起來。所以……」

「您要我別隨便說說，害您失去冷靜，是嗎？」

搖晃的木窗不停發出喀喀聲響，強風吹過時，也會傳來雪花碰撞木窗的聲音。羅倫斯正想著：「這聲音真像海浪撞上船身時的聲音」時，眼前的彼士奇已露出彷彿暈了船的表情。

彼士奇咬著嘴唇、瞪大眼睛，臉色變得蒼白。

「一千五百枚。」

「咦？」

「您知道一千五百枚的盧米歐尼金幣，要多少箱子才裝得下嗎？」

珍商行在教會驕傲地堆起箱子小山的光景，羅倫斯到現在還是歷歷在目。

彼士奇臉上浮現僵硬的笑容。

「羅、羅倫斯先生……」

他臉上的汗珠從太陽穴順著臉頰滑落。

不管是神情、語調，還是眼淚，都能夠靠演技表現出來。

但如果是汗水，就沒那麼容易了。

「彼士奇先生，您覺得如何呢？」

羅倫斯從椅子上探出身子，讓臉貼近到甚至能夠嗅出彼士奇昨晚吃了什麼的距離。

現在是決定勝負的關鍵時刻。

如果現在沒有完全咬住對方，就無法朝向下一個獵物伸出爪子。

「我希望透過您與同盟隨時保持互動。」

彼士奇不可能不知道羅倫斯的意思。

他像個被小刀架著喉嚨的巡禮者般，露出了恐懼的眼神凝視羅倫斯。

「我們能夠突破目前這個僵局。而由您來負責這個重要的任務。這提議應該不會太差，對吧？」

「可、可是……」

好不容易開口說話的彼士奇口中，飄來了上等葡萄酒的香味。

「可是，您、您有證據嗎？」

「無論任何時候，信用都是眼睛看不見的東西。」

羅倫斯露出微笑說道，然後縮回了頭。

雖然彼士奇一臉狼狽，臉頰也即將泛紅，但羅倫斯馬不停蹄地說：

「修道院當然不可能愚蠢地把『狼骨』的商品名稱大剌剌地記在帳簿上。他們應該會偽裝成其他什麼商品買進來才對。不過所謂萬物萬事皆無所藏匿，抱著『應該沒有吧』的想法來查看帳簿時，或許不會發現什麼可疑的項目，但這時如果告訴自己『一定藏有什麼東西』來查看帳簿，應該就會得到不同的結果。您覺得呢？」

彼士奇沒有回話。

他根本回不了話。

「事實上，我這邊有能夠讓狼骨傳說變得可信的東西。可是……老實說，對我這種旅行商人來說，這件事的規模太大了。如果我直接告訴同盟幹部這件事，根本不知道他們會不會相信。所以，我需要有人幫我美言幾句。」

這是羅倫斯一路長途跋涉地運來商品，獨自在村落或城鎮推銷而得的經驗。

即使說出一樣的推銷詞，只要在該村落或城鎮有個與自己相同論調的友人，推銷結果就會天差地遠。

羅倫斯的個性再善良，也不會天真地認為只要說出事實，對方就一定會照單全收。

一個人推銷時，就算是上等好貨也賣不出去；但換成兩個人推銷時，就算是劣質商品也能夠大賣。

這是現實，也是做生意的秘訣。

「可是……」

「請您想想。我可是在那個港口城鎮得到了德志曼先生的信任耶——就憑我這個窮酸的旅行商人。」

彼士奇露出驚訝的表情，然後看似痛苦地閉上眼睛。

據說在南方大帝國，有個在數十年之間，持續駐紮著穩固的強大權力和商業網的都市，據聞那個都市簡直就像佈下了天羅地網。

雖然羅倫斯沒有去過那都市，但能夠深刻體會到這句話的意思。

信用是眼睛看不見的東西。

雖然看不見，但絕對不容忽視。

「彼士奇先生……」

聽到羅倫斯的呼喚，彼士奇的身體不停發抖，還有幾滴汗珠從下巴滴落。

如果狼骨傳說並非無稽之談而是真有其事，協助羅倫斯就等於爬上了同盟內部的升遷階梯。

然而，如果這情報只是瘋狂旅行商人的胡言亂語，輕信對方的彼士奇將會跌入失敗的谷底。

彼士奇要面對的不是天堂，就是地獄。如果兩者加起來再除以二會等於零，或許只會是一場享受危險樂趣的賭局。但面對一旦失敗就無路可退的選擇，只要有充裕的時間，任誰都會猶豫起來。

而猶豫往往會讓人心生恐懼。

「……這件事情……還是不……」

僅管認為羅倫斯說的話可能是事實，彼士奇還是一臉痛苦地吐出了這些話。

獵物就快逃跑了！

羅倫斯只能斬斷彼士奇的退路。

「國王……」

羅倫斯以如針般尖銳的口吻說道，跟著在換氣的瞬間感到猶豫。

如果說出了這件事情，那就真的無法回頭了。

羅倫斯嚥下口水，然後繼續說：

「如果我說國王已經採取了行動呢？」

「什……咦？採取什麼行動？」

「徵稅啊。」

羅倫斯還是說出來了。

表情垮掉的彼士奇凝視著羅倫斯不放。

不同於外表上的呆滯，彼士奇的腦袋裡肯定正以驚人的速度思考。

「叩」的一聲傳來，彼士奇從椅子上站起身子。

羅倫斯沒有放過彼士奇。

「您去傳達這消息能做什麼!?」

彼士奇死命地想要甩開羅倫斯抓住他手臂的手，而他想要前往何處再明顯不過了。

不管是什麼樣的團體，對團體抱有歸屬意識會讓人變成忠誠的狗。

彼士奇理所當然會想傳達這重大的事實。

「要做什麼……當然是要早一刻傳達消息……!」

「傳達後呢?討論對策嗎?」

「這與你無關!」

「你們明明早就無計可施了，你還要這麼頑固嗎?」

「!」

彼士奇停止了掙扎。

他痛苦的表情證明了他對這個事實有所認知。

「請冷靜下來。這時就算把事實告訴同盟，也只能乾著急而已。等到新的徵稅命令送達，修道院應該會破產吧。到時候他們不是跪在國王面前求國王大發慈悲，就是毅然地選擇一死吧。不過，這時候如果指出修道院持有狼骨這個異端證據，您認為修道院會做出什麼判斷呢？」

修道院無法逃離土地，而土地無法逃離世俗權力。

如果修道院為了支付稅金，而公然向試圖干涉國政的魯維克同盟請求協助，事態又會如何演變呢？

國王應該會以反叛為由，派兵前往修道院。

不過，就算走到這一步，修道院仍然是教會組織的一員，這可以為他們帶來一絲希望。

這時如果有人指出狼骨的事實，修道院的最後希望就會如同遭到綁架一樣。

聽到「與國王或教皇為敵，哪一個比較可怕」的問題時，如果是教會相關人士，一定會回答後者。

而且，只有在修道院面臨這般事態的時候，同盟才有機會乘隙而入。

「彼士奇先生，剩下的時間非常有限，而且機會只有一次。在這裡陷入混亂之前，我們必須把這個雖然有些愚蠢，卻相當有魅力的提案提給空閒的大人物們。就算當下得不到他們的同意，也能夠先把他們的注意力吸引過來，等到陷入混亂時，他們就會比較容易注意到我們。畢竟人們溺水時，總會伸手去抓距離自己最近的東西。我很樂觀地認為這件事情會成功。因為……」

羅倫斯繞過桌子，站到彼士奇面前說：

「我可以肯定狼骨確實存在。」

彼士奇愣愣地看著羅倫斯。

那視線不像在瞪人，而像是受到了吸引。

彼士奇的呼吸變得急促，肩膀大幅度地上下擺動著。

「彼士奇先生……」

聽到羅倫斯的呼喚，彼士奇閉上了眼睛。

那舉動看起來像是投降說：「就隨你便吧」，但在閉上眼睛的同時，彼士奇開口了：

「證明徵稅是事實的證據呢？」

獵物咬住了誘餌。

不過，還沒有完全上鉤。

羅倫斯壓抑住想要跳起來的衝動，緩緩回答說：

「我和牧羊人們住在一起啊，當然能夠最早發現掉在外頭的東西。」

彼士奇緊閉雙唇，用力吸入空氣。他似乎是想要讓腦袋清醒一下。

這樣的反應，證明羅倫斯的話語確實吸引了彼士奇。

「什麼時候？」

「昨天深夜。這也是我睡不著覺的原因之一。」

彼士奇緊咬著牙根，感覺都快聽見他牙根嘎吱作響的聲音。

如果徵稅一事真是事實，在這個消息傳出去的同時，這裡就會像蜂窩遭到攻擊一樣變得一片混亂。

屆時即使提出什麼方案，對方也不會接受。

因為同盟這種東西，只憑一人之力是拉不動的。

憑彼士奇的智慧，應該知道這樣的道理。

正因為期待著彼士奇的判斷，羅倫斯才沒有繼續說話。

只要是為了自己的利益，就算要花一上整晚等待天平傾斜，商人也願意。

在下雪天特有的寧靜氣氛之中，只有時間緩緩流逝。

彼士奇的額頭冒出了汗水。

他緩緩張開眼睛，對著羅倫斯說：

「一千五百枚。」

「咦？」

「一千五百枚盧米歐尼金幣要裝多少箱子呢？」

羅倫斯忍不住放鬆了臉頰，但並非因為彼士奇的問題太蠢。

而是因為這代表著他們已經締結了合約。

「我絕對不會讓您後悔的。」

聽到羅倫斯的話語後，彼士奇噗嗤一聲笑了出來。他先是十指交握並仰起脖子，再用雙手粗魯地擦去滿臉汗水。

「哪怕一次也好，真想看看一千五百枚金幣長什麼樣子。」

羅倫斯只能伸出手這麼說：

「如果一切順利，一定看得到的。」

「我衷心希望如此！」

羅倫斯順利度過了第一階段的難關。

第五幕

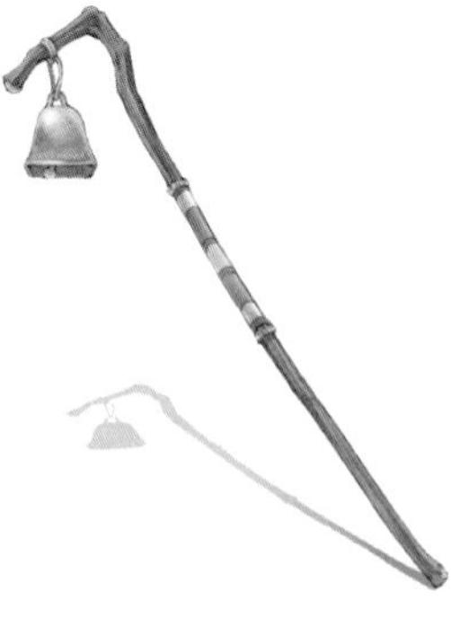

握手表示合約成立後，彼士奇便如閃電般展開行動。

畢竟彼士奇賴以維生的，就是把來自各地的小團體聚在一起，建立一座城鎮或村落的工作。相信比起羅倫斯，彼士奇更懂得在群體之中推動群體的竅門。

彼士奇沒有興奮而無謀地跑去找大人物們，告訴他們狼骨傳說可能屬實。

他認為首先該採取的行動是──增加同伴。

「口風緊且好奇心旺盛，眼力好又有空，就算不是率領一流商行的人，也會想要網羅這種優秀人才。或許是上天的旨意，這裡聚集了很多這樣的人才。」

事實上，如果沒有做好事前調查，就把狼骨的事告訴決定同盟動向的幹部們，只會被認為腦袋有問題而不了了之。

首先，必須與意氣相投的同伴們做好事前調查。

「那麼，可以麻煩您去安排嗎？」

「沒問題。我會在一、兩天內檢查所有帳簿。只要找到像是修道院在隱藏東西的線索，就算是要捏造事實，也難不倒我們。」

彼士奇露出了驕傲的笑容，那樣的笑容反而讓人心生信賴。

「這樣我就安心了。」

「如果可以，我希望在這場暴風雪結束前做完事前準備。我們只能在他們有空的時候，請求他們聆聽我們的意見。剩下的就是必須提出足以說服對方的……確切證據。」

如果羅倫斯不在場，彼士奇就無法強硬地主張狼骨真實存在。

帳簿上若留有一眼就能夠看出像是狼骨的明顯跡象，彼士奇想必早就發現了。

「關於這點，我不會讓您失望。請放心交給我吧。」

彼士奇點了點頭後，說了句：「對了……」

「嗯？」

「您都不討論怎麼分配利益啊？」

商人的目的永遠是利益。

如果沒有提及怎麼分配利益，就表示那商人是為了其他目的而行動。

彼士奇用犀利的目光注視著羅倫斯。

羅倫斯向別處瞟了一眼後，才回答說：

「因為我不認為這次生意成功時所帶來的利益，會少到必須做事前討論。」

「……」

彼士奇同意的模樣像是在說「抱歉懷疑了你」。他點點頭說：

「我有時也會想，如果從事採買物品再賣出去的單純生意，或許還比較適合我。」

一個商人會一直懷疑對手，而且還表現得如履薄冰，只有一個原因。那就是他參與的生意構造太過複雜。

聽到彼士奇有些自嘲的話語，羅倫斯這麼回答：

「我也經常會想，如果能只為了自己做生意就好了。」

「這麼做是好事，還是壞事呢？」

看見彼士奇打開房門，羅倫斯豎起了外套衣領，還反射性地確認赫蘿不在場後，才回答說：

「至少不會感到厭倦。」

彼士奇露出笑容後思考了一會兒，接著感同身受地嘆了口氣說：

「也對。感到厭倦才是災難的源頭。」

如果是在酒席上，這一定是會讓人想相互拍肩的瞬間。

不過，商人比較冷靜一些。

所以，兩人只有交換了一下眼色。

「我們會以墨水和羊皮紙做武裝。羅倫斯先生您呢？」

「證詞……還有，同樣也是羊皮紙。」

告訴對方自己持有證物，是非常危險的行為。因為羅倫斯在這裡不但被隔絕，也沒有同伴，所以對方很可能以武力搶奪證據。

不過，如果站在彼士奇的立場設想，羅倫斯也會覺得只有證詞並不足夠。羅倫斯把這兩個想法放在天平上秤了秤，才說出方才的話，而這麼說似乎是正確的決定。因為他看見彼士奇安心似的緩和表情。

「總而言之，我把我的賭金全押在羅倫斯先生身上了。」

「我了解事情的嚴重性。」

「那麼，我這就去召集同伴。您呢？」

「我也要回去跟旅伴做一下討論。畢竟這事比較特殊，比起被墨水弄髒手的人，把手藏在長袍袖子底下的人所說的話，會比較容易說服他人吧。」

彼士奇點了點頭，然後邊推開門邊說：

「但願暴風雪能夠繼續吹下去。照這樣子看來，時間可能相當有限。」

如果不能趕在同盟或修道院接到徵稅通知之前與其進行交涉，羅倫斯等人的計畫將會變得窒礙難行。

走出屋外後，羅倫斯發現雪勢已減弱了不少。

從天空的模樣看來，暴風雪不太可能就這麼停下來，但若是這樣的天氣，胸口藏著國王信件的使者很有可能會冒險前行。

「下次請您直接到資料室來。我……方便直接前往您的宿舍拜訪嗎？」

「當然方便。那就拜託您了。」

兩人在最後握了手，隨即像是分道揚鑣。

羅倫斯再次走進了飄雪之中，沿著連方才自己留下的腳印都看不見了的雪道，朝著牧羊人的宿舍前進。

當自己為某人完成某些目標時，那到痕跡一定也會像這條雪道上的腳印般，轉眼間消失在匆匆流去的時光之中。

就連擁有巨大身軀的赫蘿，她的腳印在匆匆流去的時光之中，也會變得斷斷續續。

就連讓人容易覺得會有許多同伴聚集、就是歷經斗轉星移也不會消失的故鄉，其實也不是永恆的存在。

不過，即使腳印消失了，只要重新踏出步伐就好。

故鄉亦是如此。

羅倫斯之所以願意幫助哈斯金斯，也是因為有這一層因素。

因為羅倫斯能藉此告訴赫蘿——建造新故鄉絕非無稽之談。而且陷入危機時，也會有人來幫助自己。這世界並非無情無義，也沒有充滿絕望。

羅倫斯回到宿舍後，看到赫蘿與哈斯金斯兩人隔著地爐，正靜靜地交談著。

與其說交談，感覺上是哈斯金斯一句一句地訴說著往事，而赫蘿只是安靜地聆聽。

「算是順利讓獵物咬住了第一個誘餌。」

「……」

像是在表達謝意似的，哈斯金斯靜靜地用力點了點頭。

「我先睡一下。彼士奇會找一群眼力極佳的人來查看帳簿，相信沒多久就會發現可疑之處吧。」

真正棘手的，是順利讓同盟相信真有狼骨之後的行動。

得知狼骨確實存在後，同盟一定會露出更為強硬的態度，堅持己方的要求。同盟的態度會有多強硬，取決於狼骨傳說的可信度。

羅倫斯沒有信心能否順利抓穩韁繩。畢竟這次面對的，不是馬或牛般大小的對象。

如果羅倫斯不先睡覺補足精力，恐怕會在瞬間精疲力盡。

或許是顧慮到哈斯金斯在場，赫蘿根本沒有好好看過羅倫斯一眼，但在擦身而過時，她輕輕碰了一下羅倫斯的手。

走到隔壁房間後，羅倫斯發現寇爾仍在熟睡。雖然知道自己能夠免於獨自在被窩裡發抖睡覺，但心裡難免還是覺得少了點什麼。

羅倫斯露出苦笑，鑽進了被窩。

因為木窗關著，空隙也被白雪覆蓋，所以看不出正確時間。

醒來後，羅倫斯猜測現在應該是中午過後。

羅倫斯是因為感覺到有些不對勁，才會沒睡多久就醒來。

太安靜了。

羅倫斯立刻坐起身子，走下床打開木窗。堆在木窗和牆壁上的白雪掉落，傳來了「啪」的一聲。羅倫斯就這麼讓木窗完全敞開，冰冷的空氣也隨之灌進屋內。

冰冷空氣扎著臉頰的同時，白色雪景也映入了眼簾。

不過，此時風勢已經平靜許多，儘管仍下著雪，但已算不上暴風雪。

屋外已恢復下雪天特有的寧靜，安靜得甚至讓人覺得就快耳鳴。

想必就是這份寧靜讓羅倫斯醒了過來。羅倫斯經常有不是因為太吵，而是因為太安靜而醒來的經驗。

因為發生什麼不好的事情時，四周總是會變得一片死寂。

「……妳一個人啊。」

來到有地爐的房間後，羅倫斯看見赫蘿獨自顧著爐火。

「咱正猶豫著該不該叫醒汝。」

「妳是因為看到我累得呼呼大睡，所以捨不得叫醒我啊？」

由於哈斯金斯不在，羅倫斯大方地坐在赫蘿身邊。

赫蘿一邊用鐵棍輕輕翻弄地爐裡的木炭，一邊簡短地回應：

「看到汝那傻呼呼的表情，咱都懶得叫醒汝了。」

「發生什麼事了嗎？」

寇爾不在就算了，連疲憊不堪的哈斯金斯也不見蹤影，這表示一定發生了什麼事情。

而且，讓時光暫停的暴風雪也停了。

赫蘿鬆開鐵棍，偎著羅倫斯的身子。

「雪勢減弱後，修道院的人來過這裡。他們是來詢問牧羊人們有沒有看見預定昨天或今天抵達的使者。」

「哈斯金斯先生怎麼說？」

「那老頭說修道院的人在尋找的使者，肯定是那些斷了氣的傢伙。他說暫時先裝出不知情的樣子。因為發現那些傢伙的地點很遠，一般牧羊人絕對到不了。寇爾小鬼現在正陪著他。」

這麼一來，帶著相同信件的其他使者，很可能最快明天或後天就會抵達。

「咱們應該怎麼做？」

「我們現在只能等待而已。等彼士奇他們找到某程度能夠構成證據的東西後，再去找同盟的上層幹部討論。」

「喔……」

聽到赫蘿無精打采的回答，羅倫斯把視線從她的側臉稍微移向尾巴，結果突然被赫蘿揪住了耳朵。

「汝每次不確認尾巴的反應，就無法做出判斷嗎？」

「成、成就大事時，永遠都要有證據啊……」

「大笨驢。」

赫蘿像甩開東西似的鬆開羅倫斯的耳朵，然後別過臉去。

因為赫蘿拉耳朵的力道不輕，羅倫斯感覺到耳朵陣陣抽痛。

不過，赫蘿會使出這麼大的力道，就表示她真的很生氣。

這般反應真不知是來自少女心，還是動物心的微妙變化。

或許對赫蘿而言，他人憑著她容易洩漏真心的耳朵和尾巴作為判斷，感覺就像提出了問題，卻被對方看見答案一樣也說不定。

「當然也有妳上場表現的機會。」

聽到羅倫斯的話語後，原本稍微低下頭的赫蘿豎起頭上的耳朵。

看見如此明顯的反應，讓羅倫斯忍不住想要摸摸赫蘿的頭。

但這時卻傳來了赫蘿的聲音：

「汝的耳朵想被咬下來嗎？」

雖然赫蘿的耳朵很重要，但自己的耳朵也一樣重要，所以羅倫斯慌張地搖搖頭。

「同盟是規模非常大的組織。當然了，目前在這裡的傢伙們只是其中一部分，真正的大人物現在應該在跟下雪無緣的溫暖地區吧。儘管如此，他們的本質還是組織。想要讓如此龐大的組織動作，必須有足夠的說服力。為了說服他人，有時候必須提出事實或證據以外的東西。」

赫蘿低著頭抬高視線，露出有所防範的眼神。

看見赫蘿似乎像在鬧彆扭的模樣，羅倫斯心想，赫蘿應該是知道他喜歡看見做出這種動作的女性，才刻意這麼做。

「我一站到團體面前，就會很緊張。不過，妳倒是一個天生的演員。」

羅倫斯針對赫蘿剛才的舉動，刻意這麼說。

雖然赫蘿像是被潑了冷水似的哼了一聲，尾巴卻興奮地甩了一下，這表示她的心情正好。

「知識交給寇爾，實務就交給我。」

「咱呢？」

聽到赫蘿的詢問，找不到適當字眼的羅倫斯，最後說出這個單字：

「氣氛。」

赫蘿不禁噗嗤一聲笑了出來。她嘻嘻笑了好一會後，嘆了口氣。這時赫蘿抱住羅倫斯的手臂，在他耳邊這麼說：

「的確，咱總是在負責製造氣氛，而汝總是在破壞氣氛。」

「……」

雖然有很多話想反駁，但羅倫斯咳了一聲繼續說：

「掌握現場的氣氛變化很重要。雖說有證據，畢竟還是不可能提出確切的證據。最重要的是，必須讓那些傢伙覺得這場賭注值得一試。說真的……」

羅倫斯面向赫蘿，然後接續說：

「這攸關整件事情的成敗。」

赫蘿露出圓滾滾、帶有紅色的琥珀色眼瞳。

赫蘿明明看過世上許多是是非非，眼眸卻如純真少女般清澈。

如此清澈的眼睛緩緩眨了一下。

眨完眼後赫蘿彷彿變了個人似的，散發出懾人的氣勢說：

「放心交給咱唄。因為那老頭答應過咱。」

「答應妳什麼？」

「那老頭說任務成功時，會把今年長得最肥嫩的羊送給咱。」

不愧是假扮成人類吃羊肉，表裡兩面使力，還在此地建造第二故鄉的精明賢者；他非常適合說出這樣的話語。

聽到這絕妙的俗話時，赫蘿一定也只能露出笑容回應。

而且，她腦中還會浮現這般想法：

——一定要設法幫助這個人——

「那老頭說了很多建立故鄉的過程，還有為了讓故鄉維持下去的經驗談。」

赫蘿的側臉露出了平靜中帶點怒意的認真表情。

不過，就算不看尾巴，羅倫斯也知道赫蘿的認真表情源自於緊張。

因為他知道赫蘿非常重情義，也在一些意外之處特別堅持。

「有聽到值得參考的意見嗎？」

赫蘿的尾巴用力發出「啪唰」一聲。

「……嗯。」

「這樣啊。」

如果赫蘿開口要羅倫斯像哈斯金斯那樣建造故鄉給她，羅倫斯一定無法爽快答應。

這點羅倫斯與赫蘿兩人都心照不宣。話雖如此，如果完全迴避這個話題不談，又會讓人有種彼此不信任的尷尬感覺。

羅倫斯看得出來赫蘿安心地鬆了口氣。

他抱住赫蘿的肩膀，打算把赫蘿拉近自己的瞬間——

「好了。」

說著，赫蘿抓起羅倫斯的手。

「時間到了。」

「……」

「呵，別露出這種表情啊。還是汝又想被人看見慌張失措的樣子不成？」

赫蘿那壞心眼的笑臉後方，隱約傳來拐杖聲以及人類的腳步聲。

羅倫斯心想應該是寇爾他們回來了。

赫蘿站起身子，然後伸了個懶腰。

她的骨頭隨之發出喀喀聲響，尾巴看似舒服地倒豎著毛。

羅倫斯面帶微笑地望著赫蘿，但這樣的時光很快就結束了。

這時赫蘿並沒有捏起羅倫斯的臉頰。

而是藏起了耳朵和尾巴。

事到如今，在哈斯金斯面前隱藏外表根本毫無意義。

這麼一來，就表示赫蘿聽到的，而隨後也傳進羅倫斯耳中的腳步聲，除了寇爾與哈斯金斯以外另有其人。

該不會……

羅倫斯的寒毛直豎，儘管知道沒有幫助，還是忍不住按住了胸口。他的胸口放了哈斯金斯從斷氣使者身上偷來的國王信件。

然而，如果把羊皮紙信件丟入火堆，也無法像一般紙張那樣立刻燒成灰。

赫蘿像是在問「怎麼著？」似的一臉愕然。

房門打了開來。

羅倫斯此刻只能向神明祈禱。

「抱歉。」

傳來了不讓人有機會說「不」的沉穩聲音。

一名男子身穿不同於赫蘿的長袍，用著習慣對人施壓的口吻說話。

兩名修道士中間夾著哈斯金斯站在門外，說話的男子就是其中一名修道士。

「打擾一下。喂！」

「是！」

較年輕的修道士一踏進房間，立刻環視房間一圈，然後檢查起哈斯金斯的私人物品。哈斯金斯把所有情緒藏在連赫蘿都能瞞過、有如神學士般的表情底下，若無其事地凝視著修道士的一舉一動。

令人擔心的是連鬍子都還沒長出來、也沒經歷過這種事的寇爾。與寇爾眼神交會時，羅倫斯看見他害怕得就快顫慄起來。

「您是旅行商人吧？」

較年長的肥胖修道士站在門口對羅倫斯說。

他之所以不肯走進房間，想必是認為牧羊人居住的房間是不潔之地。

「是的。我們因為找不到旅館投宿，所以借住在這裡。」

「這樣啊。您也是魯維克的人啊？」

「不，我隸屬於羅恩商業公會……」

「嗯。」

修道士點點頭後哼了一聲。

修道士給人的印象實在太惡劣，使得羅倫斯不禁心想，說不定那不是回應聲，而是修道士點頭的那一刻，脖子上的肥肉和脂肪擠出空氣的聲音。

「請問到底發生了什麼事？」

如果說修道士只是前來閒話家常，這股氣氛也未免太過緊張。因為羅倫斯後方的修道士正粗魯地翻弄著行李、棉被甚至木柴。

從這樣的狀況來看，大概就只有幾種可能性。首先能夠確定的是，哈斯金斯遭到了懷疑。對方懷疑哈斯金斯在尋找迷路羊隻時，可能遇到了使者。

而他可能因為起了貪念，偷走了使者身上的物品。

事實上，這種事情並不罕見。

「沒有，沒發生什麼特別的事情……您剛剛說您是羅恩商業公會的人啊？」

修道士這麼詢問，羅倫斯也只能回答：

「是的。」

「印象中我們修道院與貴公會應該沒有生意往來。」

羅倫斯心想這時如果表現得倉皇失措，事後就是被赫蘿踹屁股，也不能抱怨什麼。

「是的。其實我不是來這裡做生意。」

「喔？」

修道士瞇起眼睛說道。

「我和這位，還有那位神的孩子一起前來，希望能夠受到布琅德修道院的威光感化。」

「……你們是來巡禮的？」

「是的。」

布琅德修道院已經有很長一段時間沒有好好接待巡禮者。

這時竟然有一名商人帶著年輕修女和少年前來巡禮，這未免太奇怪了。

修道士臉上浮現笑容，但眼神不再帶有笑意。

「提到羅恩，我記得是在海峽對岸的公會名稱。對岸應該也有很多有名的教會和修道院吧？像是聖里貝爾修道院、拉・奇雅克修道院、吉布洛教會，或是留賓海根。」

在身後傳來的翻箱倒櫃的聲音之中，修道士的詢問簡直就跟審問沒兩樣。

「我聽到了有關聖遺物的話題。」

「聖遺物。」

修道士的口氣強硬，甚至不是以疑問句來回答。

「是的。我聽說貴修道院不僅深受神明寵愛，也深受羊隻寵愛。比起您方才舉出的名稱，貴修道院應該更適合像我這樣的商人才是。」

聽到羅倫斯帶點幽默的話語，修道士也配合地笑了笑。

不過，胖修道士片刻也沒有從羅倫斯身上移開視線。另一名修道士走進了隔壁房間。

雖然羅倫斯三人的行李就放在隔壁房間，但商人習慣把危險物品全帶在身上。就算行李整個被倒出來，也沒什麼好害怕。

「原來如此……看您的樣子，應該是位經驗老道的商人。願神庇祐您！」

儘管知道修道士這麼說肯定是在諷刺人，羅倫斯還是坦率地點了點頭。

「馬可！」

聽到胖修道士這麼呼喚後，在設有床鋪的房間裡到處亂翻的年輕修道士，隨即像隻狗一樣衝了出來。

年輕男子給人的感覺，實在不像每天安靜禱告過活的修道士。說起來，他還比較像是經過訓練的傭兵。

「狀況怎樣？」

「什麼都沒找到。」

「這樣啊。」

在羅倫斯、赫蘿，還有寇爾及哈斯金斯面前，胖修道士會大剌剌地表現出這種態度，是為了對四人施壓嗎？

還是因為面對什麼也沒找到的事實，想要為自己留點面子？

不管胖修道士抱著何種心態，這次似乎能夠逃過一劫。

就在羅倫斯這麼想的瞬間——

「杜鵑會在其他鳥類的鳥巢下蛋。給我檢查這兩人的服裝。」

胖修道士曾經是個商人。

當羅倫斯驚覺時，一切都為時已晚。

名為馬可的修道士看了看羅倫斯，再看了看赫蘿後，臉上閃過了一絲貪婪的嘴臉。他推開羅倫斯，然後走近赫蘿。

「奉神的旨意，請忍耐一下。」

儘管用字遣詞非常有禮貌，馬可卻給人像蛇的感覺。

赫蘿身穿的長袍底下藏著尾巴，兜帽底下藏著狼耳朵。雖然赫蘿宛如殉教前的聖女般一臉鎮靜，但羅倫斯可是急得像熱鍋上的螞蟻。

而且，馬可對應該最先檢查的長袍袖子不予理會，而是先從肩膀順著赫蘿的身體曲線一路往下檢查。赫蘿之所以有一瞬間縮起了身子，是因為馬可的手觸碰到她的胸部。

「這是什麼？」

馬可發現了赫蘿掛在脖子上裝了小麥的袋子。那袋子明明收在赫蘿的衣服底下，卻還是被搜了出來，可見馬可的檢查方法有多麼猥褻。

「麥子？」

「當作護身符……」

聽到赫蘿用著像蚊子般的微弱聲音回答，馬可像是施虐心得到了滿足般露出齷齪的笑容。羅倫斯緊握拳頭忍耐著。他告訴自己，連赫蘿都願意忍耐了，如果自己不忍耐就前功盡棄了。

然而，這時馬可的手已經從赫蘿的側腰開始往下滑，因為兩人之間身高有所差距，所以馬可在赫蘿面前蹲了下來。

如果馬可的手就這麼伸向腰部後方，很快就會摸到赫蘿的尾巴。

這下子還藏得住嗎？

也是因為有這股不安，羅倫斯才能夠壓抑住怒氣。

就在馬可的手要從側腰滑向腰部後方的瞬間——

「嗚……嗚……」

馬可原本在垂著頭的赫蘿下方，不知羞恥地摸著赫蘿的腰部，在聽到微弱的嗚咽聲後，他抬起頭嘖了一聲。

淚水從赫蘿眼中奪眶而出。她緊緊抓著麥袋，像是在乞求麥袋的保護。

馬可似乎明白了遊戲已結束，他從赫蘿身上鬆開手，轉而伸向長袍袖子迅速檢查後，站起身子說：

「神明已經證明了妳的清白。」

赫蘿輕輕點了點頭。

羅倫斯知道赫蘿當然不可能真哭，但也不得不佩服她假哭的功力。

讓羅倫斯安心的時間非常短暫。

檢查完赫蘿後，接著當然就是檢查羅倫斯。

「抱歉。」

馬可的眼神明顯變得不同。對象換成是羅倫斯時，馬可沒有手下留情的理由，而且比較可疑的也是羅倫斯。

事實上，羅倫斯懷裡收了各種信件。萬一寫有徵稅通知的信件被發現，那一切都完了。

他心想，難道真的沒有機會拿出信件藏起來嗎？

馬可的手伸向羅倫斯的瞬間，羅倫斯與赫蘿眼神交會。

「小心！」

羅倫斯大聲喊道，並推開馬可衝向赫蘿。

眼神交會的那一瞬間，赫蘿輕輕點了點頭。

接著，原本保持向神明祈禱的姿勢、抓著胸前麥袋哭泣的赫蘿，在千鈞一髮之際，像是貧血發作似的，搖搖晃晃地倒向地爐。

羅倫斯抱住赫蘿後，就這麼倒在地上。

兩人爭取了短暫的時間。

但是，在這之後呢？應該怎麼做好呢？

羅倫斯抱著赫蘿陷入了思考。

腳步聲越來越近，最後在身後停了下來。羅倫斯知道不可能一直這樣敷衍下去。

「有沒有受傷呢？」

馬可厚顏無恥地說出了故作體貼的話語。

然而，羅倫斯當然不能對他發脾氣。

「沒事。」

說著，羅倫斯挺起了身子。赫蘿則是閉著眼睛，裝出暈厥過去的樣子。

原來方才跑近兩人的是寇爾。他與羅倫斯一起扶起赫蘿。

「把她扶到隔壁房間去。」

羅倫斯與寇爾合力把赫蘿送到隔壁房間，讓赫蘿躺在床上。馬可一直注視著整個過程，羅倫斯根本沒有機會從懷裡取出並藏起信件。

拚命要自己想辦法的焦急心情，使得羅倫斯感覺胃都快燒了起來。

「可以檢查了嗎？」

聽到馬可的殘酷話語，羅倫斯只能像隻小羊一樣乖乖聽從命令。

「那麼，請脫下外套。」

羅倫斯慢吞吞地脫下外套，然後交給馬可。

甩了甩外套後，馬可開始確認口袋，檢查著布料與布料之間是否藏有物品。

從馬可的動作可看出他並非生手。

「下一件！」

神啊！

羅倫斯在心中這麼吶喊，並強作鎮靜地脫下另一件衣服，把內側放了信件的衣服交給了馬可。然後——

「……可以了。」

馬可用相同動作檢查完後，把衣服還給了羅倫斯。

「神明已經指示了真相。」

留下這句話後，馬可對著年長的修道士報告檢查結果。

羅倫斯之所以沒有當場虛脫癱倒在地，是因為看見仰臥在床上的赫蘿揚起嘴角，露出驕傲的笑容。

「給各位添麻煩了。對於各位想要前往巡禮的信仰心，神明一定會有所回應的。」

留下口是心非的話語後，兩名修道士就這麼離開了。

哈斯金斯在走廊目送兩名修道士後，走回羅倫斯等人的房間。

寇爾關上了房門。

然後，三人同時呼出一口長氣。

「真是的，我完全沒發現。」

看著靠在通往隔壁房間的房門上露出不懷好意笑容的赫蘿，羅倫斯這麼說。

「汝以為咱會一直哭哭啼啼個不停嗎？還有……」

赫蘿從懷裡取出各種信件，她邊搧著信件邊走近羅倫斯說：

「咱還以為汝早就發現了。」

原來赫蘿一開始就是這麼打算，才會抓住麥袋，像在祈禱似的把手放在胸前。

想到自己不僅沒有發現赫蘿的計畫，要是那瞬間也沒察覺到赫蘿在使眼色，真不知道會造成怎樣的後果。想到這裡，恐懼感再一次襲上羅倫斯的心頭，讓他露出了僵硬的笑容。

「不過，反正已經度過難關，怎樣都無所謂唄。而且咱也看到汝的蠢樣了。」

赫蘿頂了一下羅倫斯的胸口說道，結果意外看見哈斯金斯輕輕笑了出來。

哈斯金斯像在咳嗽似的笑了笑，在地爐前坐了下來。

「失態了。」

哈斯金斯的簡短話語反而更讓人難為情。

雖然赫蘿一副充耳不聞的模樣，羅倫斯卻不禁滿臉通紅。

「不過，這麼一來，修道院應該會派其他傢伙去接使者……」

哈斯金斯這麼切入話題後，羅倫斯才好不容易恢復正常。

「明天就會抵達嗎？」

「那裡相當遙遠，而且太陽就快下山了。應該是明天傍晚，或是後天吧……狀況如何？有可能順利進行嗎？」

「我不敢保證一定進行得了。不過，我委託的對象非常值得信賴。」

「這樣啊……不……」

「？」

羅倫斯打算反問時，哈斯金斯搖了搖頭，並微微低下了頭。

「抱歉懷疑了你。人類非常聰明。不知道是我太愛面子，還是忌妒，總不願意這麼承認。」

哈斯金斯看似愉快地說道。這時，羅倫斯耳中也傳進了腳步聲。那是朝著這兒而來、急促且有力的腳步聲。

羅倫斯也曾多次屏息傾聽山賊或狼的腳步聲，所以多少也能夠區分腳步聲。他聽出這是同伴的腳步聲。

敲門聲傳來，寇爾打開門後，羅倫斯看見了彼士奇的身影。

「羅倫斯先生。」

彼士奇的臉頰像小孩子一樣紅潤。

「我找到了。」

羅倫斯向赫蘿與寇爾使了一下眼色後，也望向站起身子的哈斯金斯。

然而，哈斯金斯指向擺在身旁的牧羊人拐杖，然後搖搖頭。

哈斯金斯的意思應該是：「既然已經拜託了你，就表示我信任你，全交給你處理了。」

羅倫斯點了點頭，向彼士奇搭腔說：

「我的旅伴方便出席嗎？」

「無所謂。不，應該說希望他們也一起出席。剛才修道士來過這裡了吧？」

「是啊，讓人非常地不愉快。」

彼士奇的笑臉像小孩子一樣天真無邪。

「讓人很不愉快啊。不過，您會這麼說，就表示結果是讓人愉快的吧。知道他們來過這裡，讓我鼓起了勇氣。不對，應該相反才對。」

羅倫斯三人走了出去後，彼士奇繼續說：

「如果要做，只能夠趁現在。」

太陽就快下山了。

走出戶外後，羅倫斯發現雪已經幾乎完全停了。

來到資料室後，發現裡頭擠滿了看來充滿怪癖的商人們。

這些商人應該不至於沒有交易對象，有人卻任憑鬍鬚生長，也有人很年輕，卻像騎士一樣留長頭髮。

羅倫斯帶著寇爾與赫蘿跟在彼士奇後頭走進房間後，有人輕輕吹起口哨表示歡迎。

「那兩個修道士在我們固定利用的旅館，風評也相當不好。」

彼士奇把手倚在房間最裡面的書桌上，轉身面向羅倫斯這麼切入話題。

「『使者有沒有來這裡？』『真的沒有信件嗎？』他們就這麼頑固地詢問我們，甚至還想翻我們的行李呢。這應該是他們感到不安的相對表現吧。或許修道院也覺得如果國王真要徵稅，徵稅通知差不多該送達了吧。」

「原來如此。這表示他們知道危機就近在眼前啊。」

彼士奇表示贊同地閉了一下眼睛。羅倫斯知道在不允許發出任何聲響的黑暗之中，甚至會讓人有著心靈相通的錯覺。

「那麼，調查結果如何呢？」

「抱著懷疑的心態查看後，很容易就發現了疑點。畢竟一旦買了高價物品，如果想要隱藏，就只能夠靠支出來矇混。不過，所謂的疑點只是在抱著『應該是這麼回事』的想法下，找到『應該是這麼回事』的項目而已。我們並不知道是不是事實。」

為了確定這份帳簿上的疑點，必須仰賴羅倫斯的力量。

「而放在定期支出上則是更不顯眼，可以輕易地藏得很好。如果藏在一時支出裡頭，就會變得很明顯。具體來說，定期支出包括了購買修道士的長袍或配件、用來修補的建材、支付給石匠的費用，還有定期款待客人時使用的辛香料採買費用。」

彼士奇邊說邊抽出該部分的帳簿遞給羅倫斯。

羅倫斯讓視線落在帳簿上，但光是這樣看，實在看不出有什麼可疑之處，只覺得是非常普通的帳簿。

「我們的優勢是擁有無數商人。我們擁有很多雙眼睛和耳朵，能夠在相同時間共同擁有遠方的情報。這上頭的辛香料——經過兩個城鎮運來的番紅花，就是關鍵。」

「怎麼說呢？」

「因為修道院採買番紅花的時候，剛好只有番紅花還沒送到那個城鎮。當時我們有個同伴剛好在那個城鎮停留，他說船隻因為暴風雨而晚到。專門做進出口生意的御用商人當然知道修道院的目的，所以一定貼心地想說：『貨物沒到正好。因為付錢採買空箱子，能夠掩飾更多金額的支出。』不過，這反而害慘了修道院。」

找到一個謊言後，就能夠識破所有的謊言。

發現單純的超額費用中藏有支出後，接下來只要運用知識，就能解開所有的謎題。

「修道院採買的每種商品支出都比行情來得高。搞不好全是空箱子也說不定。當中也有我們不知道的商品。不過……」

「不過，光知道這些就夠了。」

羅倫斯把羊皮紙還給彼士奇，並繼續說：

「最快今晚會到嗎？」

「畢竟本院都特地派來了修道士，事態應該相當緊迫才對。而且，我想修道院應該已經派出牧羊人去接使者了。」

哈斯金斯也這麼說過。

彼士奇的表情變得嚴肅。

「如果您方便的話，我們高層幹部現在正好聚在一起開會。」

羅倫斯看向兩旁的赫蘿與寇爾。

兩人緩緩點了點頭。

「沒問題。」

「那麼……」

彼士奇從他靠坐的書桌上挪開身子說道。

「我們走吧。」

走進同盟固定利用的旅館後，發現氣氛跟平常有些不同。

整家旅館就像放了太多木柴的暖爐，籠罩著一股異樣的熱氣。

或許是那兩名修道士來到這裡引起一陣紛爭，才會如此餘波盪漾。除非是睡傻了的商人，否則當態度高傲的修道士不顧身分地採取行動時，他們都會像狼一樣，嗅出對方身上的血腥味。

商人們一定會發現修道士們肯定是受了傷，在痛苦地掙扎之下才會如此莽撞。

而聚集在這裡的，不是一找到修道院傷口就打算撲上去咬著不放的傢伙，就是前來觀賞修道院傷口被咬的傢伙，這裡會籠罩著一股熱氣，也是理所當然的事情。

因此，當彼士奇帶著羅倫斯三人踏進旅館時，所有人的目光全集中在三人身上。

外來的商人、修女打扮的少女，以及一名看似隨從的少年。看見這樣的三人組合在彼士奇的帶領下走到旅館最裡面，甚至爬上了階梯，旅館裡的商人們腦中當然會浮現疑問。

那三人是不是發現了什麼？

忌妒和羨慕的目光一一射來，讓人感覺就快被灼傷。姑且不論赫蘿，就連羅倫斯都覺得刺癢難耐，也難怪寇爾會一直低著頭，不敢抬起臉。

「就是這裡。」

彼士奇在位於三樓正中央的房門前，停下腳步說道。
年輕旅行商人整理一下衣領後，才敲了敲房門。
「打擾了。」
走進房間後，夾雜著蜂蜜與奶香的辛香料味道隨即撲鼻而來。
這是屬於彷彿會說：「所有食物如果沒有灑上胡椒和番紅花，就根本不是人類吃的食物」的人們味道。
寬敞的房間裡擺設了一張大圓桌，四名壯年商人圍繞大圓桌而坐。
四名商人各個散發出就是擁有大型商店，也不足為奇的威嚴，而事實上應該也是如此。看得出來在這鳥不生蛋、被白雪覆蓋的修道院生活，讓他們頗感疲憊。
不過，四人當中只有一人向這兒投來視線，想必這和疲憊與否完全無關吧。
「小的拉格．彼士奇前來拜訪。」
「時間不多了。招呼話就省了吧。」
一頭捲髮長及耳際、體格壯碩的男子邊以手勢制止彼士奇邊這麼說。接著男子細長的眼睛看向了羅倫斯。
「聽說你是羅恩的人？」
「是的。」

「嗯……」

男子只顧詢問自己想知道的事情，既沒有給予反應，也沒有給羅倫斯自我介紹的時間。

坐在圓桌上的其他人全都文風不動，連飲料也沒喝。

「方便開始做說明嗎？」

彼士奇似乎不願被這股凝重的氣氛壓制住而開口。一聽到他這麼說，捲髮男子便舉高一隻手，發出「開始吧」的指示。

「謝謝。那麼，請撥出些許時間聽我們說明。首先是這些文件，請過目。」

說著，彼士奇拿出夾在腋下的一疊羊皮紙。這時，站在牆邊待命的隨從立刻前來拿取。然後，隨從就像送上麵包盤一樣，把羊皮紙束放在圓桌正中央。四人個個懶散地伸出手拿起羊皮紙，然後瞇起眼睛確認紙上的文字。

「帳簿副本啊。這些帳簿怎麼了？」

這回換成是一名骨瘦如柴、有些神經質的男子，一副看膩帳簿的模樣說道。

男子凹陷的眼睛四周爬滿皺紋，但與其說像皺紋，或許用魚鱗來形容會更加貼切。

其他三人似乎也跟男子抱有相同感想，各自看了一眼後，紛紛把羊皮紙丟到圓桌上。

「我們發現一項付了錢，但只買進空箱子的支出，也發現多項金額高過行情的支出。」

四人沒有交換眼神。

最先向彼士奇搭話的男子代表四人說：

「對一個無法逃出納稅枷鎖的組織來說，這種事情並不稀奇。」

「是的，確實是如此。」

「那你現在拿這些給我們看，要做什麼？」

男子的犀利目光讓彼士奇倒抽了口氣。

現在是羅倫斯應該回答的時候。

「我們懷疑修道院不是以收入做掩飾，而是以支出做掩飾。」

聽到外來者的話語後，四人的視線全集中了過來。

羅倫斯還不確定四人的反應是感興趣，還是在生氣。

「支出？」

「是的。」

聽到羅倫斯的回答後，另一人插嘴說：

「剛才你說你是羅恩的人，這是高登斯卿的意思嗎？」

高登斯是坐在圓桌上，掌控羅恩商業公會的人物之名。對羅倫斯而言，高登斯正是遠在天際的存在。他所坐的圓桌高度，說不定能夠與四人的圓桌高度匹敵。

「不是。」

「那麼，是其他什麼人的意思嗎？」

四人的語調和眼神變得非常嚴厲，這或許是來自對其他公會前來干涉的警戒心。畫著月亮與盾牌圖樣的旗幟。

隸屬於公會的人，不可能未經組織許可就獨斷獨行地反抗持有這般旗幟的存在。

「請容我修正前言。我只是個流浪的旅行商人。」

「凡事用說的都很簡單。」

這是當然。

這麼想著的羅倫斯先說了句：「抱歉。」跟著拿起綁在腰上的小刀。

羅倫斯從刀鞘拔出小刀後，隨即毫不猶豫地往左手掌心刺下去。

「只要給我一張羊皮紙，我願意在上面簽名並蓋下血印。」

旅行商人一旦脫離公會，就會無處可去。

四人當中有三人興味索然地別開視線。

「喂！」

其中一人朝向站在牆邊的隨從努了努下巴後，隨從立刻走出房間。羅倫斯心想隨從應該是去拿繃帶之類的包紮用品。

「趁年輕時，有時候要懂得冒險。我就不看羅恩這個名字，而是對你的名字表示敬意，聽你說明吧。」

如果說羅倫斯這時候沒有笑出來，那是騙人的。

「我是克拉福．羅倫斯。」

隨從送來繃帶後，赫蘿將繃帶一把搶過，並且幫羅倫斯包紮左手。從赫蘿的態度，羅倫斯知道自己的表現合格了。

「克拉福．羅倫斯。你跟我們同盟的拉格．彼士奇想到了什麼點子？你剛剛說修道院以支出做掩飾？只要考慮到必須納稅給國王，付錢買空箱子或超付行為都是很普通的事情，沒什麼深究的必要。」

「如果是為了逃稅才以支出做掩飾，確實是如此沒錯。」

「那麼，不是為了逃稅是為了什麼？」

包紮好傷口後，赫蘿輕輕拍了一下羅倫斯的手，為羅倫斯加油打氣。

為了回應赫蘿的鼓勵，羅倫斯回答說：

「是為了購買高價物。而且是不能讓周遭人們知道的物品。」

四人的視線瞬間交會在一起。

「物品？什麼樣的物品？」

對方露出了興趣。

羅倫斯忍不住握緊左手，這是因為左手有赫蘿纏上的綳帶。

「狼骨。也就是在異教蔓延的北方地區，被尊稱為神的落魄下場。」

羅倫斯說出了關鍵字。

他吸了口氣。

並告訴自己此刻如果沒有繼續追擊，就會被當成在開玩笑。

「這並非無憑無據的謠言。越過海峽有個名為凱爾貝的城鎮。那裡有一家名為珍商行的店家。我想各位應該早有耳聞，幾天前在凱爾貝發生一角鯨騷動時，捲入漩渦之中的，就是珍商行的一千五百枚盧米歐尼金幣。」

四人沒有任何回應。

羅倫斯再次吸了口氣，然後繼續說：

「位於羅姆河支流，也就是樂耶夫河上游的雷斯可，有一家名為德堡的商行，就是德堡商行提供資金給珍商行。而他們的目的正是為了購買狼骨。」

羅倫斯自認表現得不錯，唯一美中不足的地方，就是說話速度快了一些。

對於自己的說明，羅倫斯相當有信心。

他相信只要是魯維克同盟的高層幹部，一定聽過有關狼骨的傳說，也不可能沒聽過掌控北方大礦山的德堡商行。

就算無法立刻取得四人的信任，四人肯定也會認為這段說明下了很多功夫。

羅倫斯如此深信著。

「各位覺得如何呢？」

然而，羅倫斯沒有得到回應。現場甚至散發出近似疲憊的鬆散氣氛。

彼士奇看向羅倫斯，並用眼神訴說：「沒有其他更有力的說明嗎？如果現在沒能夠讓四人相信，計畫就無法進行下去。」

羅倫斯焦急地準備開口說話時，赫蘿插嘴說：

「如果有什麼想法，說出來也無妨。」

所有人驚訝地看向赫蘿。

儘管如此，賢狼赫蘿還是沒有退縮。

「神說過，不要裝出不感興趣的樣子。」

在這樣的場合能夠以開玩笑的口吻說話，那人如果不是小丑，肯定就是傻子。

因為坐在圓桌上的四人會高挺胸膛擺出高傲姿態，並非裝出來的。

不過，四人的身分是在人類世界才得以成立，而且這裡存在著更為狡猾的事實。

這裡是修道院，修道士禱告的對象正是比赫蘿或哈斯金斯更加崇高、唯一的神明！

「小姐……抱歉，這位日日禱告的虔誠姑娘，妳這麼說到底是什麼意思呢？」

「神明是非人類力量所及的存在。即使用兜帽遮住眼睛，或像這樣低著頭，咱只要仰賴神明的力量，想要識破一切這點小事，就像惡作劇一樣容易。」

光是這股不同於常人的氣勢，就足以形成莫大的力量。

就連坐在圓桌上的四人所散發出來的重壓感，也是眼睛看不見的東西，這樣的氣氛不僅需要羅倫斯等人的認同，四人自身也要覺得自己很了不起，才能夠營造出來。

這時如果有一個人無法融入氣氛，那人不是天生的傻瓜，就是──

就是依不同論理而活的人。

「感謝妳……提供如此可貴的話語。」

擁有地位的男人要是對上散發著不同氣勢的狂妄小子，只要給對方當頭棒喝，就能夠解決事情；但如果對象是個小女孩，當頭棒喝的行為反而會讓人變得難堪。

因為面對微不足道的女人或小孩時，應該哼哼輕笑，然後操控並安撫她們，把她們當成花瓶一樣放在房間角落。

因為羅倫斯不久前也身陷這種常識之中，所以看見四人被這種常識束縛，落得現在只能露出僵硬笑容的狀況，羅倫斯沒辦法問心無愧地嘲笑他們。

「那麼，咱方便再詢問一遍嗎？」

四人僵硬的臉紅了起來。因為四人的肌膚白皙，所以臉紅的程度更為明顯。

四人被夾在地位、常識以及尊嚴之間掙扎著。

只要不斷摩擦，就是粗糙的棉被也會發熱。

赫蘿是打算激怒對方，在對方就快忿而起身時給予重重一擊，讓對方痛得連哀號聲都發不出來，再叫對方乖乖聽話嗎？

只要使出這種手段，十之八九都會奏效，而且在面對這四人之下，如果能夠奏效，確實相當了不起。

然而，這並非小孩子在打架。

這麼想著的羅倫斯正打算插嘴說話時——

「不。」

滿臉通紅且緊閉雙唇的男子斬釘截鐵地說道。

「不用了。」

然後，男子緩緩舉高右手到肩膀高度，站在牆邊待命的隨從立刻迅速遞出白色手帕。

隨著一聲擤鼻涕聲的傳來，男子的臉色像施了魔法一樣已恢復正常。

「不用了。我想起了二十二年前的事情。」

坐在圓桌上的其中一人，只張開一隻眼睛看向男子。

「我想起帶著嫁妝嫁到我家來的妻子。妻子讓我明白，想找出真相，不能只靠道理。」

羅倫斯的耳邊突然傳來一陣壓迫感，原來是四人同時發出了低笑聲。

「而且，為了做生意所做出的決斷，往往不合乎道理。各位……」

男子的話語簡直就像圓桌會議的宣言。

「最後一個問題可以讓我來發問嗎？」

「贊成。」

三人在瞬間唱和。

男子的視線投向羅倫斯。

「根據前面的交談內容，我想詢問克拉福・羅倫斯。」

「是。」

羅倫斯感覺得到手掌心冒出鮮血和汗水。

「是什麼讓你對這件事情有如此確信？請回答。」

羅倫斯立刻把手伸進懷裡，取出一封信。

這封信是羅倫斯的王牌，這張王牌不會讓狼骨傳說僅止於無稽之談。

這張王牌上有基曼與伊弗的簽名，而基曼與伊弗在溫菲爾海峽都是大名鼎鼎的人物。而且，伊弗還曾經是溫菲爾王國的貴族。

這兩人的簽名，加上伊弗所提供的修道院買下狼骨的傳聞。

「交給我這封信的人物是，芙洛兒・馮・伊塔詹托・『瑪莉葉』・波倫。」

冗長的名字是貴族的象徵。

不過，只有知情者才會明白這名字涵蓋了什麼意義。

坐在圓桌上的兩人動了一下眉毛，並把視線移向羅倫斯放在圓桌上的羊皮紙。

只要是在溫菲爾做生意的商人，應該都老早就知道伊弗是個什麼樣的商人。

而伊弗居然會把貴族隱名告訴一個旅行商人。

坐在圓桌上的兩人使了一下眼色後，第三人輕輕點了點頭。

成功了！

就在羅倫斯這麼想著的瞬間——

「還有呢？」

「呃？」

險些就快反問對方時，羅倫斯急忙輕輕咳了一聲。

羅倫斯清了好幾次喉嚨，一副彷彿在說「失態了」似的模樣，把沒有受傷的手伸向圓桌。這些動作都是商談累積的經驗、就是在下意識之中，也能夠做到的小伎倆。

其實羅倫斯慌亂不已，連腦袋都變成一片空白。

還有呢？

坐在圓桌上、看似最有分量的男子這麼反問了羅倫斯。

那封信還不夠嗎？

羅倫斯已經打出了王牌。而且是在他認為最佳場合之下，以最佳條件打出王牌。

如果說這樣還不夠，羅倫斯恐怕沒有其他招數可出了。

圓桌那端投來犀利的目光。

「一方被稱為狼，一方被稱為慧眼，這些擁有美名的稀有商人名字確實相當具有份量。不過，如果要我們以他們名字的份量輕重來做判斷，我認為應該有其他人的意見更值得我們豎耳傾聽。就是在此地，也是如此。」

商談是商人的戰場。

如同傭兵在戰場上如果稍有分神，就難逃一死般，商人如果稍有分神，也會讓合約溜走。

而羅倫斯在聽到男子這麼說的瞬間，忍不住環繞四周——這就等於已經被圓桌上身經百戰的商人殺死了。事實上，羅倫斯也確實對自己失去了信心，而被他們的話術玩弄著。

圓桌那端傳來了嘆息聲。羅倫斯看見彼士奇張開嘴巴，拚命想說些什麼。

隨著平衡感開始產生震盪，時間往後延長。

如果拿出伊弗與基曼的簽名，都無法取得對方信任，就完全沒輒了。

失敗了。

羅倫斯就快在心中這麼嘀咕時——

「羅倫斯。」

有個熟悉的聲音說出他不熟悉的話語。

羅倫斯一看，發現是身旁的赫蘿在呼喚他。

赫蘿直直盯著羅倫斯看，並且露出了受不了的眼神。收拾散落在圓桌上各種物品的聲響，在此時傳入羅倫斯耳中。那是打開一道小縫的門，慢慢關上的聲音。

儘管機會之門就快關上，羅倫斯還是一直注視著赫蘿的眼睛。

注視著那樣的眼神、帶有紅色的琥珀色眼睛。

每當這雙眼睛注視著羅倫斯時，眼神裡總藏有答案。再明顯不過、幾乎已經透露出來的答案，總是藏在那眼神裡，只是羅倫斯沒有察覺到而已。

答案很簡單，就是必須告訴自己沒打輸這場仗。

快掌握整個狀況！

快回想所有對話！

羅倫斯絞盡腦汁發揮所有智慧。

時間不會手下留情。

不過，商人就是不懂得死心。

「還有！」

羅倫斯把聲音拉高到極限說道。

所有人嚇了一跳，縮起身子看向羅倫斯。

在場眾人的表情，就像看見死人復活過來一樣吃驚，而實際上，羅倫斯也確實是死而復活。

簽訂合約時，因為缺乏自信而眼神飄移不定的旅行商人，就跟等著腐爛潰散的屍體沒兩樣。

羅倫斯大叫後，卻說不出話來，在豎耳等著傾聽的所有人面前陷入了沉默。

不過，因為緊張過度而抽痛的左手，讓羅倫斯知道自己還活著。

還有，牢牢握住羅倫斯左手的另一隻手，也告訴了他自己並不孤獨。

「我看見了狼。」

雖然只有一瞬間，羅倫斯卻感覺像是永遠的沉默。

「狼？」

「那是一隻……巨大的狼。」

對於自己為什麼會這麼說，羅倫斯也無法解釋清楚。

不過，他知道這麼說沒有錯，而且說得相當有自信。

其實一開始就已經知道答案了。

坐在圓桌上的四人決定聆聽羅倫斯說明時，說了什麼呢？

他們說過願意對羅倫斯的名字表示敬意。

對方都這麼表示了，羅倫斯還拿出簽上他人名字的羊皮紙，也難怪赫蘿會覺得受不了。

不需要任何證據，但相對地必須是讓羅倫斯自己深信不疑的理由，才是四人想聽到的內容。

「我就是為了那隻狼在旅行。那是一隻巨大的狼。」

他們該不會覺得我太緊張而腦袋有問題吧？

還是他們覺得我是故意出怪招引人注意，才會這麼說？

如果是在平常，羅倫斯的這股不安或許會顯現在臉上。

不過，如果不是在說謊，當然就不會有不安了。

「……你是北方人嗎？」

對方投來了話語。

「這兩位是。」

羅倫斯指向赫蘿與寇爾說道。四人聽了後，各自一副看向遠方的模樣瞇起眼睛。

那感覺就彷彿赫蘿與寇爾身在遙遠北方似的。

彼士奇因為抓不到插話的時機，而顯得痛苦不堪。羅倫斯自己也覺得彷彿看不見腳邊，有種如履薄冰的感覺，想必在他人眼中，自己的模樣肯定是恐怖得讓人不敢看下去。

四人閉上眼睛，陷入了沉默。

羅倫斯挺直胸膛站著。

儘管不是憑道理，他仍然直挺站著。

「這樣啊。」

簡短一聲打破了沉默。

「這樣啊。那這樣也算是命運的安排吧。」

「願神祝福我們！」

羅倫斯相信，一定不只他一人覺得這句話帶著不祥的氣息。

坐在圓桌上的四人。

身上的服裝染上胡椒和番紅花香味的四人。

這些人的語調優雅且流暢。

「真相總有一天會被說出來。就算這個真相再怎麼離奇，也一樣。」

「……咦？」

「我們一直在等待。如果覺得這麼說不好，也可以說我們一直無法下定決心。」

「是什麼決心……」

彼士奇與羅倫斯輪流這麼嘀咕，然後互看彼此。

坐在圓桌上的四人耳朵雖然因為上了年紀而下垂，聽力卻依舊不容小覷。

「沒錯。我們確實得到布琅德修道院買下狼骨的情報。但是，對我們四人來說，這個決定會帶來太過沉重的結果。我們不可能只靠預測來做判斷。不過……」

男子一直凝視著羅倫斯，他的表情雖然嚴肅，卻甚至有種溫柔的感覺。

「我們這些老人家使用了生鏽的道具找到這個情報，因此會覺得不可靠；但如果是年輕人以不合乎道理的方式得到一樣的結果，我們就能夠相信這個情報。」

「那、那麼……」

「沒錯。我們知道布琅德修道院已經被逼到了絕路。狀況應該已經不允許再拖延下去了。不過，如果他們真買了狼骨，我們也想好了對策。」

圓桌上的四人有些疲憊地笑笑。

「對我們這些老人家來說，這場戰爭想必會是一場硬仗。因為到了我們這個年紀，總是會用些小伎倆來迎戰。」

「一點也沒錯。雖然我們對這個對手沒什麼不滿，但這個情報是種劇毒，可能會在瞬間對修道院造成致命傷。」

坐在圓桌上的男子們突然開始聊起老人家的對話。

聽到這般對話，也難怪彼士奇會低下頭，而羅倫斯也不禁跟著低下頭。

赫蘿歪著頭，寇爾則是一副不太明白的樣子，但露出鬆了口氣的表情。

不過，想到要對赫蘿以外的對象說出接下來這句話，羅倫斯不禁滿懷苦澀。

坐在圓桌上的四人擁有能夠與赫蘿匹敵的狡猾程度——和寬敞的心胸。

「那麼……」

四人讓羅倫斯等人不得不這麼說：

「請務必任命我們。」

一方面為了保身，一方面則是為了利用對方。

老人們找到羅倫斯等人作為替身，羅倫斯等人則是找到通往成功之路。

羅倫斯面對的這個結構，並非一方打人、一方挨打如此單純的關係。

面對赫蘿這類無法用普通方法應付的對象，羅倫斯之所以會被吸引，或許就是因為喜歡他們超出社會規範的氣質。

而且，羅倫斯就是為了在此握住韁繩，才會前來。

「對了，我這裡有一封信。」

羅倫斯從懷裡再取出一封信。

那是溫菲爾王國國王蓋了印、告知徵稅意旨的信件。

「這是……可是，怎麼會在你手上……」

這回換成是羅倫斯只展露笑臉，沒有回答這個問題。他咳了一聲說道：

「這個徵稅法可能會帶來以下幾種結果。」

對於躍上舞台中央的羅倫斯所說的話語，四人不得不專心傾聽。

為了免於繳稅，主張自己沒有錢是最傳統的手段。

國王總不能硬是向沒有錢的百姓收錢，而如果貿然扣押百姓住家，恐怕就沒有人願意來到這個國家。

不過，這麼一來大家就會用盡各種手段藏錢，與徵稅官較勁起智慧。

好比說，把錢藏在瓶子裡或埋在地板下，或者把黃金雕像包在鉛塊中；基本上，這些各式各樣的方法對藏錢者比較有利。一次搬運大量金錢或許相當顯眼，但如果每次搬運一些，然後藏在深山裡，誰也不會發現。而且，納稅者的人數遠遠地多過徵稅者的人數。

那麼國王、都市議會或教會就因此放棄徵稅嗎？事實不然。因為神明總會為大家開闢新路。

他們最後會想出一個不需要依賴少人數的徵稅官，也不怕貨幣被埋在多深的地底下，一定能夠讓對方不得不繳稅的方法。

不過，力量過強的武器總會造成對雙方皆不利的局面。

因為拿棒子毆打對方時，自己握住棒子的手也會疼。

而且，這個方法還受到許多條件限制。就這點來說，溫菲爾王國算是相當幸運。

蘇馮國王終於不得不採取的強力徵稅法。

那就是——必須以舊貨幣交換新貨幣的改鑄政策。如果再加上禁止舊貨幣流通的法令，藏在瓶子裡或埋在地板、地底下的貨幣將會變得毫無價值。

如果挖出這些貨幣加以熔燬，然後取出銀或金，當然還是具有其價值，但熔燬貨幣必須付費，而鎮上的熔爐也會遭受監視。

這麼一來，大家都會帶著舊貨幣紛紛前往鑄幣廠。

國王就能夠自設比例進行新舊貨幣的交換，然後強制徵稅。

「依照過去的經驗判斷，修道院都會持有現金。國王一定是知道這點，才會採用這個方法。就連商人都會以現金或實際商品的形式，保存重要財產。所以，修道院不可能只以證書的形式保存財產。」

「國王應該是打算趁這個機會擊垮在國內擁有絕大影響力的修道院，然後趕走我們。他一方面打算以沒收土地的形式取代稅金，來對付修道院。另一方面是藉由沒收我們想得到的東西，委婉地把我們趕出這個國家。」

「國王或許也打算獨占羊毛交易。」

「有這個可能。沒有一個地方比修道院的羊毛交易量更大，只要控制住修道院，想要怎麼訂公告價都行。」

羅倫斯與彼士奇站在圓桌四周，赫蘿與寇爾則跟在羅倫斯身邊。

圓桌中央放著羅倫斯與寇爾花了一整晚時間想出來的可能性樹狀圖。

就算臨場反應不夠機靈，只要花時間仔細且謹慎地思考，一定能夠得到有用的成果。

「如果修道院沒有買下狼骨，一定會集中僅存的貨幣，來配合國王的徵稅。如果連僅存的貨幣都沒有……」

「就會假裝已經繳過稅吧。」

聽到羅倫斯的話語後，彼士奇接著說：

「修道院或許會在箱子裡裝進石頭之類的東西，然後在搬運途中假裝遇到意外，把箱子丟下山谷。只要詢問牧羊人，一定能夠問出很多適合丟箱子的事故現場。他們也可以把箱子沉入結冰的沼澤中。」

所有人點了點頭後，坐在圓桌上的一人開口說：

「那麼，大概會有多少貨幣被運出來?」

就算再怎麼優秀，對離開生意現場已久的老商人來說，光是聽到貨幣枚數，似乎無法體會實際的數量多寡。

「應該不可能全是金幣，所以……我想差不多會有十到十五箱這種規格的箱子。」

「現在積雪這麼深，就算是放在雪橇上運送，還是會有困難。所以，他們應該會組成隊伍運送吧。」

其他方面姑且不論，如果是針對運送方面的問題，在聽到以旅行過活的兩名商人的意見後，不會有人插嘴反駁。

羅倫斯繼續說：

「我認為應該不是能夠隱藏到底的數量。」

「這樣啊。那麼，如果我們告知已掌握到徵稅的事實，對方就會動彈不得吧。這時只要表示願意協助對方應付徵稅，想必對方就會安排一場交涉。」

男子說話的口吻，就像在討論攻擊老鼠時，老鼠究竟會跑向何方一樣。

在港口城鎮凱爾貝時，羅倫斯在這種會議上，只被視為一顆棋子。

與這種場面相比，只是不斷重複販賣、採買動作的行商，簡直就像和平的田園生活。

羅倫斯並沒有特別偏好或討厭其中一種生意手段。

只是現在的場面，就像完全不同類型的賭博，使得羅倫斯反而能夠冷靜地參與其中。

「要告知事實就要早一點得好。如果讓對方太過焦急，對方有可能會自暴自棄。就算再墮落，他們終究是神的僕人。與其忍辱偷生，他們也可能選擇為了信仰而殉教。」

「而且，這些人當中也有值得尊敬的對象。我們不是強盜，這事要好好處理才行。」

有句俗話說，山上的城堡逃不過人們的眼睛。

這句話是告訴人們「擁有地位者應該表現出符合其地位的言行舉止」，就這點來說，坐在圓桌上的四人可說無可挑剔。

「那麼，就把事實告訴聚集在分院的修道士好了。方才那讓人不愉快的雙人搭檔還在這附近逗留嗎？」

「我稍後做確認。如果找不到那兩人，要通知其他人嗎？」

「不，不要告訴那些傢伙。那些傢伙是聖堂裡的討厭鬼。就告訴洛依副院長好了。這時間他應該在執行每天的聖務，更重要的是，他還騎得上馬背。」

短短一陣笑聲響起，想必四人是在嘲笑這裡淨是一些肥胖得騎不上馬背的修道士。

「小的明白了。」

彼士奇低下頭，恭敬地答道。

「雖然我不認為那個做事慢吞吞的聖堂議會，能當機立斷地做出決定，然後開始搬運箱子，但為了慎重起見，天一亮還是在各個主要客棧和小屋先配置人手好了。」

「宮廷內有幾位高階修道士的血親。修道院可能透過這個門路做了某程度的預測，所以不能掉以輕心。」

「你說得一點也沒錯。不過，一切應該會朝對我們有利的方向進行。」

「願神祝福我們！」

這句話讓會議劃下了句點。

分院宛如陷入了一片火海。

這裡騷亂的程度，讓這句形容變得不再像是形容。

名為洛依的副院長聽到徵稅一事後，不小心將為了禱告而拿在手上的聖經鬆手掉落，跟著為了撿起聖經，還翻倒燭臺，其慌張程度不難想像。

由於風雪也已經停歇，洛依副院長立刻安排好馬匹，並召集五名馬夫，連同那兩名修道士，在火把的明亮光線照亮下，沿著夜晚的雪道朝向本院快馬奔去。

分院的修道士們不愧是每天負責羊毛交易的人物，他們相當擅於計算，這時他們聚集到同盟幹部的房間，忙著討好幹部以為緊要關頭做準備。

彼士奇為了火速準備向修道院提出的要求事項，在同伴的協助下，針對進行移民的村落規模，以及為了移民的所有相關事項做了討論。

所有人朝向目標團結一致地努力著。

這是同盟的人們給羅倫斯的感覺。

說到羅倫斯做了什麼努力，就是把自己所知的狼骨相關情報一五一十地說出來，並忙於應付這些情報的評價。

其中包括了從珍商行一路到德堡商行的通路、資金流向、交易商品，以及狼骨傳說在港口城鎮凱爾貝的評價等等。

赫蘿與寇爾也參與其中，說出一路旅行過來所得知的一切知識。

大家已做好迎戰修道院的萬全準備。

並籠罩在神祕的興奮氣氛之中。

為了向哈斯金斯說明狀況，赫蘿中途一度離開。

夜也深了，羅倫斯也累積了相當多的疲勞，但聽到赫蘿為哈斯金斯捎來「抱歉沒能幫上忙」的傳話後，就是想睡也不能睡了。

「咱們真的不再擁有力量了。」

當赫蘿自嘲地這麼說時，天色已明。大家已經完成各自的任務，並得到智慧與知識的結晶，而能夠把這個成果發揮到極致的人們，也聚集到了這裡。

赫蘿的語氣聽來有些悲傷，但也有些爽快的感覺。

如果只靠著尖牙和利爪發揮力量，肯定無法阻止集眾人之力而爆發出來的這股氣勢。

而且，人類的強大正是來自其他任何動物絕不可能擁有的巨大族群力量。

望著同盟的人們在房間各處筋疲力盡地呼呼大睡，赫蘿露出了淡淡笑容。

或許赫蘿是在羨慕這些人也說不定。

「呵。一疲累就會變得感傷。」

寇爾蹲在牆邊縮成一團，早已耗盡所有精力。

羅倫斯把手繞到赫蘿肩上，抱住赫蘿的頭拉近自己。

從窗外望去，可看見一片清澈的藍空，讓人感覺就快被吸了過去。

如果有一切都能夠順利進行的日子，一定就像今天這樣的天氣。

赫蘿不久後也掉進了夢鄉，羅倫斯也在不知不覺中睡著了。

有人一邊大聲喊叫，一邊從大門跑了過來。

羅倫斯一開始還以為自己是在作夢。

「他們來了！本院的人來了！」

本院位於很適合設立修道院的大草原上。所以，一看見有人從草原方向出現，就能馬上明白那是本院派出的使者。

羅倫斯抬起頭，察覺到不是在作夢後，立刻站起身子朝向入口跑去。

道路兩旁也站了很多商人，他們的視線望著垂直向前延伸的道路前方、向著無垠草原敞開的大門。

「……還沒到嗎？」

「噓！」

到處響起類似這樣的對話後，現場陷入了一片寧靜。

而這時——

啪噠、啪噠，馬匹沉重的腳步聲傳來，幹部們一副等候已久的模樣，接二連三地從同盟固定利用的旅館走出來。

儘管羅倫斯等人為幹部們排開一條路，在商人們天生的好奇心作用下，幹部們還是被團團包圍住。

馬蹄聲越來越近，不久後停了下來。

他們停在旅館前方。

一匹由兩名馬夫拉著的壯馬停了下來。

「我是修道院院長的使者。」

坐在馬背上說話的是個大塊頭的男子，他身穿帶有皮草裝飾、且長度蓋過腳趾的長袍。

男子把兜帽壓得很低，幾乎看不見其臉孔。

不過，問題不在於男子的裝扮。

讓現場所有人覺得奇怪的是，男子只帶著馬夫前來的事實，以及男子坐在馬背上說話的跋扈態度。

現場所有人包括羅倫斯，都以為包括修道院院長在內的高階幹部，肯定會鐵青著臉前來。

「辛苦了。請先移駕到屋內。」

有別於在四周喧嚷不已的商人，一名裝扮高雅的商人，以長年培養下來的功力禮貌地說道。事實上，旅館內已經開始做起招待客人的準備，時而飄來的食物香味折磨著熬夜且空腹的人。

「沒這個必要。」

男子斬釘截鐵地回答。

面對啞口無言的人們，坐在馬背上的人物從懷裡取出一封信，跟著把信件固定於綁在馬鞍上的棒子前端，宛如傳達國王命令的使者般，朝向同盟人士遞出信件。

「這是修道院院長的答覆。身為神僕的我們，不會屈服於欠缺信仰心的異國人士。絕對不會！我們會支付稅金給國王，然後一如往常地繼續向神明祈禱。」

困惑不已的同盟人士收下信件後，坐在馬背上的男子立刻揮動棒子拍打馬匹臀部。見到男子的乘馬轉向，馬夫慌張地握緊轡繩。

男子連告別的話語都沒有留下。

只有「啪噠、啪噠」的馬蹄聲，傳進羅倫斯等人的耳中。

眼前只見馬匹臀部。

因為太過驚訝，所有人陷入了沉默。

「怎麼回事啊？」

不知是哪個人在喃喃自語，但重點不在於那人是誰。

而是這句話道出了現場所有人的心聲。

在眾人注目之下，信件交到坐在圓桌上的四人手中，四人當場拆了信。

一人看過信件後，一個接一個地傳給另外三人。

等到四人都過目後，只見混亂且蒼白的四張面容。

「怎麼可能……繳完稅後，還有多餘財力？」

從這句話就能夠猜出信件的內容。

現場掀起一陣騷動，大家各自與身旁的人交談著。

然而，騷動結束後並沒有討論出任何有益的結論。

因為大家都知道修道院只是無力在掙扎。

「這是不可能的事情……他們到底在想什麼？難道是以為只要繳稅，就能夠得到國王的庇護嗎？他們應該是最明白得不到國王庇護的人啊……」

雖不是為了這天的徵稅而鋪路，但國王一路壓榨修道院至今，修道院不可能到了這般地步還願意相信國王。

就像一滴油滴落水中一樣，混亂逐漸擴散開來。

修道院沒有購買狼骨，但卻仍然藏有重要資金，所以還有足夠資金繳稅，這是十分可能成立的狀況。

然而，在這樣的狀況下，修道院完全沒有理由對同盟擺出強勢態度。

能在緊要關頭時能夠提供自己資金的對象，是越多越好。

這麼一來，就表示修道院想到了什麼妙計嗎？還是修道院與國王達成了什麼約定嗎？

在眾人如此推測之際，一名在遠處眺望眾人的商人忽然出聲說：

「修道院既然表示要繳稅，就會搬運貨幣吧？如果確信修道院繳不出稅來，只要查看是不是真的有貨幣就好了，不是嗎？」

多數人都認為修道院繳不出稅金，更重要的是——如果繳了稅，修道院會很頭痛的事實顯而易見。

既然如此，修道院應該會搬出裝滿小石子的箱子，而且如果決定放手一搏，賭上這個可能性似乎比較好。

「還是說，修道院的策略是打算趁我們混亂之際，製造一場假意外。」

另一名商人說道。

「有可能。這麼一來，就能夠解釋修道院為什麼會如此異常地迅速做出決定。他們是不想讓我們有思考的時間。」

四周開始響起「就是這樣沒錯！」的聲音。

羅倫斯看向站在人群另一端的幹部們，幹部們的模樣看起來不像與人群的論調一致。羅倫斯也不認為事情會如大家所猜測的那樣。

「那信上有註明什麼時候要繳稅嗎？」

修道院若是企圖以強勢態度耍弄同盟，再趁同盟混亂不已時勝過它，就是刻意在信上註明繳稅日期也不足為奇。

而事實上，修道院似乎確實這麼做了。

手中握著信件的幹部滿臉苦澀，羅倫斯能夠明白他們的心情。

如果讀出信上的日期，就會正中修道院的下懷。

但是，事情已經在這裡鬧得這麼大，不讀出來也不行。

「今日中午，遵照聖希羅紐斯的事蹟於雪原前進。」

「果然沒錯！這樣簡直就像在說『你們敢來就來啊！』」

「如果他們打算中午出發，就沒有時間猶豫下去了。只要爬過斯里耶里山丘，到處都是沼澤。那裡是製造假意外的最佳場所。」

「我們走吧！想要得到利益，就要有勇氣！」

或許是許多人因為熬夜完成任務而變得興奮，在這失控的氣氛之中，響起一陣鼓舞聲。

赫蘿已在不知不覺中來到羅倫斯身旁，並抓住羅倫斯的衣袖，但羅倫斯也不知道該怎麼做。

就連幹部們都一臉混亂，羅倫斯當然不可能知道應該怎麼做。

羅倫斯不屬於同盟，所以能夠稍微客觀地思考事情，而且客觀地思考後，很容易就會想到另一個可能性。

——這可能是修道院設下的陷阱。

假設眾人受到這股熱氣推動，而把勇氣與追求利益混為一談，大張旗鼓地襲擊搬運箱子的隊伍的話——

如果發現箱子裡是石頭，當然能夠圓滿解決事件。但如果發現真是貨幣，那怎麼辦呢？

同盟將會在瞬間陷入絕境。

因為修道院根本沒有義務要讓同盟確認箱子內容，如果同盟成員要求查看箱子，雙方恐怕會爆發爭執。這時候修道院就不難提出主張，說「同盟企圖奪取繳納給國王的稅金，而做出不可原諒的行為」。

或者，修道院也可以主張「打算用來繳稅的貨幣，在搬運途中被同盟搶走了」。

到時候不難預見會演變成各持己見的爭執場面，也可能發生流血事件而留下無法動搖的鐵證，萬一留下了打鬥痕跡，修道院的主張將會變得更加有力。

對於有資格判決的國王來說，可利用這個好機會趕走企圖以金錢力量干涉國政的同盟，所以想必會做出對修道院有利的判決。

這麼一來，同盟就會反被修道院逼上絕路，而不得不乖乖聽從修道院的話。

同盟會被迫代替修道院支付稅金，並以高價採買羊毛。不管手段如何，修道院一定會盡可能地在同盟身上榨取金錢。

羅倫斯也明白幹部們不能說出這個可能性的理由。

如果不打開箱子，誰也不知道箱子裡到底裝了貨幣，還是石頭。

幹部們是在害怕如果說出無法得到論證的反對意見，可能會使得同盟內部分裂。

如同同盟把修道院逼上絕路，然後虎視眈眈地等待著修道院內部分裂般，這回輪到修道院以牙還牙，讓同盟必須擔心發生這種狀況的可能性。

不過，幹部們此刻之所以袖手旁觀，是因為他們同樣是同盟成員。

因為幹部們的目的與大家相同，所以害怕分裂。

那麼，如果是由非同盟成員，真正目的也與大家不同的羅倫斯來開口，會如何呢？

萬一同盟掉進了陷阱，羅倫斯有理由感到困擾。

假設修道院企圖利用同盟，並且為了這個目的而設下陷阱，那麼同盟如果掉進陷阱，就會讓羅倫斯感到相當困擾。

修道院或許是認為只要抓住同盟的弱點，就能夠拖著同盟的鼻子走，但同盟是以利益為第一優先考量的商人集團。

一旦判斷付出的辛勞與可得的利益不符，或是不合成本，同盟會在瞬間退出這場交易。

從乘坐全黑馬車行動的傢伙們老早就消失無蹤的事實，也能夠看出這場交易對同盟而言，並非最重要的案件。

這麼一來，就表示同盟一旦發現掉進陷阱，極可能會隨隨便便地善後，並立即逃離這裡。

在這之後，同盟恐怕再也不會回到這裡。

那麼，在那之後，誰要來保護修道院呢？

修道院或許能夠得到暫時的安穩吧。

然而，同盟一旦離開，剩下的淨是只會長出滯銷羊毛的羊隻。修道院會樂觀地認為未來羊毛價格會回升，這種心情也不是不能理解。任誰都會認為商品跌價後，一定會有恢復價格的一天，而且若是長年來非常暢銷的商品，更容易讓人如此樂觀地認為。

在不久的將來，修道院應該就會崩潰吧。

崩潰之後，修道院必須面臨土地遭到國王接收，以及解散的命運。到時候不難預見土地將會遭到分割，並為了討好貴族而遭到分配，最後為了爭奪土地多寡而爆發戰爭。

因為戰亂而被趕出土地的，永遠是該土地的居民；因此，藉時會被趕出這裡的，就會是哈斯金斯等人。

羅倫斯身旁的赫蘿與寇爾，同樣露出了不安的表情。

赫蘿能夠憑著她的尖牙和利爪打倒所有人。然而，想要改變目前的趨勢，卻不能依賴這股格格不入的力量。

面對已經組好隊伍，準備朝向雪原出發的人們，羅倫斯有理由對著這些人開口說話。

「這可能是修道院的陷阱。」

聽到羅倫斯這麼說，發現這個可能性卻閉口不說的那些人，露出比任何人還要緊張的表情。

「現在去就正好中了對方的計。」

說出第二句後，停下動作的商人們凝視著羅倫斯。

「為什麼？」

「萬一查看箱子後，發現真的裝了貨幣，對同盟不會有好處。」

「或許是這樣沒錯。但是，如果沒有打開箱子，我們也有可能正好被擺了一道。一路以來我們用盡了各種手段，卻都沒能夠發揮效用。現在好不容易、好不容易來了個好機會。這不是神明的旨意，會是什麼？如果讓這個機會溜走，我們一路來的努力都將付諸流水！」

哇啊！一陣歡呼聲響起。

誰是膽小鬼，誰是勇者一目了然。

在這世上，賢者即是勇者的時代可說相當罕見。

「還有啊，假設我們真的中了對方的計，到時候只要逃跑就好了啊。如果沒買到土地，本來就只能夠捲鋪蓋逃跑。所以結果還不是一樣。既然這樣，怎麼能夠不趕快去抓住利益！」

「對啊！」

大家湧向前說道。羅倫斯與赫蘿、寇爾全被推向了牆邊。

在殺氣騰騰的一群人背後，隱約可見袖手旁觀的幹部們。

「等一下……我現在才想到，你不是同盟的人吧。」

羅倫斯感到胃部發寒，但不是因為寒冷。

對以旅行維生的人們來說，這句話比狼的長嚎聲更教人害怕。

羅倫斯轉動著視線。

他看見一群隸屬於與自己不同權威的人們。

「你是企圖瓦解我們，然後賺取時間吧？」

一旦被懷疑是密探，恐怕就無法洗刷罪名。

因為想要讓這些人接受羅倫斯的說詞，只有在羅倫斯承認自己是密探的時候。

「喂……到底是不是啊？」

羅倫斯的汗水順著臉頰滑落，眼神不禁飄移。

雖然羅倫斯腰上綁有小刀，但面對這麼一大群人，根本發揮不了作用。如果拔出小刀，反而會讓羅倫斯失去證明自身清白的手段。

怎麼辦才好？

羅倫斯拚命動腦思考著。

哈斯金斯把一切交給了羅倫斯。

理由是哈斯金斯覺得人類世界的結構太過纖細，而他的羊蹄太粗了。

如今羅倫斯因為齒輪開始轉向錯誤的方向，而快要被這群人壓垮。

包圍羅倫斯三人的圓圈越來越窄，三人恐怕已經無處可逃。

難道沒有什麼好點子嗎？

羅倫斯一邊用身體擋住赫蘿與寇爾，一邊拚命動腦思考。

哪怕是詭辯，或是謬論都好。

如果無法顛覆這個狀況，阻止同盟使出最後手段，就幾乎不可避免修道院走上毀滅之路。

哈斯金斯將失去好不容易建造起來的第二故鄉，而赫蘿將再次體認到這個世界沒有他們的容身之處。

羅倫斯當然不能看著這樣的事情發生。

這時候只要有一個人先伸出手，就會帶動大家一齊攻擊羅倫斯三人。

已經沒輒了。

赫蘿一副死了心的模樣把手舉高到胸前。

難道古時被尊稱為神明的存在所擁有的偉大力量，如今只能在這般鄙俗的場面上使用嗎？

對於會令赫蘿感到痛苦的事實，對於自己的無力，羅倫斯不禁想放聲大叫。

哈斯金斯也肯定會離開這塊土地吧。

並且帶著無數的羊隻離開——

「咦？」

就在所有人如雪崩般襲來的瞬間，羅倫斯眼前浮現一大群羊隻在大地前進的景象。

「請等一下！」

羅倫斯大聲喊道。

「請等一下！我想到一個查看箱子的方法！」

在衝突爆發的前一刻，寧靜降臨了四周。

羅倫斯在這千鈞一髮的瞬間，突破了重圍。

「你說什麼？」

想要安撫就快化身為暴徒的這群人，只能夠趁現在這個瞬間。一名幹部似乎這麼判斷，而率先開口詢問。

「等一下！先聽聽他怎麼說！」

如果說現場差一步就釀成流血事件，一點也不誇張。

羅倫斯用力吸了口氣，接著吐氣，再吸了一口氣說道：

「掉進陷阱的如果不是獵物，就一點意義都沒有。」

另一名幹部反問：

「什麼意思呢？」

「如果修道院是企圖陷害同盟成員……就可以讓其他的東西掉進陷阱，藉以讓陷阱徹底失去作用。」

「嗯……意思是，你要代替我們去查看？」

這麼做是無效的。

如同無法證明羅倫斯不是密探一樣，也無法向修道院證明羅倫斯與同盟一點關聯都沒有。

羅倫斯當然做出搖頭回應。

「那麼，是誰要查看設有陷阱的箱子？」

對於自己腦中的想法，羅倫斯一點信心也沒有。

不過，有人讓羅倫斯找回勇氣並恢復鎮靜。那人正是牢牢握住羅倫斯之手的赫蘿。

如果只是為了自己，羅倫斯不會冒這樣的險。

「是羊。」

羅倫斯簡短地說出口後，所有動作都停止了。

然後——

「……原來還有這招啊！」

齒輪朝相反方向轉了起來。

不用說也知道，羊是溫馴草食動物的代表。

然而，如同牧羊女諾兒菈曾說過的一樣，羊不懂得拿捏分寸。

身為黃金之羊的哈斯金斯也一樣，一旦下定了決定，就不怕任何禁忌，為了混入人類世界，甚至能夠若無其事地吃下同族的羊肉。

在牧羊人的引領下，就算前方是斷崖，羊隻也不會停下腳步。

經常會發生有人被捲入這種性格的羊群之中，而受了重傷的意外。

修道院設下了陷阱，而他們說不定還企圖與前來查看箱子的同盟成員展開一場血戰，好讓同盟背負罪名。然而，如果他們面對的是如怒濤般襲來的羊群，別說是修道院，就連傭兵集團也無力抵抗。

而且，羅倫斯三人親眼見識過這所修道院分院飼養的羊隻數量，以及牧羊人的高超本領。

所以，沒有人反對羅倫斯的提案。

「就是這麼回事。」

坐在地爐旁的哈斯金斯聽完羅倫斯說明整個狀況和計畫後，那原本像長出青苔的岩石般動也不動的身體，緩緩動了一下。

「你是要我利用羊……來攻擊人類？」

「簡單來說，是這樣沒錯。」

赫蘿一臉百無聊賴地站在房門口。

寇爾則是被視為形式上的人質，留在同盟固定利用的旅館。

「方便借重哈斯金斯先生您的力量嗎？」

沒有人比哈斯金斯更適合負責利用羊隻的計畫。

如果要說有困難，那就是身為黃金之羊的自尊。身為古時被尊稱為神明的存在，其自尊會帶來阻礙。

哈斯金斯不能依照自己的想法，在表裡兩面採取行動；他必須在古老時代的力量已無法發揮作用的時代，遵照人類世界的規則發揮力量。

哈斯金斯完全淪落為一顆棋子，甚至不是暗地裡的實力者。

心裡明白事實的沉重感，與實際面臨事實時的沉重感完全不同。
就連羅倫斯第一次遇見說出他的名字時，對方明明理都不理，一說出公會名稱，立刻改變態度的對象時，也感到痛苦不已。
那是會讓人深刻感受到自己根本毫無價值可言、僅是滄海一粟的瞬間。
哈斯金斯在地爐裡丟進一根木柴，火花隨之高高飛起。
「哈哈……我們終於走到這種地步了啊。」
這般像是在享受墮落樂趣似的話語，反而顯得乾脆。
即使化身為人類，並且已經跨過不能跨越的界線，哈斯金斯仍然保有他的矜持。
這最後堡壘瓦解的瞬間讓人看了心疼，但也美極了。
不過，聽到哈斯金斯的話語後，倚在房門上的赫蘿插嘴說：
「也不想想是誰拜託咱的同伴。」
哈斯金斯轉動粗大的脖子，以銳利的眼神看著赫蘿，並揚起嘴角。
「赫蘿。」
羅倫斯這麼呼喚後，哈斯金斯把視線從赫蘿移向羅倫斯，並精神抖擻地說：
「無妨。畢竟只有男人才懂得欣賞凋零之美，不是嗎？」
在過去，哈斯金斯負責率領出沒於野原的野生羊群，到了現在，則是試圖守護同伴們的短暫休憩場所。

責任感與必須達到目的的意識，如鎧甲般很自然地包覆哈斯金斯的身體，也逐漸覆蓋了他的心聲。

令人痛苦、悲傷、討厭，或是無法接受的事情。

哈斯金斯必須吞下這一切，硬著頭皮邁步前進。

哈斯金斯即代表著羊群。

如此尊貴的哈斯金斯的簡短一句話，讓人明白這位風範似神學士的牧羊人，擁有懂得欣賞美麗事物的內在、是一個有血有肉的存在。

或許是覺得遭人取笑，赫蘿原本打算開口說話，但這句話已經足以讓她閉上嘴巴。

看見哈斯金斯打算站起身子，羅倫斯伸出手攙扶他，並開口這麼說：

「您願意幫這個忙吧？」

站起身子的哈斯金斯身高比羅倫斯矮了一些。

然而，哈斯金斯的壯碩身軀所散發出來的威嚴感，可說魄力十足。

他鬈曲的銀色頭髮和鬍鬚，每一根都像帶有雷光似的晃動著。

在眨眼的短暫一瞬間，羅倫斯窺見了哈斯金斯的真實模樣。

「那當然。除了我之外，還有誰能夠勝任。」

哈斯金斯握緊牧羊人的拐杖，發出悅耳鈴聲。

「真的很感謝你。這樣我總算能夠融入這個新世界了。」

聽到哈斯金斯這麼說，就連羅倫斯也只能露出苦笑回應。

然後，哈斯金斯看向赫蘿說：

「我們已經不能像以前那樣自由地行動了。不過……」

哈斯金斯轉頭看向自己的手掌，最後看向隨著火勢轉移燃燒起來的木柴。

「不過，我們還有居所，也像這樣還有可負責的任務。妳根本還沒看見故鄉，不要一副泫然欲泣的樣子。妳不應該為難這個年輕人。」

赫蘿瞪大了眼睛，即使隔著兜帽，也能夠看出她激動地豎起耳朵。

羅倫斯心想赫蘿的尾巴一定高高膨起。儘管她相當忿怒，哈斯金斯走出房間之際，赫蘿還是只能輕聲嘀咕說：

「區區一隻羊，還敢教訓咱。」

或許有些事情只有赫蘿與哈斯金斯能夠互相理解。兩人的視線雖只交會短短一瞬間，但看得出彼此有心靈相通之處。

羅倫斯先帶著哈斯金斯前往旅館，赫蘿則是遲了一些跟上來。

來到這所分院已久的人們看見哈斯金斯後，似乎都認為哈斯金斯能夠勝任。

計畫就這樣順利地進行，轉眼間已安排好了羊群。

留在分院的修道士們得知這時要帶羊群出去，一副不明所以的納悶模樣。

從畜寮解放出來的羊群腳步聲，宛如地震來襲般響徹雲霄。

哈斯金斯獨自杵著拐杖擋在龐大羊群前方，羅倫斯與赫蘿牽著手注視著他的背影。

終幕

馬隊捲起雪花，消失在地平線的另一端。

馬隊準備前往修道院本院，為的是去觀看在本院展開的最後一戰。

跑在前頭的同盟成員們懷裡，藏著花了一整晚時間打造好的強力武器。

這個武器之所以能夠磨得比任何武器還要銳利，是靠著哈斯金斯帶來的一項重要事實。

這場爭鬥想必不需要花太多工夫和時間。

想到修道院院長們一邊走在被踏平的雪道上，一邊被逼上絕路，不禁讓人感到有些同情。

院長們做出的決定可說相當值得讚許，在剩餘的手段當中，他們也採取了最好的方法。

就算羅倫斯沒有說出可能是修道院設下的陷阱，一定也會有哪個幹部說出這個可能性。

這麼一來，同盟內部會分裂，而變得無法正常運作。

在同盟為了該不該前去檢查箱子而爭論一番後，就算有人前來檢查，人數也不會太多。

修道院肯定是做了這樣的猜測。

因為彼士奇隨著第一批消失在地平線的馬隊出發，這時想必已經在修道院的華麗本院裡，背誦著提案給修道院的計畫內容。

錢箱裡裝了小石子。

這麼一來，就表示修道院極可能藏有原本應該用來繳稅的現金，或是不能公開的狼骨。不管是現金還是狼骨，只要把修道院有所隱瞞的事實向國王告密，都是大事一樁。

修道院也不是笨蛋，應該懂得何時該進、何時該退。

既然已經束手無策，接下來就是該思考如何有技巧地認輸，然後像過去能夠一路繁榮走來一樣，強韌地存活下來。

羅倫斯吸了一口又細又長的氣，然後吐出來。積了雪的草原，看起來有些像是時間凍結的大海，在透澈的青空下獨自走在這樣的草原上，感覺還不錯。

羅倫斯身旁沒有人陪伴。

如羅倫斯所料，赫蘿抓起外套後，沒讓周遭人們有說「不」的機會，便跳上第一批馬隊的馬背上。

於是，羅倫斯推了寇爾一把，並拜託彼士奇照顧兩人。

因為修道院一旦被逼上絕路，無論如何都必須打開藏寶庫，所以此刻赫蘿的尾巴或許正興奮地甩動著。

被無數羊蹄踏過的雪道，就像石塊鋪成的道路一樣容易行進，羅倫斯沒花費多少精力，便抵達了名為斯里耶里的山丘。

站在山丘上繞一圈後，可看見從北方通往東方、繞過山丘而開闊的道路全貌。

或許也可以這麼說——

沒有一個地方比站在這裡，更能夠清楚看見修道院計畫失敗的慘狀。

「長劍和弓箭還真的一點用處都沒有。」

道路上有幾處散落著紅色的汙漬，那是陷入慌亂的人們舉起長劍和弓箭應戰所留下的痕跡。

然而，如同赫蘿與哈斯金斯面對人類時的情形一樣，這些人的武器面對無數羊隻時，根本一點用處也沒有。

被大量羊隻包圍、踩踏後，所有人都倒在雪橇上暈厥過去。

這些人一定是打算在同盟成員前來翻查箱子時，反過來攻擊同盟成員，好讓同盟背負罪名。

如果不是有這樣的打算，就算是負責搬運錢箱，包圍錢箱的人員裝備也未免太過齊全了。

若是人對人的衝突，肯定會釀成眾多死傷。

「喲！」

羅倫斯眺望著眼前景象時，在道路上集中羊群的哈斯金斯察覺到他的存在，而走了過來。

非常悠哉的招呼聲。

「真高興見到您平安無事。」

「哈哈……當然平安無事了。真想不到我居然能用自己的雙手做出了斷。」

「您做出了關鍵性的一擊呢。」

「是嗎……我們站在人類之上。人類站在羊隻之上。然而，時代會流轉。總有一天，這一切會整個顛覆過來。」

修道院一定作夢也沒料到同盟會利用羊群。

要不是知道哈斯金斯的存在，羅倫斯也想不出這個方法。

「對了，那隻年少的狼呢？」

「您說赫蘿啊？她現在應該在修道院的藏寶庫裡吧。」

「哈哈！是嗎……」

哈斯金斯笑笑後，看向了腳邊。看見哈斯金斯的模樣，羅倫斯這麼詢問：

「怎麼了嗎？」

「嗯？喔……沒什麼……雖然我把那隻狼當成小孩子看待，但我自己似乎還比較像個小孩子。」

哈斯金斯瞇起眼睛看向遠方，羅倫斯從他的側臉看見鬍鬚底下的愉快笑容。

「難關讓人惺惺相惜。我不禁有種自己身處另一個團體的錯覺。」

「……您的意思是……」

「沒事，你知道意思就好，別說出來。狼與羊終究是狼與羊。這才是自然法則。」

哈斯金斯吐了一口近似嘆氣的長氣，再吸了口氣後搖晃起吊鐘。

牧羊犬奔跑出去後，轉眼間就把開始朝向四處奔去的羊群趕了回來。

眺望趕羊景象好一會兒後，哈斯金斯轉身面向羅倫斯說：

「你打算無視自然法則到什麼程度？」

羅倫斯斜眼一看，發現哈斯金斯瞇起眼睛望著牧羊犬。

羅倫斯沒有立刻回答，而是搔搔頭緩緩說：

「我是個商人。所以，應該是到無利可圖為止吧。」

現實的回答聽起來總像是玩笑話。

一陣沉默後，哈斯金斯笑了出來。

「我的問題太蠢了。我自己也一樣，明明是隻羊，卻意外地喜歡那隻牧羊犬。」

「您為什麼會問我這樣的問題呢？」

哈斯金斯咧嘴露出牙齒，刻意加深笑意，那側臉宛如身經百戰的老兵。

「我在猶豫到底要告訴哪一方。」

「……什麼事情呢？」

「這裡是我的同伴聚集之地，情報很自然地會集中到這裡來。」

哈斯金斯是一隻羊，聽說他的同伴現在仍分散在各地。

如果真是如此，他的同伴們每次返鄉，一定會有廣泛地區的情報集中到這裡來。

哈斯金斯直視著羅倫斯的眼睛，其眼裡發出唯有累積無數經驗者，才能夠擁有的深邃目光。

「我聽那隻狼說過，你們準備前往古老之地——約伊茲，是吧？」

「是、是的。」

「我曾聽過這個地名。而且是在最近。」

羅倫斯沒有立刻反問，而是反過來凝視哈斯金斯，以眼神催促他說下去。

既然知道赫蘿在尋找故鄉，哈斯金斯不可能不知道其重要性。

明明知道很重要，卻猶豫著該不該告訴赫蘿，這說明其中一定有什麼原因。

「我同伴帶來的動盪情報中，曾經出現過這個地名。」

羅倫斯不由得心跳加速。

因為他多少猜得出是什麼樣的情報。

「這個國家的國王的徵稅命令，還有你們推測可能被布琅德修道院買下的狼骨，或許都跟這個情報有所關聯。因為——」

哈斯金斯準備開始說明時，吹起了一陣強風。才堆積上去不久的雪花飛起，瞬間遮擋住羅倫斯的視野。

最後，羅倫斯沒能看清哈斯金斯在那瞬間露出什麼樣的表情。

不過，聽到哈斯金斯接下來的發言，羅倫斯大概想像得到會是什麼表情。

說完後，哈斯金斯為了集中羊群，開始往山丘走去時，忽然停下腳步轉過身說：

「祝你們好運。」

哈斯金斯保持平靜的表情，像是感到刺眼似的凝視著羅倫斯。

接著，把視線移開的哈斯金斯臉上浮現了笑容。

「還有，謝謝你們。」

哈斯金斯再次走了出去。

老練的牧羊人一副彷彿羅倫斯根本不在這裡的模樣，開始控制起羊群。

羅倫斯目送著哈斯金斯的背影，用力做了一次深呼吸。

轉過身子後，羅倫斯也走了出去。

祝你們好運。

這句話是送給即將踏上旅途者的道別話語。

哈斯金斯的話語足以促成羅倫斯踏上旅途。另外，就算哈斯金斯所說的事件屬實，羅倫斯也不覺得有什麼奇怪。

在這個時代，經常會發生這種事件，而這種事件往往發生在遙遠國家，並且只會被人們當成酒席上的助興話題。

像這樣的事件，羅倫斯怎麼有辦法認為，對自己很重要的存在，竟會被捲入其中呢？

走在反射刺眼陽光的雪地上，羅倫斯不禁想要瞇起眼睛。

不過，另有原因使得羅倫斯更用力地瞇起眼睛。

他看見羊群踩踏而形成的小道附近，有兩人在雪中朝向分院走去。

「狀況如何？」

羅倫斯這麼搭話後，在雪中窒礙難行的兩人停下腳步，然後繼續往前走。兩人之所以不願意走到容易行走的小道上，或許是想學小孩子那樣一邊踢雪，一邊行走。

羅倫斯主動走近後，發現赫蘿與寇爾的臉頰都因為寒冷，而變得紅通通的。

「結果怎樣？」

赫蘿邊走邊高高踢起雪花，寇爾則是跟在後頭。

隔了一會兒後，赫蘿這麼回答：

「汝猜呢？」

「假的。」

或許是聽到羅倫斯回答得太快，赫蘿露出有些不悅的眼神看向羅倫斯說：

「為什麼汝會覺得是假的？」

「因為我可不想看到妳哭。」

赫蘿揚起嘴角笑笑，並刻意聳聳肩後，用力舉高腳。

「不管是真是假，咱都不會情緒失控。因為咱是賢狼赫蘿吶。」

不知道是踢雪踢到滿足了，還是因為長袍下擺弄濕而變重，赫蘿走到羊群踩踏而形成的小道上，並走近羅倫斯。

赫蘿蹲下來，打算拍落沾在長袍下擺的雪花。這時，羅倫斯忽然掀開赫蘿的兜帽，然後伸手觸碰赫蘿的後頸部。

「衣服穿反了。」

羅倫斯是指赫蘿穿在長袍底下的衣服。

羅倫斯嘆了口氣後，抓起在他旁邊的寇爾的手。

寇爾的手像結了冰一樣冰冷，而且已經凍僵了。

「是假的吧？」

赫蘿之所以會把衣服穿反，想必是因為變回狼的模樣從修道院本院跑回來。

如果感到悲傷，赫蘿的耳朵和尾巴會坦率地表現出情緒。

赫蘿之所以會變回狼模樣，背著寇爾在這般寒冷天候之中疾馳，是因為感到不悅。

羅倫斯不禁有種白白操了心的感覺。

因為期待落了空。

「是假的。」

赫蘿看向天空說道。
寇爾被迫接受有可能凍傷的待遇，卻一點也不生氣，就算他的個性再怎麼直率，也未免太奇怪了。
這一定是因為在得知狼骨是假的之前，赫蘿表現出足以讓寇爾不會生氣的軟弱模樣。
「八成是鹿的骨頭。後腿較粗的部位。那骨頭應該被埋在地底下很久了唄。」
「真希望箱子打開的那瞬間，我能夠在場看到妳的反應。」
聽到羅倫斯這麼說，寇爾笑了出來，結果被赫蘿踩了一腳。
和平的光景。
和平得讓人希望這樣的光景能夠一直反覆下去。
「汝幹嘛一副笑嘻嘻的樣子，噁心死了。」
「沒事。我們還是趕快回去吧。還要在地爐裡添加木柴起火呢。」
雖然赫蘿露出警戒的表情，但看見羅倫斯走了出去後，並沒有繼續追問。
取而代之地赫蘿握住寇爾的手，然後大喊說：
「鍋子裡要放很多肉和鹽巴吶！」
對於赫蘿如此現實的反應，羅倫斯臉上雖然掛著笑容，事實上目光卻沒有停留在周遭的任何景象上。

羅倫斯思考著哈斯金斯所說的情報。

如果這個情報是事實，就表示羅倫斯窺見了可怕事件的一部分。

還有，哈斯金斯沒有告訴赫蘿，而是選擇告訴羅倫斯。

這裡是哈斯金斯應該守護的地方。

那麼，羅倫斯應該守護哪裡呢？

羅倫斯的腦海裡，浮現哈斯金斯為了守護自己與同伴們的故鄉，而拄起拐杖走在羊群前方的背影。

天空一片清澈蔚藍。

羅倫斯握住兩位重要同伴的手，返回宿舍。

完

後記

好久不見，我是支倉凍砂。真沒想到已經出版到第十集了。

因為第一集是在二〇〇六年二月發行，所以已經整整過了三年多。三年時光似乎很漫長又似乎短暫，但應該還是很短暫吧？感覺「咻」的一聲就過了。

然而拿起第一集翻閱後，我用紅筆圈了一堆想要修改的段落，這或許表示三年來我也多多少少有所成長吧。

再經過三年後會是什麼狀況，就不得而知了……

對了，如果要說三年後還是沒有改變的地方，那就是我最近又迷上了線上遊戲。我迷上的不是新遊戲，而是重新玩起以前玩過的遊戲。有好一陣子完全沒去碰這個遊戲，但在寫完第十集時剛好有空玩了一下，沒想到就這麼陷了進去。如今心平氣和度日的生活已不再，每天都搶著登入遊戲、分秒必爭。（順道一提，我是因為想要登入遊戲，結果遊戲伺服器正好在維修，才寫起這篇後記的。）

發現之前加入的遊戲公會裡也有幾個已經退出的成員重新加入，隔了幾年後又在遊戲中的虛擬城市裡遇見以前非常有名的玩家，感覺就像回到了從前的時光。

幾天前，我和其他玩同款遊戲的朋友聚餐。這些朋友本來都因為上班等原因而退出遊戲，最近不知道為什麼又開始玩了起來。不過，以前過了深夜十二點後是大家玩得最起勁的時間，現在一到這個時間，人數卻會突然減少；從這點不難看出時光確實在流逝。我想這是因為多數玩家已經從學生變成了社會人士。像是為了舉辦網聚（網路上結識的網友們實際見面的聚會）而選擇地點時，也從適合學生去的居酒屋，變成適合社會人士去的餐廳，感覺挺有趣的。

再經過三年後不知道會變成怎樣？不禁讓人現在就開始有些期待。

嗯？沒想到寫著這些事情，就填滿了篇幅，那只好先寫到這裡囉。

我們下次見囉！

支倉凍砂

國家圖書館出版品預行編目資料

狼與辛香料 / 支倉凍砂作 ; 林冠汾譯. -- 初版. -- 臺北市 : 臺灣國際角川, 2007.08- 冊 ;　公分. -- (Kadokawa fantastic novels) 譯自 : 狼と香辛料 ISBN 978-986-174-451-3(第2冊 : 平裝). -- ISBN 978-986-174-492-6(第3冊 : 平裝). -- ISBN 978-986-174-560-2(第4冊 : 平裝). -- ISBN 978-986-174-646-3(第5冊 : 平裝). -- ISBN 978-986-174-783-5(第6冊 : 平裝). -- ISBN 978-986-174-949-5(第7冊 : 平裝). -- ISBN 978-986-237-310-1(第10冊 : 平裝) 861.57　　　　　　96013203

Kadokawa
Fantastic
Novels

狼與辛香料 X

（原著名：狼と香辛料X）

2009年10月23日 初版第1刷發行
2024年6月17日 初版第14刷發行

作者：支倉凍砂
插畫：文倉十
日版設計：渡辺宏一
譯者：林冠汾

發行人：台灣角川股份有限公司
總監：呂慧君
總編輯：蔡佩芬
主編：林秀儒
編輯：黎夢萍
設計指導：陳晞叡
美術設計：莊捷寧
印務：李明修（主任）、張加恩（主任）、張凱棋、潘尚琪

發行所：台灣角川股份有限公司
地址：104台北市中山區松江路223號3樓
電話：(02)2515-3000
傳真：(02)2515-0033
網址：www.kadokawa.com.tw
劃撥帳戶：台灣角川股份有限公司
劃撥帳號：19487412
法律顧問：有澤法律事務所
製版：巨茂科技印刷有限公司
ISBN：978-986-237-310-1